Mercedes Lackey

La Chute de la Flèche

Les Hérauts de Valdemar – 3

Traduit de l'anglais (États-Unis) par Rosalie Guillaume

Milady

Milady est un label des éditions Bragelonne

Titre original : *Arrow's Fall – The Heralds of Valdemar*

Illustration de couverture :
Amandine Labarre

ISBN : 978-2-8112-0053-4

1re édition : décembre 2008
2e tirage : mai 2012

Bragelonne – Milady
60-62, rue d'Hauteville – 75010 Paris

E-mail : info@milady.fr
Site Internet : www.milady.fr

À Andre Norton, pour l'inspiration qu'elle m'a apportée,
à Teri Lee, qui m'encourage depuis le début,
et à mon mari, Tony, qui fut si patient
pendant que je filais le parfait amour
avec un traitement de texte...

Le Royaume de Valdemar
(Règne de la reine Selenay)

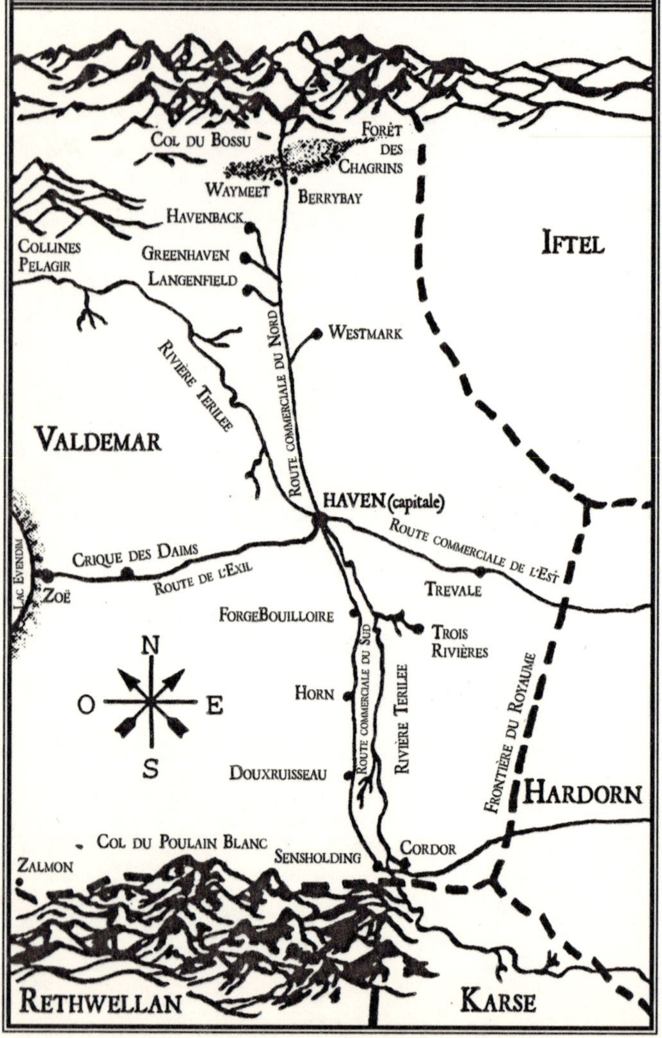

Palais-Collégia de Haven (capitale)

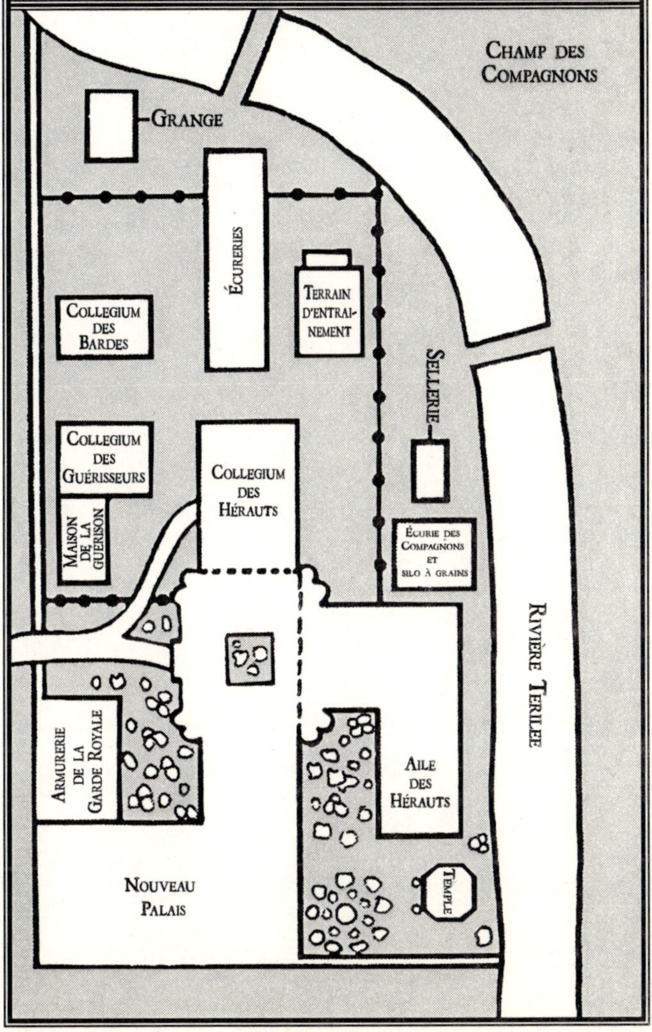

Prologue

À une époque si ancienne que le souvenir s'en perd dans la nuit des temps, le monde de Velgarth se trouva plongé dans l'horreur des guerres de sorciers. Grignoté par des forêts pleines de créatures magiques engendrées pour livrer la guerre, le pays retourna à l'état sauvage. Les survivants se réfugièrent sur les côtes orientales et entreprirent de reconstruire leurs existences. Bientôt, la population s'accrut et des colons commencèrent à repartir vers l'ouest. Ils fondèrent de nouveaux royaumes, arrachés de haute lutte aux terres hostiles.

Valdemar fut l'un de ces nouveaux États. Créé par le baron Valdemar, décidé à échapper à la tyrannie d'un roitelet égoïste et cruel, il s'étendait le long de la frontière nord-ouest du monde civilisé. S'aventurer hors de Valdemar était pour le moins périlleux et incertain ; les voyageurs pouvaient fort bien entraîner dans leur sillage de dangereuses créatures qui les suivaient à la trace, et dont les autochtones innocents faisaient les frais. Valdemar étant ouvert aux fugitifs et aux exilés, sa culture devint au fil des ans un incroyable assemblage ethnique. Une des règles d'or des monarques de

Valdemar était d'ailleurs qu'« il n'existe pas de règle universelle ».

Gouverner des sujets aussi dissemblables aurait été fort délicat sans l'appui des Hérauts de Valdemar.

Ils ne rendaient des comptes qu'au monarque et à leurs pairs – un système qui semblait laisser la porte ouverte à toutes sortes d'abus. Les Hérauts jouissaient de pouvoirs extraordinaires, mais n'en abusaient pas. La raison de cette sagesse – et de ce système tout entier – résidait dans l'existence des créatures connues sous le nom de « Compagnons ».

Pour un œil non averti, les Compagnons étaient des chevaux blancs particulièrement racés. En réalité, ils étaient bien plus que de simples animaux. Ces êtres, les envoyés d'une puissance inconnue, étaient apparus à la prière de Valdemar, le père fondateur en personne. Trois des Compagnons s'étaient d'abord liés au roi, à son héritier et à son ami le plus cher, qui était le Héraut du royaume. Les Hérauts étaient choisis par les Compagnons, qui forgeaient avec leur Élu un lien mental que seule la mort pouvait rompre. Personne n'était sûr du niveau réel de leur intellect, mais chacun s'accordait à les croire au moins aussi intelligents que leurs partenaires humains. Le *choix* des Compagnons s'effectuait indépendamment de l'âge et du sexe, mais on remarquait qu'il y avait généralement plus de garçons que de filles ; l'âge moyen des Élus correspondait souvent au début de l'adolescence. Les seuls points communs entre les Élus étaient une personnalité altruiste, patiente et capable de se consacrer entièrement au devoir, ainsi qu'une certaine quantité de pouvoirs psychiques. Le contact avec le Compagnon stimulait la croissance des capacités paranormales de l'Élu. Peu à peu, des méthodes de formation furent mises au point pour développer au maximum le Don particulier de chaque Élu. Ces pouvoirs en vinrent à remplacer la notion de « magie véritable », qui avait autrefois droit de cité à Valdemar et dont personne ne connaissait plus les arcanes.

Ainsi, le monarque, aidé du Conseil, édictait les lois. Les Hérauts se chargeaient de les faire respecter et rendaient la justice. Par nature, les Élus étaient incapables de succomber à la corruption ou d'abuser de leurs pouvoirs temporels. Dans toute l'histoire de Valdemar, un seul et unique Héraut avait succombé à cette tentation. Il était motivé par la vengeance ; il parvint à ses fins, mais ses Compagnons le renièrent et l'abandonnèrent, et il mit fin à ses jours peu de temps après. Les Hérauts étaient prêts à sacrifier leur vie à leur mission ; plus d'un Héraut avait ainsi péri en accomplissant son devoir, mais ils étaient humains, jeunes, et vivaient dangereusement. Il semblait donc inévitable que leur vie privée soit tournée vers l'hédonisme et que la chasteté ne soit pas leur point fort. Les Hérauts tissaient rarement des liens profonds avec un autre humain. Ils se contentaient des plaisirs du moment et du lien fraternel qu'ils partageaient avec leurs pairs. À vrai dire, le lien affectif profond existant entre le Héraut et son Compagnon laissait peu de place pour un autre attachement permanent.

Peu de gens reprochaient cet état de fait aux Élus, car ils savaient que le Héraut, dès qu'il revêtait son uniforme immaculé, endossait une autre personnalité.

Un Héraut en blanc était en mission ; il ne songeait qu'à son devoir et n'avait plus une pensée pour les frivolités.

Pourtant, certains personnages, parfois haut placés, avaient une autre opinion des Hérauts...

Le premier roi avait instauré la règle suivante : le monarque devait être un Héraut, ce qui garantissait l'intégrité morale du dirigeant de Valdemar.

Juste après le monarque, venait le Héraut appelé « le Héraut du roi (ou de la reine) ». Cet Élu était choisi par un Compagnon spécial, qui ne vieillissait pas, même s'il était possible de le tuer. Il s'agissait toujours d'un étalon. Le Héraut royal jouait le rôle de confident, d'ami fidèle et de conseiller du dirigeant. Le monarque – et donc le gouvernement – y gagnait en stabilité et en confiance en soi.

Pendant des générations, il sembla que le système mis en place par Valdemar était à toute épreuve. Pourtant, le hasard fait parfois mal les choses...

Quand le roi Sendar fut tué sur le champ de bataille, lors de la guerre menée contre le royaume voisin de Karse, sa fille Selenay monta sur le trône. Elle venait juste de terminer sa formation de Héraut. Le Héraut de la reine était un vieil homme du nom de Talamir, qui se trouva fort embarrassé par son rôle de conseiller d'une jeune femme attirante et têtue. Ainsi, Selenay contracta une union malencontreuse, qui faillit lui coûter son trône et la vie.

Elspeth, la princesse héritière, tomba sous l'influence de la nurse que son père avait amenée de son royaume. Elle devint une gamine gâtée au caractère impossible. Si elle ne changeait pas, jamais elle ne serait choisie par un Compagnon, et elle ne pourrait donc pas monter sur le trône. Selenay n'avait pas beaucoup d'options : se marier de nouveau et tenter de donner un héritier convenable au trône, déclarer héritier un Héraut appartenant à sa lignée, ou s'arranger pour qu'Elspeth devienne digne de lui succéder. Talamir avait prévu d'envoyer l'enfant en pension dans une province éloignée pour la soustraire à l'influence de sa nurse et de la cour.

Avant d'avoir pu agir, le vieil homme fut assassiné. Rolan, son Compagnon, choisit un nouveau Héraut de la reine : une adolescente nommée Talia.

Talia était issue d'une famille hold vivant près de la frontière. Élevée par un groupe de puritains opposés à toute ouverture sur le monde extérieur, Talia ignorait tout du Choix des Compagnons et de ce que signifiait réellement sa rencontre avec Rolan. Son peuple tenait les femmes en piètre estime ; Talia la rebelle avait toujours été maintenue de force dans une situation de subordination. Elle n'était pas préparée du tout à la vie au Collegium des Hérauts. Pourtant elle avait une corde importante à son arc : depuis l'âge de neuf ans, elle s'occupait de l'éducation et de l'instruction des enfants des Hold.

Elle parvint à s'adapter à sa nouvelle vie, réussissant même à civiliser la Furie – la princesse Elspeth. Son succès fut couronné par celui de sa protégée, l'héritière ayant enfin été choisie juste avant le départ de Talia pour sa mission de probation.

Au cours de leur périple, Talia et Kris, son mentor, découvrirent que la jeune femme n'avait jamais reçu la formation adaptée à son Don. Après que ce Don (l'Empathie, à la fois réceptive et projective) eut totalement échappé au contrôle de Talia, elle parvint avec l'aide de Kris à apprendre à se contrôler, sa volonté prenant le pas sur son instinct.

Talia se posait pourtant toujours des questions sur les implications éthiques de son Don.

Elle s'en posait aussi au sujet d'un autre Héraut, Dirk, le partenaire de Kris et son meilleur ami. Bien qu'elle l'ait seulement rencontré une ou deux fois, Talia se sentait attirée par lui. Kris pensait qu'ils partageaient peut-être un « lien pour la vie », chose rare mais attestée par les légendes. La jeune femme, pour sa part, n'en était pas si sûre.

Talia n'avait pas besoin de cela ; son année et demie de probation était déjà bien assez compliquée, avec les batailles, les épidémies, les rumeurs qui couraient sur sa moralité, et sur son Don, devenu un danger pour ceux qu'elle côtoyait.

La mission enfin terminée, Talia se trouvait sur le point de rentrer chez elle.

Chez elle... où elle devrait affronter les complications d'une relation amoureuse naissante, une héritière perturbée par l'adolescence et les intrigues incessantes de la Cour – sans compter un possible ennemi, le seigneur Orthallen, l'oncle de Kris.

Chapitre premier

Nous pourrions être frère et sœur, pensa Kris en regardant la jeune femme qui chevauchait à ses côtés. *Peut-être même jumeaux…*

Talia montait Rolan avec l'aisance née de l'habitude. Pendant sa mission de probation, dans un des secteurs du Nord, ils avaient passé une bonne partie de leur temps à chevaucher. Ils étaient capables de manger et de dormir en selle. Peut-être pourraient-ils aussi faire l'amour à cheval, pensa Kris avec un rire intérieur. Il avait entendu dire que d'autres Hérauts s'y étaient essayés, mais il n'avait pas la moindre envie de tenter l'expérience !

Ils avaient prévu de rallier la capitale et le Collegium peu après la tombée de la nuit. En conséquence, ils portaient leurs meilleurs vêtements. Les uniformes blancs de Héraut, ceux des missions sur le terrain, étaient faits de cuir robuste. Après dix-huit mois à la dure, il ne leur en restait plus qu'un à peu près convenable. Ils l'avaient mis de côté pour leur retour.

Nous sommes à peine présentables, pensa Kris, qui attachait beaucoup d'importance à son apparence. Il jeta un coup d'œil attristé sur son genou gauche, où le cuir était si râpé qu'on verrait bientôt apparaître la peau.

Le jeune homme remarqua que Tantris et Rolan marchaient d'un pas exactement semblable et de front.

— *C'est volontaire, mon frère-à-deux-pattes*, dit Tantris. *Vous êtes tous deux mal accoutrés ; nous avons pensé qu'on vous remarquerait moins si nous faisions un peu d'esbroufe.*

— *Merci. Enfin, je crois...*

— *Au fait, vous ne passeriez jamais pour des jumeaux ; elle est trop rouquine et trop menue. Mais pour frère et sœur, pourquoi pas ?*

Kris jeta un coup d'œil à son élève et conclut que Tantris avait raison. Elle ne lui ressemblait pas beaucoup, à part le visage, qu'ils avaient tous deux en forme de cœur, et la façon de bouger, qui était identique.

L'entraînement d'Alberich et de Keren..., se dit Kris.

— *Probablement... mais tu es plus beau qu'elle... ce que tu sais parfaitement.*

Kris eut un petit rire.

— Peut-on savoir ce qui t'amuse ? demanda Talia.

— Tantris, répondit-il. Il me taquine sur ma vanité.

— J'aimerais pouvoir Parler par l'Esprit avec Rolan comme tu le fais avec Tantris..., dit la jeune femme mélancoliquement. Sommes-nous encore loin ?

— Un peu plus d'une heure. Je donnerais une pièce d'argent pour savoir ce que tu penses, ajouta-t-il.

— Tant que ça ? fit-elle en souriant. Une pièce de cuivre serait un paiement suffisant.

— Ce n'est pas à toi de juger. Après tout, c'est *moi* qui ai demandé.

Kris était décidé à la laisser prendre tout son temps pour répondre.

— Problèmes d'éthique, dit-elle enfin.

— Quel sujet austère !

— Je sais. Mais…

Son regard se perdit dans le vague.

— Tu es ailleurs, reprocha-t-il gentiment. Tu parlais d'éthique… À quel sujet ?

— Mon Don. Et plus particulièrement l'usage que j'en ai fait quand…

— Dans une situation où tu ne pouvais pas agir autrement, où aucune punition n'aurait semblé adéquate pour ce… ce…

— Violeur d'enfants.

— Oui. (Elle frissonna.) J'ai cru que je ne me sentirais plus jamais propre après avoir touché cet esprit. Ce que je lui ai fait subir était une punition appropriée.

— Que lui as-tu fait, exactement ? Tu n'as jamais voulu m'en parler.

— Cela dérivait de la technique de guérison mentale. Tu lies une pensée donnée à une autre, ou à un ensemble de sentiments que tu définis. Chaque fois que l'esprit de la personne rencontre cette pensée-là, ce que tu as implanté y est automatiquement associé. Comme avec Vostel : quand il pensait « Je ne me sentirai plus jamais bien », il rectifiait aussitôt : « Mais non, demain j'irai mieux qu'hier, et moins bien qu'après-demain ! » Pas vraiment avec des mots, plutôt avec des sensations, des sentiments.

— Mieux que des mots, hein ?

— C'est ce que disait Devan. Pour punir cet… individu, j'ai pris les pires expériences de sa belle-fille et je les ai liées à toutes ses pensées ayant rapport avec les femmes.

— Et il est devenu fou.

— Pas exactement. Il s'est enfermé dans une boucle sans fin où il revit, du point de vue de la victime, ce qu'il a fait à la jeune fille. Si son attitude mentale venait à changer, il pourrait rompre le cercle. Mais, dans ce cas, il risquerait de se retrouver au bout d'une corde, car la justice n'est indulgente que pour les aliénés. Enfin, ce que j'ai fait satisfait probablement sa belle-fille, la personne à qui nous devons d'abord penser dans cette affaire.

— En ce cas, où est le problème d'éthique ?

— C'était une situation d'urgence ; mais serait-il éthique de « lire » les gens pendant une session du Conseil, par exemple, et d'agir suivant les informations captées ?

— Eh bien…

— Tu vois le problème…

— Prenons ça sous un autre angle. Tu sais comment lire le langage corporel des autres, on nous l'a appris à tous. Trouverais-tu immoral d'utiliser ces connaissances pendant un Conseil ?

— Ma foi, non. (Ils chevauchèrent un moment en silence.) Je suppose que le facteur décisif sera la *façon* dont j'utiliserai les informations obtenues par l'intermédiaire de mon Don ?

— Cela me semble raisonnable. Fais ce qui te paraît le mieux. On ne peut rien demander de plus à un être humain.

— Bien dit, ô vieux sage !

Kris fit de son mieux pour ignorer le commentaire sarcastique du Compagnon.

Un bruit de sabots détourna son attention.

—On dirait un Compagnon lancé au grand galop.

Il se dressa sur ses étriers pour mieux voir.

—C'est Cymry! Et comme elle vient de pouliner, je ne crois pas que Skif soit là pour son plaisir!

Talia connaissait Skif mieux que Kris; elle se protégea les yeux avec une main et observa l'approche du Compagnon.

—Ce n'est pas un désastre, en tout cas; quelque chose de sérieux, oui, mais pas une urgence.

—Comment peux-tu le savoir, à une telle distance?

—Je ne perçois aucune émotion puissante; il est un peu inquiet, mais surtout à cause de Cymry, je pense.

Skif les aperçut et leur fit de grands signes.

—Par le ciel! je suis heureux de vous voir, lança-t-il quand il les eut rejoints. Cymry m'avait dit que vous étiez près, mais je craignais d'avoir un plus long chemin à faire. Je déteste l'obliger à quitter son petit.

—On dirait que tu nous attendais, dit Kris. Quel est le problème?

—Cela ne te concerne pas directement, Kris. Mais tout cela est sous le sceau du secret; nous ne voulons pas qu'on sache que tu as été prévenue, Talia. Je viens de la part d'une dame en détresse...

—Qui? Elspeth? Selenay?

—Laisse-moi le temps de t'expliquer! Elspeth m'a demandé de t'intercepter. Il semble que le Conseil essaie de la marier; elle n'est pas très enthousiaste! Elle veut que tu aies un peu de temps pour trouver un bon argument à présenter lors de la session de demain. Alessandar a fait une demande officielle au nom d'Ancar. Cette union présenterait de nombreux avantages ; au Conseil, tout le monde est pour, sauf Elcarth, Kyril et Selenay. Il y a deux mois qu'ils en discutent, et Elspeth craint que Selenay soit en train de céder. Voilà pourquoi elle m'a demandé de venir te trouver. Une fois ton vote ajouté au sien, Selenay a le droit de veto. Elle peut reporter les fiançailles à la fin de la formation d'Elspeth ou refuser tout de go.

Talia soupira.

— Rien n'a donc été décidé. Oui, je peux arranger ça assez facilement. Précède-nous, veux-tu ? Dis à Elspeth et Selenay que nous serons là pour le dîner. Je m'occuperai de cette affaire demain. Si Elspeth veut me voir auparavant, je suis disponible. Elle me trouvera sans doute dans mes appartements.

— Tes désirs sont des ordres, répliqua Skif dans un sourire.

Ils allèrent au pas, suivant l'allure de leurs mules, tandis que Skif lançait Cymry au galop. Kris et Talia échangèrent un regard d'amusement mêlé d'exaspération : ils n'étaient pas encore arrivés que les intrigues commençaient !

— Tu es nerveuse ? demanda Kris.

— Comme une chatte sur le point de mettre bas, répondit Talia avec un petit rire.

— Pourquoi ? Le pire est passé ; te voilà Héraut confirmé. Qu'y a-t-il d'autre ?

— Je ne suis pas sûre que je devrais en parler avec toi, dit Talia, mal à l'aise.

— Avec qui d'autre en parlerais-tu ? À moins que tu n'aies pas confiance en moi ? ajouta-t-il, blessé.

—C'est vrai, admit-elle, du moins sur ce point précis – quand la confiance entre en conflit avec les liens du sang.

—Que veux-tu dire ?

—Il s'agit du seigneur Orthallen, ton oncle.

Il siffla entre ses dents et fit la moue.

—Je croyais que tu avais oublié tout ça ! C'est toujours à cause du différend que vous avez eu au sujet de Skif ? Mais il a été très bon avec moi, et avec nombre d'autres que je peux nommer. Et il a toujours conseillé Selenay au mieux.

—J'ai mes raisons, reprit-elle avec irritation. Je pense que sa tentative d'évincer Skif était dirigée contre moi. Il voulait m'isoler…

—Pourquoi ? Qu'aurait-il à y gagner ?

Ce n'était pas la première fois que Kris devait défendre son oncle auprès d'un de ses camarades. Plusieurs pensaient qu'Orthallen était trop avide de pouvoir pour être réellement fiable. Kris se sentait obligé de le défendre. Le fait que Talia ait toujours des doutes à son sujet l'agaça profondément.

—Je n'en sais rien ! s'écria Talia. Je ne lui ai jamais fait confiance. Et maintenant que, comme Kyril et Elcarth, j'ai une voix au Conseil, je risque de me trouver en conflit direct avec lui.

—Talia, je comprends que tu ne l'apprécies pas, mais jusqu'à présent tu es parvenue à faire la part des choses quand tu n'aimais pas quelqu'un, et à ne pas en tenir compte quand tu devais prendre une décision. Et mon oncle est un homme raisonnable.

— Je n'arrive pas à le « lire ». Je ne perçois pas ses motivations et je ne sais pas pourquoi il aurait quelque chose contre moi... mais je suis *sûre* qu'il m'en veut !

— Je crois que tu exagères, répondit Kris. Je pense qu'il espérait devenir Conseiller de la reine après le meurtre de Talamir...

— Et qu'aurait-il fait du Héraut de la reine ? Voyons, Kris, Orthallen n'est pas un imbécile ! Il savait qu'une telle chose est impossible ! Il n'a aucun Don, pour commencer !

— Écoute, Talia...

— Ne me traite pas comme une gamine ! C'est toi qui m'as appris à faire confiance à mes instincts. Maintenant, tu prétends que je ne dois pas les suivre, car ils disent quelque chose que tu n'as pas envie d'entendre.

— Parce que c'est absurde et enfantin.

Elle ferma les yeux un instant.

— Kris, je ne suis pas d'accord avec toi, mais ne nous disputons pas à cause de ça.

— Si tu veux, fit-il, pris de court.

— Ce que je veux, c'est que tu fasses confiance à mon jugement. Mais si tu ne le peux pas, ne nous attardons pas sur ce sujet.

— Mon oncle est avide de pouvoir, voilà pourquoi il est parfois opposé aux Hérauts, et à toi en particulier. Mais si tu es ferme et calme, il te laissera tranquille. Comme tu l'as dit, il n'est pas idiot. Vous ne serez jamais amis, mais il a assez de bon sens pour ne pas livrer une bataille qu'il est sûr de perdre.

— J'aimerais en être aussi certaine que toi, soupira Talia.

Kris fut sur le point de répondre, mais il se ravisa.

— Et si nous parlions d'autre chose ? De Dirk, par exemple ?

— Traître, fit-elle en souriant.

— Ma foi, oui ! Il me dira la même chose, je n'en doute pas. Oh, laissons faire la nature. Tôt ou tard, il s'apercevra de ce qui se passe, même si je dois l'y aider un peu...

— Tu n'oserais jamais !

— Nous verrons, dit-il d'un ton suave. Je crois que je vais bien m'amuser à vous taquiner, tous les deux !

Ils se turent et Talia se contraignit au calme, car elle ne pouvait rien faire dans l'immédiat. Elle devait essayer d'en savoir plus avant de prendre son poste au Conseil ; par exemple, tenter de découvrir si les rumeurs sur le mauvais usage qu'elle aurait fait de son Don circulaient toujours. Et si c'était le cas, *qui* les faisait courir.

En approchant de la capitale, elle mesura combien son Don d'Empathie était devenu sensible. La pression des émotions combinées de la foule était si forte qu'elle avait du mal à croire que Kris ne sentait rien. Elle aurait tant aimé avoir le Don de Parole par l'Esprit ; cela l'aurait rassurée de pouvoir converser avec Rolan, comme son ami le faisait avec Tantris. Il ne serait pas facile pour elle de garder ses boucliers levés jour et nuit, mais ce serait une nécessité.

Ils traversèrent la partie extérieure de la ville, la plus populaire, avec ses ateliers, ses échoppes et ses estaminets de basse classe. Puis arrivèrent les faubourgs résidentiels et les établissements de meilleure qualité, tous situés à l'intérieur des murs de la cité. Ils entrèrent par la porte nord, près d'un atelier de travail du cuir. Les effluves nauséabonds qui s'échappaient d'une cuve firent plisser le nez de Talia et de Kris et larmoyer leurs yeux.

— Ouh ! là, là ! fit Kris, je me rappelle maintenant pourquoi Dirk et moi rentrons toujours par la porte du marché au foin. Oh, tant pis, c'est trop tard maintenant !

Ils firent une brève pause pour laisser leurs yeux irrités par les vapeurs délétères recouvrer leur vision normale. Talia en profita pour tester ses boucliers. Dans leur secteur, après être parvenue à reconstruire ses barrières, elle avait pour habitude de les laisser baissées quand ils n'étaient que tous les deux. Mais en ville, au milieu de la foule, elle en aurait besoin en permanence. Elle mit en place les « sécurités » mentales qui lui permettraient de les garder levées même quand elle serait endormie.

Kris gardait un œil attentif sur elle. Si elle craquait, ce serait maintenant ou jamais !

— *Je n'étais pas inquiet.*

— Non ? Il y avait pourtant de quoi *l'être*, quand ses boucliers étaient pulvérisés !

— *Je sais. Rolan a failli me brûler le cerveau, souviens-toi ! Kris, tu ne devrais pas la taquiner ainsi au sujet de Dirk. Le lien pour la vie n'est pas facile à gérer tant que le couple n'a pas reconnu sa nature.*

— Tu crois que…

— *Rolan et moi en sommes sûrs. C'est arrivé la première fois où ils se sont rencontrés…*

— Si tôt que ça ? Par la Dame, c'est donc un lien très puissant…

La foule semblait les ignorer ; pourtant un chemin se dégageait automatiquement devant eux. Le garde de la porte les salua au passage.

Ils passèrent sous le porche de granit gris qui menait à la cité intérieure. Elle n'était pas aussi bruyante que les faubourgs, mais les rues étaient tout aussi bondées. Pendant des mois, ils n'avaient connu que les petites villes et les villages, et le seul bruit, sur la route, était souvent le tintement argentin des clochettes de leurs Compagnons. Maintenant, ce son était noyé par le vacarme.

Les rues avaient été conçues en spirale ; il était impossible de chevaucher en droite ligne jusqu'au palais, ce qui participait aux moyens de défense. Le raffut cessa quand ils atteignirent le cœur résidentiel de la cité, plus près du palais proprement dit. Les modestes maisons des marchands furent progressivement remplacées par les demeures plus impressionnantes des nantis et des nobles. Ils arrivèrent enfin devant le mur de briques intérieur qui entourait le palais et les trois Collegia, celui des Bardes, celui des Guérisseurs et celui des Hérauts. Le garde en faction devant le palais, à l'uniforme bleu et argent, les arrêta un instant pour vérifier leur identité sur la liste des Hérauts attendus à la capitale. Ainsi, si un Héraut tardait, quelqu'un était au courant et pouvait alerter qui de droit pour qu'on entreprenne des recherches.

— Le Héraut Dirk est-il revenu ? demanda Kris.

— Il y a deux jours, répondit le garde. Et il a aussitôt demandé de vos nouvelles.

— Merci, répondit Kris en souriant.

Tandis qu'ils avançaient, il continua à observer Talia avec une fierté secrète. Les derniers mois avaient été très durs pour elle. Sans que personne s'en soit aperçu, elle n'avait jamais reçu la formation adaptée à son Don. Elle s'était toujours fiée à son instinct pour le contrôler, mais les maudites rumeurs avaient fini par lui faire lâcher mentalement prise. Pour quelqu'un dont le pouvoir reposait sur les émotions, et qui était fréquemment la proie de doutes, l'effet d'un tel bouleversement ne pouvait qu'être catastrophique.

Elle avait bien failli se tuer, et Kris avec elle, à une ou deux occasions, quand son Don s'était « détraqué ».

Heureusement que nous étions bloqués dans cet abri enneigé ! Ça lui a donné le temps et la possibilité de reprendre le contrôle d'elle-même.

Malgré ces difficultés et les rumeurs persistantes, elle avait toujours accompli son devoir avec conscience, et en montrant toutes les apparences d'un calme et d'une sérénité qu'elle était bien loin de ressentir. Pendant des mois, elle avait joué son rôle comme une actrice consommée.

Il était particulièrement important pour un Héraut, et surtout pour celui de la reine, de garder une grande stabilité émotionnelle en toutes circonstances. Talia avait perdu cette stabilité, mais elle était parvenue à la récupérer au fil de ces épreuves.

Il croisa son regard un instant et lui jeta un petit clin d'œil d'encouragement. Elle lui adressa en retour une petite grimace amicale, puis un masque d'impassibilité revint sur son visage.

Ils arrivèrent au bout des baraquements de la Garde et près des grilles de fer forgé noir qui séparaient la partie « publique » du secteur de sa partie « privée », celle qui abritait le palais proprement dit et les trois Collegia. Le garde les laissa passer avec un geste de la main. Sa fonction était surtout d'accueillir les nouveaux Élus. Kris soupira de contentement. Enfin, il rentrait *chez lui*.

Talia sentit monter en elle une vague de plaisir à la vue du Collegium et du palais. Comme ils traversaient le dernier portail, ils entendirent un cri joyeux. Dirk et Ahrodie arrivaient au galop, la chevelure blond paille du jeune homme flottant au vent. Kris sauta du dos de Tantris pour aller à sa rencontre, mais Talia resta en selle. Son cœur s'était mis à battre la chamade à la vue de Dirk ; l'anxiété au sujet d'Elspeth et de la Cour passa au second plan.

Dirk sauta aussi à terre et se jeta dans les bras de Kris. Mais son attention restait rivée sur Talia ; il les avait attendus toute la journée, se disant que c'était la compagnie de Kris qui lui avait manqué. Il ne s'était pas expliqué sa nervosité. Une fois la jeune femme en face de lui, il savait qu'il se souviendrait toute sa vie de l'apparence qu'elle avait en ce moment précis, montée sur son Compagnon, si immobile qu'on aurait dit une statue.

Quand Dirk le laissa respirer, Kris lui dit avec un sourire malicieux :

— Tu n'as pas encore salué Talia, mon frère. Elle va croire que tu ne te souviens pas d'elle.

— Ne pas me souvenir d'elle ? Cela ne risque point de m'arriver, dit-il en respirant un peu fort.

Dirk tendit le bras et prit la main de Talia dans la sienne.

Kris n'avait jamais vu sur un visage l'expression de saisissement qui se peignit sur celui de Dirk.

Talia plongea dans le bleu incroyable des yeux du jeune homme et sentit un choc presque physique dans tout son être. Quand leurs mains se touchèrent, elle se retint à grand-peine de trembler. Elle lui sourit, mais sa bouche lui sembla anormalement sèche.

— Soyez la bienvenue, Talia, dit seulement Dirk.

Le son de sa voix et son regard donnèrent à la jeune femme envie de se jeter à son cou. Elle le regarda fixement, incapable de répondre.

Elle était bien différente de la jeune fille dont Dirk gardait le souvenir : plus mince, plus maîtresse d'elle-même, plus mûre. Et plus triste.

Quand il lui avait pris la main, quelque chose s'était passé entre eux, mais il n'aurait su dire quoi. Si Talia l'avait ressenti aussi, elle n'en avait montré aucun signe. Quand elle sourit timidement en réponse à son salut, il crut que son cœur allait s'arrêter de battre.

Il avait été obsédé par le souvenir de Talia tout au long de leur séparation ; la réalité confirmait cette fixation. Tenant dans la sienne la main un peu tremblante de sa mie, il souhaita de tout son cœur avoir la facilité d'élocution de Kris.

Ils demeurèrent figés si longtemps que Kris craignit de les voir rester ainsi éternellement s'il ne les sortait pas de leur transe.

— Allons-y, partenaire, fit-il, flanquant une bourrade dans le dos de Dirk avant de remonter sur Tantris.

Dirk sursauta, comme pris en faute, puis sourit d'un air piteux.

—Oui, reprit Kris, si nous nous attardons, nous allons rater le dîner. Et tu ne peux pas savoir combien de fois j'ai rêvé d'un bon repas préparé par Mero !

—C'est la seule chose à laquelle tu aies rêvé ? Que s'est-il passé sur la route ? T'a-t-elle obligé à manger ta propre cuisine ?

—C'est pire, répondit Kris d'un ton lugubre. Elle m'a forcé à avaler la sienne !

Quand Kris avait rompu le charme qui les tenait prisonniers, Dirk avait lâché la main de Talia comme si elle l'avait brûlé.

Talia jeta un coup d'œil complice à Kris.

—Sale bête, fit-elle en souriant.

—Sale bête affamée, répondit-il.

—Il a pourtant raison, reprit la jeune femme en se tournant vers Dirk. Si nous ne nous hâtons pas, nous allons rater le repas, et vous aussi, ce qui ne serait pas juste. Voulez-vous que nous y allions ensemble ?

Dirk rit pour cacher son trouble.

—Il faudrait m'attacher pour m'empêcher de vous suivre, dit-il.

Les deux jeunes gens remontèrent en selle. Ils partirent, Talia avançant entre eux, ce qui laissa à Dirk tout loisir de l'observer. Talia regardait droit devant elle et n'accordait pas un iota d'attention supplémentaire au jeune homme, qui s'en trouvait fort marri.

Une angoisse soudaine étreignit le soupirant. Elle venait de passer un an et demi en compagnie de son partenaire. Et si…

Dirk observa le comportement de Kris, puisque celui de Talia ne lui apprenait rien.

Quand ils atteignirent le Champ des Compagnons, Kris tendit galamment la main à Talia pour l'aider à descendre de selle. Elle la prit avec une hauteur affectée et sauta du dos de Rolan d'un mouvement fluide. La main de Talia reposa-t-elle un peu trop longuement dans celle de Kris ? Dirk n'en était pas sûr. Leur familiarité n'était pas vraiment celle d'un couple d'amants, mais il n'avait jamais vu Kris si à l'aise avec une femme.

Ils débarrassèrent les Compagnons de leurs selles et, après un nettoyage sommaire, rangèrent le harnachement dans la sellerie. Kris et Talia auraient du travail pour remettre leur attirail en état, mais ce n'était pas le moment de s'y attaquer. Kris continua à bavarder, Dirk répondant par monosyllabes distraites. Il aurait aimé être seul avec Talia pendant quelques minutes.

Mais il n'eut plus le loisir de l'observer. Comme venues de nulle part, Keren, Sherrill et Jeri se matérialisèrent dans la sellerie. Elles se ruèrent sur Talia et la conduisirent dans ses appartements.

Dirk resta seul avec Kris.

— Je ne sais pas ce que tu en penses, mais je meurs de faim, déclara ce dernier tandis que son ami regardait tristement sortir le quatuor féminin, chacune portant un paquet, Talia étant chargée quant à elle de sa harpe.

Libérons nos amis à quatre pattes et occupons-nous de ce repas !

— Alors ? demanda Keren dès que Talia se fut installée dans sa chambre.

— Alors, quoi ? répondit la jeune femme en regardant l'instructrice sous ses cils baissés.

— Oh, Talia, ne joue pas les innocentes ! Tu sais très bien ce que nous brûlons de connaître ! fit Sherrill en riant. Tes lettres n'étaient ni très longues ni très explicites.

Talia se retint de sourire.

— Vous voulez savoir comment s'est passée ma mission de probation ? demanda Talia avec un demi-sourire.

Jeri porta la main à son poignard.

— Si tu ne cesses pas de te moquer de nous, Rolan risque de devoir se trouver un nouveau Héraut de la reine…, dit-elle, roulant des yeux faussement menaçants.

— D'accord, d'accord, je me rends ! s'écria Talia quand Sherrill fit mine de se jeter sur elle, toutes griffes dehors. Que voulez-vous savoir en premier ?

— Toi et Kris, bien sûr ! Skif a dit que vous aviez l'air très… intimes. Mais il n'a rien voulu lâcher de plus.

— Intimes, oui, mais pas comme vous le pensez. Certes, nous avons partagé le même lit, mais il n'y a entre nous qu'une grande amitié.

— Dommage, fit Jeri en se jetant sur elle, nous espérions que tu aurais une belle histoire d'amour à raconter !

— Désolée de vous décevoir. Mais si vous avez l'intention d'essayer de vous… rapprocher de lui…

— Oui ? fit Jeri, essayant sans succès de ne pas avoir l'air trop avide.

— Eh bien… C'est un compagnon aussi agréable que Varianis l'affirme. Jeri, ne te pourlèche pas les babines ainsi, c'est un homme, pas un bol de crème !

Jeri rougit ; Sherrill et Keren éclatèrent de rire.

— Tu ferais mieux de te surveiller, sinon tu vas le faire fuir comme Nessa, reprocha gentiment Keren. Quant à toi, petite centauresse, il me semble qu'il t'a guérie de ta timidité avec les hommes ! Je dois des excuses à Kyril et Elcarth, car je n'étais pas d'accord pour te donner Kris comme mentor. Bien, maintenant que nous savons tout de ta vie privée, dis-nous comment le travail s'est passé !

— C'est une longue histoire. Avant de commencer, puis-je savoir si vous avez mangé ?

Trois têtes firent signe que oui.

— Eh bien, pas moi ! Vous avez le choix : attendre que je me sois restaurée pour connaître le reste des ragots (à cette idée, leur mine s'allongea tant que Talia ne put retenir un sourire), ou annoncer mon arrivée et faire servir à manger dans ma chambre.

— J'y vais, jeta Jeri en quittant la pièce.

Keren s'avança vers Talia.

— Allons, dis-moi bonjour comme il faut, fit-elle en lui tendant les bras.

— Oh, Keren ! s'exclama Talia en se jetant dans ses bras, si tu savais comme tu m'as manqué !

— Toi aussi, tu m'as manqué. Tu as changé, et en mieux. Ce n'est pas si souvent qu'on constate ainsi la réalisation d'un potentiel !

— Ne dis pas cela, protesta Talia en rougissant. Tu me surestimes.

—Non, je ne crois pas, insista Keren avec un sourire. Les dieux sont témoins que tu es la pire juge de tes propres capacités ! Ma chérie, tu es devenue tout ce que j'espérais. Mais... cela n'a pas été facile, n'est-ce pas ?

—Non... Keren, je... Mon Don a été un temps incontrôlable, en gardant sa pleine puissance.

—Grands dieux ! Comment cela a-t-il pu arriver ? Nous t'avons pourtant donné tout l'entraînement... (Elle s'interrompit.) Attends un peu ! Ylsa avait mentionné qu'elle voulait t'envoyer chez les Guérisseurs pour un entraînement spécial. Elle ne se sentait pas totalement à l'aise pour former une Empathe, son propre Don étant la Perception des Pensées.

Keren se mit à faire les cent pas.

—J'avais cru qu'elle s'en était occupée, voyant tout le temps que tu passais avec les Guérisseurs. Puis elle a été assassinée, et...

—Exactement. Les Hérauts ont cru que je recevais mon entraînement chez les Guérisseurs, et ceux-ci pensaient en retour que les Hérauts s'étaient occupés de ma formation d'Empathe. Tout ça parce que je semblais contrôler parfaitement mon Don. Mais ce n'était pas le cas, je me fiais simplement à mon instinct. Et quand mon contrôle a cédé...

—Par le ciel ! Petite, tu es sûre que tout va bien, maintenant ?

—Kris est un excellent professeur. Et Tantris et Rolan l'ont aidé...

—Oh ? C'est inhabituel. En principe, les Compagnons n'interviennent jamais aussi directement.

—Je crois qu'ils n'ont pas eu le choix. Le mois où nous nous en sommes aperçus, nous avons été bloqués dans l'abri de voyage. Ensuite, nous avons appris que ces maudites rumeurs avaient atteint notre secteur; nous n'avons pas osé demander de l'aide, de peur de les confirmer.

—C'est vrai. Cela ne vaudrait rien, de laisser tout un chacun savoir quelle erreur nous avons commise à ton sujet. Je dirais même que ça ferait grand tort à tout le monde. Il faut que ce soit enregistré dans nos annales, pour éviter que l'incident se reproduise, mais c'est tout. Je ne crois pas qu'il faille répandre l'information.

—C'est ce que pense Kris, et je suis d'accord. Tu es la première personne au courant, à part nous deux. Nous le dirons aussi à Kyril et Elcarth. C'est tout.

—Oui, dit Keren, pensive. Qu'ils décident qui d'autre doit être informé! Enfin, tout est bien qui finit bien, comme dit le proverbe.

—Je vais très bien, affirma Talia. En un sens, je suis heureuse que ce malheur me soit arrivé: j'ai beaucoup appris, et j'ai réfléchi à des choses auxquelles je n'avais jamais pensé auparavant.

—C'est parfait, dans ce cas. Si nous allions jeter ces haillons que tu appelles tes vêtements dans la descente de la buanderie? Oui, tous! Ils ont besoin d'une bonne lessive, après tant de mois en mission. (Elle fouilla dans l'armoire de Talia et en sortit une robe de chambre confortable.) Tiens, mets ça. Tu n'iras nulle part, ce soir. Demain, Gaytha t'apportera une pile de vêtements neufs. Oh, pour terminer, j'ai un message d'Elspeth: «Je remercie la Dame de ton retour, et je te verrai demain matin.»

—Alors, mon cher ami, nous avons tant de choses à nous raconter!

Dirk hocha la tête, l'esprit ailleurs. Il était si distrait qu'il ne remarqua pas qu'il était en train de manger des pousses d'*ustils*, un légume qu'il détestait profondément.

Kris s'en était aperçu et il avait bien du mal à garder son sérieux. Heureusement, le chaos habituel qui régnait dans le réfectoire au moment du repas lui permettait de détourner les yeux quand l'envie d'éclater de rire devenait trop forte.

—Comment s'est passée ta propre mission? demanda Kris. Au fait, nous avons beaucoup apprécié la partition que tu nous as envoyée. Nous en avons appris par cœur une bonne partie.

—C'est vrai? Vous l'avez aimée? Oh, je suis content...

—Oui, surtout Talia. Je crois que ton cadeau a plus de valeur pour elle que tout ce qu'on lui a jamais offert. Elle en a pris grand soin. Mais elle est soigneuse en tout. Je lui donne la note la plus élevée: c'est un Héraut fichtrement bon!

—Eh bien, fit Dirk au bout d'un moment, on dirait que tu as eu une élève plus intéressante que le mien, si normal et ennuyeux qu'Ahrodie et moi avons dormi en marchant, la plupart du temps.

—Grands dieux, j'aurais aimé pouvoir en dire autant! N'oublie pas que «puissiez-vous vivre en des temps intéressants» est en fait une malédiction très puissante! En outre, il me semble me souvenir que le jeune Skif t'a complètement épuisé à la fin de votre périple.

— Oui, c'est bien vrai, sourit Dirk. Sais-tu que sa Cymry a fait un petit, et qu'il vous tient tous deux pour responsables ?

— Ils n'ont eu que ce qu'ils méritaient ! La pauvre Talia était prête à les écorcher vifs, à un moment...

— Oh ? Raconte...

Kris était de plus en plus content des réactions de Dirk. Il narra toute l'histoire sans autre incitation de son collègue, n'omettant que la dispute provoquée, pour ainsi dire, par Dirk, et la séance de natation qui s'était ensuivie. Puis il suggéra de quitter la salle bruyante et surpeuplée.

— Parfait. Mes quartiers, ou les tiens ? demanda Dirk.

Il faisait des efforts surhumains pour ne pas laisser voir ses sentiments, mais Kris le connaissait trop bien : son impassibilité cachait un profond malaise.

— Les miens ! Les tiens sont si grands que nous mettrions une semaine à nous y retrouver. Et puis, il me reste un peu de ce vin d'Ehrris...

La narration continua dans les vieux fauteuils verts de Kris, usés mais confortables. Dirk remarqua que son camarade mentionnait Talia toutes les deux phrases ; il fit un gros effort pour avoir l'air seulement intéressé, et non pas... obsédé. Kris sourit dans la pénombre, car il n'était pas dupe un instant du manège de son ami.

Mais Kris ne laissa pas échapper l'information que Dirk attendait. Enhardi par le vin, le soupirant de Talia finit par poser la question.

— Allons, tu peux me le dire ! Vous l'avez fait, ou pas ?

— Fait quoi ? demanda Kris innocemment.

— Coucher ensemble, idiot !

— Oui. Qu'est-ce que tu crois ? Nous ne sommes de bois ni l'un ni l'autre.

Kris jugeait préférable que Dirk apprenne la vérité et comprenne en même temps que sa relation avec Talia était amicale, pas amoureuse. Talia et Dirk étaient ses deux meilleurs amis. Il aurait paru tout aussi impensable à Kris de tomber amoureux d'elle que de Dirk !

— Oui, je… je suppose que c'était inévitable…

— C'est le mot. Et le premier hiver, il faisait diablement trop froid pour dormir seuls.

Il se lança dans le récit de leur aventure, omettant tout ce qui avait trait au problème de Talia. Il savait que bien peu de gens, à part Elcarth et Kyril, avaient besoin d'être au courant ; ce n'était certainement pas à lui d'en parler. C'était l'affaire de Talia.

Il termina son récit, un peu étonné. Dirk semblait avoir perdu tout intérêt pour la conversation. Il s'excusa bientôt, se disant fatigué, et s'enfuit littéralement vers ses quartiers.

Seigneur ! La première femme que Dirk regardait en dix ans, et il fallait qu'elle soit la maîtresse de son meilleur ami !

Ce n'était pas juste. Quelle idiote pourrait vouloir de lui après avoir partagé le lit de l'angélique Kris ? Et Kris, était-il amoureux de Talia ? Et s'il l'était… ?

Et s'il ne l'était pas ?

Non, par le diable ! Ce bellâtre n'avait qu'à lever le petit doigt pour avoir une femme à ses pieds. Dirk allait se battre pour conquérir Talia.

Mais… Kris était son meilleur ami, presque son frère, et il n'avait pas la moindre idée de la stratégie à suivre pour gagner le cœur d'une femme…

Les yeux grands ouverts dans l'obscurité, il ne dormit pas de la nuit. À l'aube, il en était toujours au même point.

Chapitre 2

— Talia!

Poussant un cri aigu, Elspeth se jeta sur son amie quand celle-ci fit son apparition au petit déjeuner. L'héritière la serra si fort dans ses bras que Talia crut qu'elle allait étouffer.

La jeune princesse était maintenant un peu plus grande que Talia, et son corps affichait les courbes de celui d'une jeune fille plutôt que l'aspect filiforme d'une enfant. Talia se demanda si la reine avait réalisé à quel point sa « petite » avait grandi pendant l'absence de son Héraut…

La salle commune était pleine de jeunes gens en costume gris d'étudiants, car la plupart des instructeurs avaient déjà déjeuné. La pièce bourdonnait de murmures encore ensommeillés et sentait le bacon et la bouillie. Talia eut l'impression qu'elle n'était jamais partie.

— Par le ciel, ma petite chatte, tu vas me fracturer une côte! protesta-t-elle en lui rendant son étreinte. J'ai eu ton message par Keren. Je m'attendais à te voir hier soir…

— J'étais de garde de poulinage, la nuit dernière.

C'était un des devoirs des étudiants. Les Compagnons femelles ne mettaient pas bas avec l'aisance des juments ; quelques minutes gagnées dans une intervention pouvaient signifier la vie ou la mort de la mère et du petit.

— Skif m'a dit que tu étais arrivée, et qu'il t'avait transmis mon appel à l'aide. Je savais que je n'avais plus de souci à me faire.

— J'ai entendu dire que Cymry avait eu son petit. Qui d'autre ?

— Zaleka. Elle a choisi Arven juste après ton départ. Il avait vingt ans ! Quand Jillian est arrivée avec son Compagnon, de passage entre deux missions… ce qui devait arriver arriva. Tu connais Jillian, elle est pire que Destria, et son Compagnon est pareil ! Zaleka n'a pas encore eu son poulain, mais cela ne saurait tarder.

Talia se mit à rire.

— Ah, vous, les jeunes ! Je me demande où va le monde…, chevrota-t-elle.

Elspeth ricana de manière très peu féminine.

— Ne me donne pas de leçon, « ancêtre », répliqua-t-elle. J'ai entendu bien des histoires sur toi et tes camarades de classe. Entre autres la façon dont vous avez escaladé la façade du palais pour espionner la gouvernante de la princesse héritière !

— Ma petite chérie, fit Talia, reprenant d'un coup son sérieux, je suis désolée au sujet de Hulda…

Elspeth eut un sourire amer à la mention de la femme qui avait failli faire d'elle une enfant au caractère impossible risquant de ne pas être choisie par un Compagnon.

— Pourquoi ? Tu l'as empêchée de me barrer la route de mon héritage ! Assieds-toi, j'ai faim, et je refuse de me tordre le cou pour te regarder.

— Tu… n'es pas fâchée contre moi ? demanda Talia. J'avais toujours eu l'intention de te dire que j'étais responsable de son renvoi, mais je n'en ai jamais eu le courage.

— Tu n'en as pas eu le courage ? Dieu merci, je commençais à craindre que tu sois parfaite !

— J'en suis loin, dit Talia avec un petit sourire.

— Pourquoi ne pas tout me raconter, maintenant ? Je n'ai eu que des échos de seconde main par ma mère et Kyril.

— Oh. Et par où vais-je commencer ?

— Par le commencement, fit Elspeth en souriant. Dis-moi comment tu t'en es aperçue.

— Quand j'ai essayé de mieux te connaître, Hulda ne cessait de me mettre des bâtons dans les roues.

— Comment ?

— Elle prétendait que tu dormais, que tu avais un cours à suivre, ou quelqu'un à voir. Ma chérie, j'avais quatorze ans, et j'étais plutôt timide. Je n'ai pas osé l'affronter ouvertement. Alors j'ai enrôlé Skif pour m'aider à connaître la vérité.

— Oui, c'était un bon choix. Si quelqu'un pouvait découvrir le pot aux roses, c'était bien lui. D'ailleurs, il… continue à se faire la main.

— Comment ça ?

— En me laissant de temps en temps une friandise dans le tiroir « secret » de mon bureau, avec une note. Ma mère est au courant, elle m'a promis de garder le silence…

—Dieu merci. Si quelqu'un d'autre qu'un Héraut s'en apercevait...

—Je sais, cela pourrait être dangereux pour lui. Mais il n'est pas mal d'avoir parmi les Hérauts quelqu'un qui ait ce genre d'*aptitudes*... Donc, tu as recruté Skif...

—Oui. Il a farfouillé un peu et s'est aperçu que Hulda avait pris la haute main sur ton éducation et sur la conduite de la nurserie en droguant la vieille Melidy, censée être responsable de toi. C'était difficile à prouver, car Melidy avait été malade, elle avait eu une crise de surmenage. Puis Skif a découvert que Hulda touchait de l'argent de quelqu'un que nous n'avons pas pu identifier. Il la payait pour qu'elle s'assure que tu ne pourrais jamais être choisie, donc que tu perdrais ta place d'héritière.

—Saleté!

—Nous avons prévenu Jadus, qui est allé trouver la reine. Hulda a disparu.

—Quant à moi, j'avais perdu la seule personne dont j'étais proche. Pas étonnant que tu n'aies rien osé dire! Oui, je t'en aurais peut-être voulu il y a deux ou trois ans, mais plus maintenant. Je me souviens encore très bien de cette époque. Quand j'y repense, je crois que cette femme m'aurait tuée de ses propres mains si elle avait eu quelque chose à y gagner.

—Tu exagères peut-être, Elspeth...

Elspeth donna une assiette propre à Talia et commença à la remplir. Elle avait fait du chemin depuis la Furie royale, ne remarquant même pas qu'elle était en train de servir une subordonnée.

— Talia, je vivais en compagnie de Hulda jour et nuit. Je *sais* qu'elle prenait plaisir à m'effrayer. Les histoires qu'elle me racontait pour « m'endormir » auraient fait dresser les cheveux sur la tête d'un adulte ! J'ignore comment j'en suis sûre, mais il est clair que c'était la créature la plus égoïste que j'aie jamais rencontrée. Rien ne comptait pour elle à part son propre bien-être. Elle le cachait, mais…

— Je ne doute pas de toi, ma petite chérie. Un de tes Dons est la Parole par l'Esprit. Et les enfants perçoivent souvent des choses qui échappent aux adultes.

— Aux *adultes* ? Allons, tu n'es guère plus âgée que moi ! Tu as perçu ce qui se passait, sinon tu n'aurais pas agi pour la démasquer. Elle essayait de me transformer en une copie miniature d'elle-même, ne cessant de me dire que je devais exiger les égards dus à mon rang, ou que personne ne méritait ma confiance à part elle… Il y a une autre chose, survenue après ton départ. Ma curiosité a été éveillée quand on m'a dit la vérité…

— Curieuse comme une chatte, voilà ce que tu es ! jeta Talia en souriant.

— C'est vrai ! J'ai fouillé dans les affaires de Hulda, et je me suis mise à écrire discrètement à mes parents du côté paternel.

— Ta mère est-elle au courant ?

— J'avais son approbation. Je crois que le roi Faramentha, mon oncle, m'apprécie autant qu'il détestait mon père. Nous échangeons une correspondance régulière. Dommage que nous soyons si proches parents : il me plairait de mieux… connaître… quelqu'un qui a un tel sens de l'humour. Bref, nous sommes maintenant presque sûrs que la Hulda qui a quitté le Rethwellan n'était pas la même que celle qui est arrivée ici…

— *Comment?*

— Oh, il est si drôle de te surprendre! On dirait que quelqu'un vient de te taper sur la tête avec un gourdin!

— Elspeth, je vais t'étrangler si tu ne me racontes pas tout!

— D'accord, je te dirai tout! À l'époque, quand Hulda quitta la nurserie royale de Rethwellan, elle disparut pendant près d'un mois. Elle n'avait pas traversé la frontière, personne ne se souvenait d'elle dans les auberges du chemin. Puis, tout d'un coup, la voilà! Père n'était plus du royaume des vivants à cause de sa propre stupidité, et elle avait tous les papiers et les lettres d'introduction requis. Personne ne soupçonna qu'elle pouvait ne pas être la Hulda qu'on avait fait mander. Jusqu'à maintenant.

— Par la Dame! Était-ce le « seigneur » masqué qui l'avait fait venir, celui qui la payait?

Ils n'avaient aucun moyen de savoir si le conspirateur faisait partie des traîtres découverts et exécutés après le meurtre d'Ylsa, car ni elle ni Skif n'avaient jamais vu son visage. C'était possible, car il n'y avait plus eu de remous, mais le coupable s'était peut-être simplement tenu tranquille pour un temps. Savait-il que Hulda n'était pas celle qu'elle prétendait être? Qui avait prévenu la nurse qu'elle avait été démasquée, et où était-elle passée après sa disparition? Un danger que Talia avait cru depuis longtemps éliminé resurgissait sans prévenir…

— Mero me fera la peau si tu ne manges pas, dit Elspeth.

Talia sursauta et se mit en devoir de finir son déjeuner. Mais le cœur n'y était plus.

—… C'était le dernier incident, termina Kris. Les quinze jours restants furent pure routine. Nous avons passé le flambeau à Griffon, et nous voilà de retour.

Il croisa le regard d'Elcarth et de Kyril. Tous deux avaient été choqués par la révélation des problèmes de Talia avec son Don. Ils avaient cru, de toute évidence, que l'entretien serait purement formel. Le récit de Kris avait eu sur eux l'effet d'une douche froide.

—Pourquoi n'avez-vous pas demandé de l'aide? s'étonna Kyril.

—Le temps que je réalise qu'il y avait un ennui, nous étions bloqués dans le refuge. Quand nous sommes sortis, elle était en bonne voie de résoudre le problème. Puis nous avons découvert que les rumeurs avaient atteint notre secteur. Nous avons pensé qu'en cherchant de l'aide nous ferions plus de mal que de bien. Nous aurions confirmé les médisances…

—Oui, c'est un point de vue valide, dit Kyril.

—De plus, je n'étais pas certain que quiconque ait les *moyens* de lui donner la formation appropriée, si elle ne parvenait pas à retrouver elle-même son équilibre.

—Les Guérisseurs…, commença Elcarth.

—… n'ont pas un Don d'Empathie si exclusif, et ils l'utilisent différemment. Elle s'en est servie comme d'une arme, je vous l'ai dit, ce qui ne peut pas être le cas des Guérisseurs. Ils l'invoquent rarement en dehors des sessions de Guérison, alors que Talia devait apprendre à vivre avec lui, nuit et jour. Du moins, finit-il avec un sourire embarrassé, est-ce ainsi que j'ai analysé la situation.

— Je pense que vous avez eu raison, mon jeune frère, répondit Kyril après un long moment de réflexion.

Kris laissa échapper le souffle qu'il avait inconsciemment retenu.

— J'ai aussi pensé qu'il n'était pas avisé de claironner partout que le Collegium n'avait pas su assurer la formation du Héraut de la reine, ajouta Kris.

— Par le ciel, vous avez raison s'écria Elcarth, consterné. Si une telle chose tombait dans l'oreille du commun des mortels, ce serait un coup fatal porté à la réputation des Hérauts... Oui, étant donné les circonstances, vous méritez tous deux les plus vifs éloges ! Vous pour votre bon sens et votre discrétion, et votre élève pour avoir surmonté avec succès des épreuves qu'elle n'aurait jamais dû connaître.

— Je suis d'accord, approuva Kyril. Maintenant, si vous voulez bien nous excuser, dit-il à Kris, Elcarth et moi allons prendre les mesures qui éviteront qu'une telle chose se reproduise jamais.

Kris se passa sans trop de mal de leur auguste présence !

Talia accomplit beaucoup de choses dans l'heure qui suivit le déjeuner. Elle commença par se rendre au Collegium des Guérisseurs, cherchant Devan pour lui faire part de son retour et lui demander s'il avait besoin de ses talents pour un de ses patients Hérauts.

Quand elle le trouva, il mettait la dernière main à une décoction, dans la pièce des alambics. Il savait déjà qu'elle était rentrée.

— Bienvenue, Talia ! On m'a dit que tu étais revenue hier soir.

Elle eut un petit rire.

— J'aurais dû savoir que vous me sentiriez arriver !

Il posa la potion qu'il préparait, boucha soigneusement le flacon et tendit les bras avec un grand sourire.

— Ton aura est impossible à confondre avec une autre, mon enfant ! Je suis bien heureux de la percevoir de nouveau dans cette maison !

— J'espère que vous êtes content de me voir par amitié, et non parce que vous avez besoin de moi ! dit-elle.

À son grand soulagement, il l'assura qu'il n'y avait actuellement aucun Héraut parmi ses malades.

— Cela risque de changer avec les orages d'été du Sud, ou les raids de pirates de l'Ouest ! déclara-t-il, de la tristesse dans les yeux. Rynee recevra ses vêtements verts cet hiver ; elle a l'intention de demander une affectation dans le Sud, près de son pays d'origine. Tu reviens au bon moment. Quand elle sera partie, tu seras le seul Guérisseur par l'Esprit de ce lieu, Patris excepté. Nous aurons peut-être besoin de toi pour d'autres patients que les Élus.

Plus tard, Talia retourna dans l'aile des Hérauts pour une entrevue qu'elle redoutait.

Elle frappa à la porte du bureau d'Elcarth. Le doyen n'était pas seul. Kyril, le Héraut du sénéchal, était également présent.

Pendant l'heure qui suivit, la jeune femme rapporta tout ce qui s'était passé pendant sa mission de probation. Elle ne dissimula rien, admit avoir délibérément caché qu'elle perdait le contrôle de son Don et reconnut qu'elle ne s'était confessée que contrainte et forcée par Kris. Elle leur dit même ce que Kris avait passé sous silence : elle avait failli les tuer tous les deux.

Quand elle eut terminé, Elcarth demanda :

— Qu'avez-vous conclu de tout cela ?

— Que… qu'un Héraut n'est jamais seul en cause, serait-il le Héraut de la reine. Ce que je fais a des répercussions sur l'ensemble des Élus, d'autant que tout le monde a les yeux braqués sur moi à cause de mon rôle.

— Et en ce qui concerne l'utilisation correcte de votre Don ? demanda Kyril.

— Je tâtonne encore, avoua la jeune femme. Parfois, ce que je dois faire est très clair. À d'autres moments, c'est… très vague. Je crois que ce sera surtout une question de jugement. Peser le pour et le contre, le bien et le mal.

Elcarth approuva de la tête.

— Si j'en ai le temps, je demanderai l'avis du Cercle avant de faire quelque chose d'irrévocable. Mais j'ai bien peur de ne pas avoir souvent cette possibilité. Et si je fais une erreur, j'en accepterai les conséquences et j'essaierai de la réparer.

— Ma foi, Héraut Talia, je crois que vous êtes prête à prendre votre poste.

— Vous… vous voulez dire que j'ai réussi ma mission de probation ?

— Je te l'avais bien dit ! lança Kyril à son collègue. Je savais qu'elle ne le croirait pas tant que nous ne le lui confirmerions pas ! (Le Héraut grisonnant à l'allure sévère s'adoucit un instant.) Oui, Talia, vous avez réussi. Nous sommes très satisfaits de ce que Kris et vous nous avez raconté. Vous avez retourné à votre avantage une situation désespérée dont vous n'étiez pas entièrement responsables.

— Nous sommes également satisfaits de ce que vous nous avez dit à l'instant, continua Elcarth. Vous avez atteint un excellent équilibre par rapport à votre Don, pourtant délicat à utiliser. Après les bonnes nouvelles, êtes-vous prête à entendre les moins bonnes ? Il y aura bientôt une réunion du Conseil.

— Oui. J'en ai été prévenue.

— On vous a « prévenue » de bien plus, si je ne m'abuse.

— Je ne peux pas divulguer mes sources.

— Par la Dame, elle parle déjà comme Talamir ! s'exclama Elcarth en se retenant de rire.

Kyril hocha doctement la tête.

— Oui, mon frère, c'est vrai. Bien, Talia, nous nous retrouverons au Conseil. Allez-y, j'imagine que Selenay a deux ou trois choses à mettre au point avec vous avant la réunion.

Talia prit congé sans demander son reste, le pied et le cœur légers.

— Talia, dit Selenay en prenant son Héraut par les épaules, par la Dame, comme vous m'avez manqué ! Venez, nous serons plus tranquilles pour discuter par ici.

Elle l'entraîna dans une alcôve aux murs de granit située à côté du couloir menant à la salle du Conseil. La petite pièce contenait un unique banc de chêne poli. Comme à son habitude, Selenay portait l'uniforme de Héraut. Le diadème d'or encerclant son front était la seule marque de son rang.

— Laissez-moi vous regarder. Par le ciel, vous avez l'air en pleine forme ! Mais vous êtes si *mince*...

— J'ai été obligée de manger ma propre cuisine, voilà la raison, répondit Talia en souriant. J'aurais voulu vous voir dès hier soir...

— Vous ne m'auriez pas trouvée. J'étais enfermée avec le prévôt, en train de planifier le déploiement des troupes à la frontière. Quand nous avons terminé, j'étais épuisée. De plus, la première nuit du retour se passe traditionnellement avec les amis les plus proches. Sinon, comment rattraper dix-huit mois de nouvelles ?

— Vous voulez dire dix-huit mois de commérages, précisa Talia en riant. J'ai su que Kris et moi en avions provoqué quelques-uns.

— Je devine à votre ton que mon espoir d'entendre une belle histoire d'amour va être déçu !

— Vous aussi ? Par le ciel, chacun s'acharne à nous coller ensemble, que nous le voulions ou pas !

— Certains, dont Kyril, Elcarth, Skif, Keren et Alberich, prétendent que, si vous donnez votre cœur à quelqu'un, ce ne sera pas au joli minois de Kris.

— Ils pourraient bien avoir raison.

Selenay perçut que la jeune femme était troublée ; elle changea de sujet.

— Je suis heureuse de vous avoir de nouveau à mes côtés. J'aurais eu besoin de vous au cours des deux derniers mois.

— Deux mois ? Cela a-t-il quelque chose à voir avec la raison pour laquelle Elspeth m'a envoyé Skif ?

— Oh ? La petite renarde... Oui, sans doute. Elle n'est pas plus heureuse que moi des actions du Conseil. Bref, j'ai reçu une offre de mariage pour elle. Il me sera difficile de refuser.

— Continuez.

— Un envoyé d'Alessandar est venu il y a deux mois. Le roi demande la main d'Elspeth pour Ancar, son fils. Beaucoup de choses parlent en faveur de cette union. Ancar a environ l'âge de Kris, ce qui n'est pas si vieux que ça, par rapport à Elspeth ; on dit qu'il est bien de sa personne. Alessandar a une armée forte et bien entraînée ; si nos pays s'unissaient, je pourrais envoyer les Hérauts dans son royaume, et la force de son armée donnerait à réfléchir au roi de Karse, qui envisage sûrement de nous envahir de nouveau.

— Majesté, dit Talia, vous n'hésiteriez pas si vous n'aviez pas l'impression qu'il y a un problème. Quel est-il ?

— *Primo*, sauf si j'y étais absolument contrainte, je n'aimerais pas qu'Elspeth fasse un mariage d'État. Je souhaiterais qu'elle s'unisse à quelqu'un pour qui elle ait au moins du respect et un minimum d'attirance. *Secundo*, elle est encore très jeune. J'insisterai pour qu'elle finisse sa formation avant de prendre une décision. *Tertio*, je n'ai pas vu Ancar depuis qu'il était au berceau. Je ne sais pas quelle sorte d'homme il est devenu. Avant d'envisager sérieusement ce mariage, je veux le savoir. Franchement j'espère qu'elle pourra s'unir à quelqu'un qu'elle aime, et qui soit au moins un Élu, sinon un Héraut. Vous savez que, pour partager le trône avec elle, le consort d'Elspeth doit être lui aussi un Élu.

—Tout ce que vous avez dit est très juste, mais une autre chose vous trouble.

Talia percevait l'état d'esprit de la reine aussi facilement que si elle n'était jamais partie.

—Maintenant, je comprends pourquoi vous m'avez tant manqué ! Vous posez toujours la question qui me permet de tout mettre en perspective. (Selenay sourit.) Oui, il y a autre chose, mais je ne voulais pas en parler avec le Conseil, ni même avec Kyril. Ce qui m'ennuie, c'est que cette offre semble trop parfaite. C'est la réponse à toutes nos questions, à toutes nos prières. Je me demande où est le piège et pourquoi je ne le vois pas. J'ai peut-être trop l'habitude de la suspicion…

—Non, je ne crois pas. Quelque chose ne tourne pas rond, sinon vous ne seriez pas si troublée. Vos Dons sont la Parole par l'Esprit et un peu de précognition, n'est-ce pas ? Je pense que vous avez l'intuition que quelque chose ne va pas dans cette idée. Vous êtes mal à l'aise, car vous devez combattre le Conseil sur ce point sans avoir de raisons valables à lui soumettre.

—Oui, vous avez raison, ce doit être cela ! J'ai des prémonitions depuis deux mois, et je ne sais pas quoi raconter aux conseillers !

—Afin de gagner du temps, utilisez la jeunesse d'Elspeth et rappelez qu'elle doit finir son entraînement.

Je vous soutiendrai. Kyril et Elcarth nous suivront. Souvenez-vous que j'ai maintenant une voix au Conseil. À nous deux, nous exercerons notre droit de veto, si nécessaire. Ce n'est pas très politique, mais tant pis !

Selenay soupira de soulagement.

— Comment m'en serais-je tirée sans vous ?

— Parfaitement bien, je vous l'assure ! Vous seriez parvenue à retarder les événements d'une façon ou d'une autre si je n'avais pas été là. Mais n'est-il pas temps de faire notre entrée au Conseil ?

— Oui, admit Selenay avec un petit sourire. C'est un moment que j'attends depuis longtemps. Certains vont être chagrinés de s'apercevoir que vous êtes vraiment le Héraut de la reine en titre !

Les autres membres du Conseil se levèrent avec ensemble quand la reine fit son entrée, suivie de Talia.

La salle ne contenait qu'une table et des chaises d'un bois foncé rendu presque noir par l'âge. Une version plus modeste du trône de Selenay se dressait au centre. Derrière, au-dessus du foyer, la cheminée portait les armes du monarque de Valdemar, un cheval blanc ailé avec une chaîne brisée autour du cou. Sur le mur opposé se trouvait une immense carte du royaume, tenue constamment à jour. Les inscriptions étaient si grandes que chacun pouvait les lire depuis sa place, autour de la table. La chaise à droite de celle du monarque était celle de Talia ; à sa gauche, c'était la place du sénéchal. Kyril se tenait à la gauche de ce dernier, le prévôt étant assis quant à lui à droite de Talia. Les autres Conseillers se répartissaient sans que leur rang entre en ligne de compte.

Talia n'avait jamais occupé son siège, car la tradition voulait qu'il reste vacant jusqu'à ce que sa formation soit terminée et qu'elle ait reçu le titre de Héraut accompli. Auparavant, elle avait assisté aux sessions du Conseil sans voter et sans intervenir, sinon pour donner son avis à Selenay quand celle-ci le demandait. Sa nouvelle position lui conférait un pouvoir beaucoup plus important, allié à un surcroît de responsabilités.

— J'aimerais commencer cette réunion, déclara Selenay, quand chacun se fut assis, par un débat sur la proposition de mariage d'Alessandar.

Certains eurent l'air surpris ; en prenant l'initiative, Selenay s'assurait aussi l'avantage.

Chacun donna son opinion ; tous se disaient favorables au mariage, et souhaitaient qu'il ait lieu dès que possible.

Talia observa les Conseillers. Elle voulait les évaluer avec ses sens traditionnels, pas en faisant appel à son Don.

Il y avait d'abord le seigneur Gartheser, qui représentait les provinces du Nord – à coup sûr, le plus proche allié d'Orthallen. Mince et nerveux, avec une calvitie galopante, il ponctuait toutes ses phrases de gestes vifs.

— Il ne fait aucun doute, disait-il, que ces fiançailles nous apporteraient un allié si puissant que personne n'oserait plus s'attaquer à nous. Avec l'armée d'Alessandar prête à fondre sur nos ennemis, Karse lui-même serait sur ses gardes. Je pense que cela ferait aussi cesser les raids à la frontière, qui deviendrait sûre pour la première fois depuis des générations.

Orthallen opina du chef, si discrètement que Talia ne l'aurait pas vu si elle ne l'avait pas épié. Gartheser vit le signal et sourit en réponse.

Elcarth parla ensuite.

—Je n'ai pas d'objection, mais l'héritière doit d'abord terminer sa formation et effectuer sa mission de probation.

—Il faut également que le prince Ancar soit d'un tempérament convenant à la corégence, ajouta Kyril. Nous avons fait la triste expérience – pardonnez-moi, Majesté – d'un consort qui n'était *pas* adéquat. Pour ma part, je n'ai aucune envie de connaître de nouveau une telle situation.

Dame Wyrist, la porte-parole des provinces de l'Est, parla ensuite. Cette femme rondelette, d'une grande beauté dans sa jeunesse, avait gardé son charme et son magnétisme.

—Je suis pour et je ne pense pas que ce soit le moment d'atermoyer. Que les fiançailles aient lieu dès que possible, suivies du mariage! L'entraînement peut attendre que l'union soit devenue irrévocable. Les Karsites pillent et ravagent mes provinces frontalières, qui profiteraient largement de nouvelles alliances commerciales entre nos deux royaumes.

Père Aldon, le seigneur patriarche, prit alors la parole.

—Cette alliance promet d'apporter la paix, comme dame Wyrist l'a fait remarquer. Et même si l'héritière est jeune, nombre de nos femmes se sont mariées plus tôt...

—C'est exact, approuva le Barde Hyron, dont les cheveux blonds avaient l'air presque blancs. Ce serait un petit sacrifice en regard des gains que nous en tirerions.

Le jeune homme rayonna quand Orthallen lui fit un petit signe d'approbation.

La Guérisseuse Myrim, mince et anguleuse, qui intervenait au nom de son Cercle, ne fut pas aussi catégorique. Elle eut l'air exaspérée par le respect de Hyron pour les opinions d'Orthallen.

— Vous oubliez tous quelque chose. Bien que l'enfant ait été élue, elle n'est pas encore confirmée ; or la loi est claire : le monarque doit être un Héraut. Je ne crois pas qu'il soit utile de créer un précédent aussi dangereux !

— Parfaitement, murmura Kyril.

— L'enfant est trop jeune, continua la Guérisseuse. Elle a encore beaucoup à apprendre. Je suis toutefois en faveur des fiançailles, avec toutes les précautions nécessaires, et à condition que l'héritière reste au Collegium jusqu'à la fin de sa formation.

À la surprise de Talia, le seigneur prévôt Randon partageait l'antipathie de Myrim pour Orthallen. Tandis que le vieux guerrier couturé de cicatrices parlait, Talia se demanda ce qui avait pu se passer pendant son absence pour le retourner ainsi. Avant son départ, Randon avait été un des partisans les plus farouches d'Orthallen. Même s'il était favorable aux fiançailles, il avait l'air ennuyé de devoir être d'accord avec les partisans de l'oncle de Kris.

Dame Kester, la chevaline représentante des provinces de l'Ouest, fut brève et directe.

— Je suis pour les fiançailles, dit-elle.

Puis elle se rassit. Le seigneur Gildas des provinces du Sud, rondouillard et à la voix douce, fut tout aussi bref.

— Je ne vois aucun sujet d'inquiétude lié à la proposition, et beaucoup de points positifs en sa faveur, dit dame Cathan, parlant au nom des Guildes.

C'était une petite femme menue et tranquille, dont la douceur extérieure cachait une grande obstination.

— Cela me semble un bon résumé, conclut le seigneur Palinor, le sénéchal. Vous connaissez mon opinion sur le sujet, Majesté ?

La reine se pencha en avant.

— Je vous ai tous écoutés attentivement ; vous êtes en faveur de l'alliance et vos raisons sont excellentes. Je suis d'accord pour dire à l'envoyé d'Alessandar que nous considérons la proposition avec toute l'attention qui lui est due. Mais je me refuse à interrompre les études d'Elspeth. Si je venais à mourir, nous ne pourrions laisser le trône de Valdemar entre les mains d'un monarque qui n'ait pas suivi la formation adéquate ! Je ne ferai donc rien de plus qu'indiquer à Alessandar que sa proposition est la bienvenue, en précisant clairement qu'aucune négociation n'aura lieu avant que l'héritière ait terminé sa mission de probation.

— Majesté !

Gartheser bondit sur ses pieds et plusieurs Conseillers se mirent à parler en même temps. Talia se leva, et frappa légèrement sur la table ; les murmures cessèrent aussitôt.

— Dames et seigneurs, pardonnez-moi, mais vos arguments sont sans intérêt pratique. Mon vote est identique à celui de la reine. C'est moi qui le lui ai conseillé.

Leur expression stupéfaite montra qu'ils avaient oublié l'essentiel : Talia bénéficiait pleinement de son statut.

— Si telle est la recommandation du Héraut de la reine, mon vote sera identique, dit Kyril.

— Le mien aussi, ajouta Elcarth d'une voix assurée.

— Il semble que nous soyons battus, dit le seigneur Gartheser après un bref silence.

Des murmures coururent autour de la table. Puis un seigneur aux cheveux blancs se leva, celui que Talia avait observé de près depuis le début : Orthallen en personne, le seul qui n'avait pas encore pris la parole. Il était le plus ancien des Conseillers, ayant servi le père de Selenay puis Selenay elle-même. Celle-ci l'appelait « mon seigneur oncle ». Pour Elspeth, il avait été une figure paternelle. C'était un homme hautement considéré et respecté.

Pourtant Talia n'était jamais parvenue à l'apprécier, en partie à cause de ce qu'il avait essayé de faire à Skif. Quand celui-ci avait été surpris dans le bureau du prévôt, une nuit, Orthallen avait tenté de le faire envoyer pendant deux ans dans l'armée, en punition de toutes les infractions dont il s'était rendu coupable au fil du temps. Talia avait engagé Skif pour essayer de découvrir qui avait facilité l'entrée de Hulda dans le royaume, espérant ainsi démasquer son complice.

Talia avait sauvé son ami au prix d'un mensonge. Elle avait prétendu l'avoir chargé de vérifier si sa famille des Hold réclamait l'exemption d'impôts à laquelle elle avait droit pour avoir eu un enfant Élu par un Compagnon.

Depuis ce temps, elle était à couteaux tirés avec Orthallen, mais de manière subtile. Quand elle avait commencé à siéger au Conseil, il avait tout fait pour miner le peu d'autorité dont elle disposait, critiquant si fort sa moindre intervention qu'elle avait fini par ne plus parler quand il était présent. Il lui semblait juste un peu trop prudent et sûr de lui. Qu'il sourie ou qu'il fronce les sourcils, son expression semblait toujours cacher quelque chose. Malgré sa beauté, ou à cause d'elle – car Orthallen était encore un très bel homme, bien qu'il ne soit plus de la prime jeunesse –, Talia avait l'impression qu'il était froid et calculateur.

Il y avait autre chose. Elle avait plus d'une raison de soupçonner que l'homme avait lancé les rumeurs la concernant. Il avait aussi semé le doute dans l'esprit de Kris, sachant qu'elle le percevrait et y réagirait.

Pourtant Orthallen parla en faveur de la décision de la reine, ce qui surprit Talia, car il avait été l'un des plus farouches partisans du mariage d'Elspeth. Et quand il intervenait, tous les membres du Conseil prêtaient attention à ses paroles.

— Seigneurs et dames, la reine a parfaitement raison. Nous n'avons qu'une héritière, il n'est pas question de courir un tel risque. La jeune Elspeth doit recevoir sa formation, c'est une nécessité. Je ne demande plus des fiançailles immédiates. Alessandar est un monarque avisé, il sera d'accord pour entamer des négociations sur la base de la promesse d'union que nous lui ferons. Ainsi, nous cumulerons les avantages des deux possibilités.

Hyron regarda Orthallen comme s'il lui avait poussé une deuxième tête. Les membres de sa faction et ses opposants eurent l'air aussi étonnés les uns que les autres.

Le résultat de ce discours fut un vote unanime. À elles deux, la reine et son Héraut avaient le droit de veto, mais le soutien moral que l'accord du Conseil donnait à

Selenay n'était pas négligeable. Talia se demanda toutefois quels propos seraient échangés en privé, une fois la session terminée...

Les autres points de l'ordre du jour étaient plus courants : remises de taxes pour certains villages frappés par les inondations, envoi de troupes au Lac Evendim pour tenter de décourager les pillards, imposition d'une amende à un clan de marchands qui avait trempé dans le trafic d'esclaves.

Les discussions concernant le nombre d'hommes à envoyer au Lac Evendim, et les moyens de financer l'opération, durèrent des heures. Talia était du côté des pêcheurs de la région du lac, mais elle comprenait aussi la position des personnes dans les poches de qui l'on piocherait : les habitants des riches terres agricoles et les Guildes de Marchands du seigneur Gildas et de dame Cathan.

Les négociations n'aboutissaient pas, chaque clan restant sur ses positions. Alors Talia eut une idée.

— Pardonnez-moi, mais si je me souviens bien, seuls les jeunes gens en bonne santé partent sur les bateaux, en saison ; les autres restent dans les villages temporaires, n'est-ce pas ?

— Oui, c'est bien ce qui les rend si difficiles à défendre, grogna le seigneur prévôt. Il ne reste personne capable de prendre les armes !

— Vous avez dit aussi qu'une bonne partie des troupes passerait son temps en mission de surveillance le long des côtes. Dans ce cas, pourquoi ne pas pourvoir aux besoins d'une fraction des villageois qui restent, pour qu'ils assurent ce travail ? Il suffit d'une bonne paire d'yeux, après tout…

— La plupart sont des *enfants* ! protesta le seigneur Gartheser. C'est une idée complètement idiote !

— Pas forcément, Gartheser, intervint Myrim. N'oubliez pas qu'ils n'auront pas besoin de se battre, mais seulement de surveiller et de donner l'alerte. Ils seront cachés. Si nous faisons ce que suggère la jeune fille, nous enverrons seulement deux tiers des troupes prévues. C'est ce que demandent Cathan et Gildas.

— Mais il vous faudra pourvoir aux besoins de tous, soldats aussi bien que gardes côtiers, espèces d'avares ! s'exclama dame Kester.

— Comment donner à des enfants une telle responsabilité ? demanda Hyron. Pouvons-nous être sûrs qu'ils ne vont pas délaisser leur devoir pour aller jouer ?

— Les enfants nés sur la frontière n'ont pas un comportement très enfantin, dit doucement Talia.

La porte-parole de l'Est hocha la tête en signe d'accord.

— Oui, acquiesça dame Wyrist, je suppose que vos pêcheurs ressemblent beaucoup à mes gens des Hold. Les enfants n'ont pas beaucoup de temps pour les jeux…

— Ce qui les rend plus susceptibles de s'échapper s'ils en ont l'occasion, insista Hyron.

— Pas quand ils ont vu des familles entières massacrées par les pirates qu'ils sont supposés surveiller, assura Myrim. J'ai servi dans ces régions. Je ferais plus confiance à ces « enfants » qu'à certains nobles, que je ne nommerai pas.

— Bien dit, ma dame, applaudit Kester. De plus, vous pourriez peut-être convaincre vos troupes de mettre la main à la pâte, moyennant salaire.

— Par exemple ?

— Réparer les filets, sécher le poisson et les éponges, préparer les habitations d'hiver...

— Oui, je pense que c'est faisable, en présentant bien la chose.

— C'est d'accord, dans ce cas. Qu'en pensez-vous, Cathan, Gildas ?

Les interpellés furent ravis d'en arriver à un consensus. Le Conseil conclut sa session sur cette note positive. Selenay et Talia se levèrent à l'unisson et sortirent les premières, Kyril sur leurs talons.

— Bravo, souffla Kyril à l'oreille de Talia. Bien joué !

— Joué ?

— Oui, et ne faites pas l'innocente ! renchérit Elcarth. Il était futé de mettre de votre côté les seigneurs de la frontière.

— C'était le seul moyen de débloquer les choses. (Talia sourit.) Il suffisait de faire appel à la fierté des gens de la frontière. Oui, nous sommes fiers d'être travailleurs, même enfants !

— C'était délicieux, intervint Selenay. Maintenant, dites-moi, qu'auriez-vous fait si vous n'aviez pas connu les murs des pêcheurs grâce à Keren, Teren et Sherrill ? vous n'auriez rien dit ?

— Je ne crois pas. J'aurais suggéré d'ajourner la décision jusqu'à ce que je puisse prendre l'avis d'un expert de cette région ; de préférence un Héraut qui ait déjà fait plusieurs fois le périple.

— Très bien. C'est ce que j'allais faire quand vous avez pris la parole. Nous commençons à penser comme une équipe, conclut Selenay. Je vais déjeuner avec Kyril et le sénéchal. Votre présence étant inutile, vous pouvez aller vous restaurer au Collegium. Ensuite, j'aurai des audiences officielles à 13 heures, et ce pendant environ trois heures. Vous devrez être présente. Puis vous serez libre jusqu'à l'heure du dîner de la Cour. Après, si rien de particulier ne se passe, vous serez de nouveau tranquille.

— Mais Alberich vous attend à 16 heures, et Devan à dix-sept. (Elcarth sourit quand Talia se mit à gémir.) Soyez la bienvenue, mon enfant !

— Oh, fit-elle, c'est mieux que pelleter de la neige, j'imagine ! Mais je ne croyais pas que le terrain allait me manquer si vite !

— Tu m'as pourtant affirmé le contraire, lança une voix derrière elle.

Talia, se retournant, vit Kris, un sourire narquois sur le visage.

— J'ai menti, fit-elle en souriant aussi.

— Toi ? Impossible ! se récria plaisamment Kris. Et cette réunion du Conseil, comment a-t-elle tourné ?

Elle aurait voulu tout lui raconter, mais elle se rappela à temps qui il avait pour parent. Tout ce qu'elle lui dirait serait rapporté à Orthallen ; Kris le ferait en toute innocence, sans réaliser qu'il donnerait à son oncle des armes contre la jeune femme.

— Il ne s'est pas passé grand-chose. Les fiançailles sont ajournées jusqu'à ce qu'Elspeth ait terminé sa formation. Kris, je suis désolée, mais je manque de temps. Je te raconterai ça plus tard, d'accord ?

Elle s'enfuit avant qu'il puisse lui poser d'autres questions.

Après un repas rapide, Talia se lava et se changea pour les audiences, qui exigeaient une tenue plus formelle que pour le Conseil du matin. Lors de ces occasions, son rôle était autant celui d'une conseillère que d'un garde du corps.

La salle d'audience était longue et étroite, granit et bois s'y mêlant comme dans le reste du palais. Derrière le trône, dressé sur une estrade, le mur portait en haut-relief les armes royales. Il n'y avait aucun rideau où un assassin aurait pu se dissimuler. Pendant toute l'audience, Talia se tint debout derrière la reine, celle-ci entendant le moindre mot que murmurait son Héraut. Ceux qui avaient une requête à présenter devaient traverser toute la longueur de la salle ; cela donnait à Talia le temps de « lire » leur état émotionnel si elle pensait que c'était nécessaire.

Il ne se passa rien de particulier pendant les audiences. Un petit propriétaire demanda le droit d'installer une succursale de la Guilde des Teinturiers dans son domaine ; deux nobles qui s'étaient défiés en duel cherchaient un moyen de s'en tirer sans perdre la face. Et ainsi de suite…

Jamais une situation ne sembla assez tendue pour que Talia sonde les émotions des participants.

La jeune femme se rendit ensuite à sa séance avec Alberich. Rien n'avait changé dans la salle d'entraînement. Le maître d'armes lui-même n'avait pas beaucoup changé non plus. Son visage couturé de cicatrices restait tout aussi impassible ; sa longue chevelure noire n'avait pas un fil d'argent de plus que la dernière fois où Talia l'avait vu.

Elspeth était déjà là, engagée dans un combat contre Jeri sous l'œil critique d'Alberich. À la grande surprise de Talia, l'héritière faisait jeu égal avec Jeri. Toutes deux étaient trempées de sueur quand Alberich annonça la fin de la séance.

— Vous vous en sortez très bien, petites. Toutes les deux ! Jeri, travaillez davantage votre défense. Elspeth, si vous n'étiez pas déjà si occupée, je ferais de vous l'assistante de Jeri.

Elspeth leva la tête, le regard brillant de plaisir.

— Toutefois, vous êtes encore loin de la perfection. Vous avez une faiblesse à gauche. Dorénavant, vous travaillerez avec la senestre, sauf quand je vous le dirai. Cela suffit pour aujourd'hui, allez vous laver. Vous sentez aussi fort que vos Compagnons !

Il se tourna vers Talia.

— Je crois, déclara celle-ci, que je vais avoir des problèmes.

Alberich sourit.

— Non, petite Talia, ne craignez rien. Je sais que vous n'avez pas beaucoup eu l'occasion de vous entraîner. Aujourd'hui, nous allons évaluer ce que vous avez perdu… et demain, oui, vous aurez des problèmes !

Talia fut reconnaissante à Kris d'avoir insisté pour qu'ils s'entraînent aussi souvent que possible. Alberich, satisfait de constater qu'elle avait peu régressé, garda pour lui la plupart de ses remarques sarcastiques.

Après s'être lavée et changée de nouveau, Talia courut au Collegium des Guérisseurs, où Devan et Rynee l'attendaient. Ils lui racontèrent succinctement ce qui s'était passé au cours des dix-huit derniers mois, Rynee n'ayant pas eu à traiter de traumatisme majeur dans le Cercle Héraldique. Ainsi Talia put-elle se rendre au Champ des Compagnons au moment où sonnait la cloche du dîner.

Rolan l'attendait à la barrière. Elle se hissa sur son dos sans se soucier de prendre une selle.

—Je vais mourir d'épuisement, déclara-t-elle tandis qu'ils trottaient vers un bosquet tranquille. C'est encore pire que lorsque j'étais étudiante!

Rolan émit une onde de réconfort.

—Tu crois que je m'y ferai dans quelques jours? Par le ciel, je l'espère! Oui… Les sessions du Conseil n'ont lieu que trois fois par semaine, mais les audiences se passent tous les jours. Alberich me mettra à la torture, mais je pourrai programmer Devan avant le déjeuner et après le repas de midi. L'entraînement aux armes viendra juste avant le dîner, ainsi je n'aurai à me changer que deux fois par jour. Et je te verrai dès que j'aurai un moment de libre, mon cher Rolan. Même si, avec notre lien mental, je n'ai pas *vraiment* besoin d'être en contact physique avec toi. Que penses-tu des audiences?

Rolan pencha la tête et fit un bruit qui imitait à merveille un ronflement humain.

—Toi aussi, elles t'endorment? Par le ciel, je me demande parfois pourquoi j'ai voulu devenir Héraut!

Rolan lui envoya des images mentales de certaines de leurs missions les plus mouvementées.

—Oui, tu as raison, ma foi. Et que penses-tu de la façon dont Elspeth s'en tire?

À la surprise de Talia, Rolan était un peu inquiet, mais il ne transmit rien de spécifique.

— Est-ce assez important pour que je me mette en transe afin de savoir de quoi il s'agit ?

Rolan secoua la tête.

— D'accord, ça n'est probablement rien de bien grave. Peut-être un peu d'énervement, avec un programme aussi chargé que le sien…

Talia descendit près d'une petite mare alimentée par un ruisseau. Assise dans l'herbe, elle regarda le soleil se coucher, Rolan debout auprès d'elle.

— Je suis vraiment le Héraut de la reine, maintenant, dit-elle au bout d'un moment. J'ai parfois cru que je n'y parviendrais pas…

Elle avait désormais le droit de vote au Conseil, celui de veto, et la possibilité de s'opposer aux décisions de Selenay. (Mais elle ignorait si elle aurait jamais le cran d'utiliser *ce droit-là*.)

C'était effrayant à plus d'un titre ; la meilleure politique était probablement de rester dans l'ombre, d'être l'éminence grise de la reine et de se mettre en avant seulement dans les cas graves. Cela convenait à Talia. Elle n'aimait pas du tout attirer l'attention des gens ; elle avait détesté être un point de mire, surtout celui d'Orthallen. Mais Selenay avait eu l'air plus à l'aise du fait de sa seule présence, c'était certain. Pour Talia, c'était la justification de son travail : être pour la reine une amie véritable en qui elle puisse avoir toute confiance.

Le soleil couchant teintait de pourpre et d'or les quelques nuages qui passaient à l'ouest ; le ciel vira lentement du bleu au mauve foncé. Au firmament, les Chiens de Chasse, les deux étoiles qui escortaient le soleil, brillaient de toute leur splendeur lointaine. La dominante pourpre s'étendit aux nuages et les colora comme si on les avait plongés dans un bain de teinture. La lumière baissa et l'ombre envahit le paysage. Les grenouilles commencèrent à chanter dans la mare, aux pieds de Talia. Des jacinthes nocturnes s'ouvrirent non loin de là ; leur parfum suave porté par la brise vint caresser les narines de la jeune femme.

Tout était idyllique, calme et majestueux. Talia aurait aimé ne plus jamais bouger de l'endroit d'où elle admirait tant de splendeur…

Ce fut le moment que choisit un moustique affamé pour la piquer sans ménagement.

— Aïe ! Sale bête ! (Elle flanqua une claque à l'importun, puis se mit à rire.) Les dieux me rappellent à mon devoir. Je retourne travailler, mon chéri. Profite bien de ta soirée.

Chapitre 3

Comme si la minuscule piqûre avait été un signe des dieux, les choses allèrent de travers dès ce moment, en commençant par le temps, qui se gâta. Il plut chaque jour. Quand le soleil faisait une apparition, il donnait une lumière si triste et grise que Talia en était déprimée. Les quelques bourgeons qui avaient réussi à s'ouvrir pendouillaient misérablement sur leurs branches. Le royaume entier était affecté ; tous les jours, des rapports d'inondations atteignaient le palais.

Les Conseillers travaillaient sans relâche pour faire face aux urgences ; l'ambiance sinistre les rendait querelleurs et enclins à s'accrocher à la première occasion. Talia n'était pas la dernière à être en butte à leur mauvaise humeur. En un sens, c'était signe qu'elle avait été acceptée…

C'était une situation qu'elle pouvait gérer, même s'il lui semblait de plus en plus difficile de garder son calme, quand chacun perdait le sien. Le plus dur était d'affronter la façon subtile de miner son autorité qu'avait adoptée Orthallen. Il ne critiquait jamais ouvertement, mais lançait des piques discrètes, sous-entendant qu'elle était peut-être un peu inexpérimentée pour son poste, qu'elle réagissait avec la fougue bien caractéristique de la jeunesse... qu'elle avait sûrement l'intention de bien faire, mais... et ainsi de suite. Son hypocrisie donnait envie de mordre à Talia. La seule façon de réagir était de se montrer encore plus raisonnable et calme que lui.

Pis encore, les choses n'allaient pas bien du tout entre elle et Kris.

— Par le ciel, Talia, grogna Kris, il fait ce qu'il pense être son devoir !

Talia compta lentement jusqu'à dix.

— Il prétendait que ma réaction était exagérée, tandis que dame Kester hurlait à pleins poumons que Hyron était un abruti sans cervelle ! Chaque fois que les autres Conseillers semblent vouloir m'écouter, il nous ressasse la même chanson !

— Je ne vois toujours pas ce que la conduite de mon oncle a de si alarmant...

— Par le diable, Kris !

— Talia, il est vieux, il ne changera plus. Tu lui parais dangereusement jeune, susceptible de prendre sa place... Aie un peu pitié de lui, ce n'est qu'un être humain !

— Et moi, que suis-je ? protesta-t-elle en tentant de garder son sang-froid, même si la querelle lui donnait la migraine. Suis-je censée apprécier qu'il me tourne en dérision ?

— Il ne te fait rien du tout ! grommela Kris, plissant les yeux comme s'il souffrait lui aussi de maux de tête. Franchement, je crois que tu vois des insultes et du danger là où il n'y a rien du tout !

— Dans ce cas, je vais emporter mon imagination débordante ailleurs !

Malgré l'appel qu'il lui lança d'une voix angoissée, elle tourna les talons et partit en courant.

Après cette scène, ils ne parlèrent plus de grand-chose. Talia s'aperçut que son amitié lui manquait, plus que la composante physique de leur lien ; pour dire la vérité, maintenant qu'elle avait perdu l'habitude de la chasteté, cela lui manquait également.

Il y avait aussi le problème de sa relation – ou plutôt de son absence de relation – avec Dirk.

Son comportement était des plus étonnants : un moment il avait l'air décidé à lui parler seul à seule, l'instant d'après il l'évitait. Parfois il poussait Kris à la voir, d'autres fois il l'empêchait délibérément de la rencontrer…

Talia le trouva appuyé à la barrière du Champ des Compagnons. Il regardait dans le vide, l'air morose. Par extraordinaire, il ne pleuvait pas, même si le ciel était plombé.

— Dirk ?

Il sursauta et se retourna d'un bloc.

— Que… que fais-tu là ? demanda-t-il d'un ton peu aimable, se pressant contre la barrière comme s'il voulait la traverser et s'enfuir.

— La même chose que toi, sans doute, répondit Talia. Je viens voir mon Compagnon. Je n'ai pas envie de me promener seule…

—Dans ce cas, ne devrais-tu pas t'adresser à Kris? demanda-t-il avec une grimace, comme s'il avalait quelque chose d'amer. (Elle ne sut que répondre. Il fit un pas hésitant vers elle.) Talia... Kris est un ami, plus qu'un ami, un frère... Je...

—Oui?

—Je dois m'en aller, haleta-t-il avant de prendre la fuite.

Elle en aurait hurlé de frustration. C'était la quatrième fois qu'il lui jouait ce petit tour. Étant donné l'état de leurs relations, elle n'avait pas envie de demander l'aide de Kris. D'ailleurs, elle ne l'avait pas beaucoup vu, dernièrement.

Elle appela mentalement Rolan, en retenant un soupir d'exaspération. Ils avaient besoin d'exercice, et lui, au moins, l'écouterait d'une oreille attentive.

Kris évitait Talia à dessein.

Depuis son retour, Orthallen faisait de son mieux pour voir son neveu deux ou trois fois par semaine. Lors de ces rencontres, la conversation tournait toujours autour de Talia.

Pas par hasard, Kris en était sûr. Il *sentait* que son oncle cherchait quelque chose, peut-être une faiblesse ou une faille dans la personnalité du Héraut de la reine. Chaque fois que Kris faisait l'éloge de Talia, son oncle commentait par un «oui, mais peut-être que...» qui n'était jamais flatteur.

Comme lors de leur dernier entretien...

Après un échange de nouvelles de la famille, Orthallen avait demandé, d'un ton apparemment détaché:

— Et comment s'en sort ta jeune protégée ? Avec tous les problèmes survenus dernièrement, je me demande si elle est encore capable d'assumer tout cela...

— Je serais bien le dernier à le savoir, répondit abruptement Kris. Nos multiples obligations aidant, nous ne nous voyons plus très souvent.

— Oh ? J'avais cru comprendre que les Hérauts savaient toujours ce qui arrive aux leurs... Je t'ai posé la question car je lui trouvais l'air fatigué. Je pensais qu'elle t'en avait peut-être parlé. Elle assume une très lourde charge, pour quelqu'un d'aussi jeune.

— Elle est capable de la mener à bien, mon oncle. Je vous l'ai déjà dit. Sinon, Rolan ne l'aurait pas choisie.

— Oui, tu as sûrement raison. Pourtant, ces rumeurs sur la façon dont elle utiliserait son Don pour manipuler...

— ... sont sans fondement, assura Kris. Je vous l'ai dit. Elle est si prudente qu'il faut la forcer pour qu'elle accepte de lire l'aura de quelqu'un...

Kris s'arrêta net, se demandant s'il n'en disait pas trop.

— Ah, soupira le vieil homme après un bref silence, j'en suis content. Cette petite semble avoir une grande sagesse. Toutefois, je te serais reconnaissant de me prévenir si elle avait des problèmes. Étant le Conseiller le plus âgé de la reine, je dois être au courant de tout. Je serais heureux de l'aider au mieux de mes capacités, mais elle semble toujours me reprocher cette affaire, du temps où elle était étudiante. Je doute qu'elle ait confiance en moi.

Kris avait marmonné quelque banalité ; son oncle l'avait quitté apparemment satisfait, mais le jeune homme gardait une mauvaise impression de la conversation.

Il regrettait maintenant d'avoir confié au Conseiller que Talia et Dirk partageaient un lien pour la vie. Il n'avait pas envie de voir son amie alors que tant de sentiments contraires s'agitaient en lui. Elle les lui ferait avouer en un clin d'œil, il en était sûr. Il n'était pas d'humeur à traiter avec un « je te l'avais bien dit » explicite ou implicite…

Il était aussi possible qu'elle l'ait contaminé, avec sa paranoïa au sujet d'Orthallen.

S'il avait pu être sûr d'une chose ou de l'autre! Comme c'était impossible, il évitait la jeune femme.

Assis à califourchon sur une chaise usée de sa chambre, Dirk avait l'impression que son esprit se déchirait.

Il ne savait pas ce qu'il voulait : une partie de lui était décidée à conquérir Talia par tous les moyens, loyaux ou déloyaux. Une autre lui soufflait de laisser le champ libre à Kris, et lui murmurait qu'il n'avait pas envie de s'engager de nouveau dans une relation avec une femme : il n'y avait qu'à voir ce que la dernière lui avait apporté…

Oui, la dernière. Dame Naril. Oh! mon Dieu!… j'ai été un tel imbécile… un mouton idiot marchant tout seul à l'abattoir, voilà ce que j'étais.

Il avait pourtant connu quelques aventures, même s'il venait toujours en second derrière Kris, né dans les cercles aristocratiques où lui-même se sentait un intrus. Et quand on lui avait présenté Naril…

J'ai cru qu'elle était innocente, pure. Elle semblait perdue au milieu des autres, cherchant désespérément un ami… Et elle était si jeune et si belle…

Comment aurait-il pu savoir qu'en seize courtes années elle avait brisé plus de cœurs qu'une rose a d'épines ?

Comment aurait-il pu deviner qu'elle voulait se servir de lui pour séduire Kris ?

J'étais fou amoureux... ne voyant en elle que ce que je voulais y voir. Et j'ai perdu le peu de bon sens que j'avais...

Mais il lui en était resté assez pour assister en secret à l'entrevue qu'elle lui avait demandé de lui arranger avec son meilleur ami.

Je n'ai pas voulu en croire mes oreilles quand elle a lancé son ultimatum à Kris. Elle voulait qu'il couche avec elle jusqu'à ce qu'elle se lasse de lui, ou elle s'arrangerait pour transformer ma vie en enfer.

Il avait fait irruption dans la pièce et exigé de savoir ce qu'elle voulait dire. Kris s'était éclipsé ; Naril avait laissé libre cours à sa déception et à sa haine. À la fin de son discours, il avait eu envie de mourir.

Elle n'avait pas entièrement tort, se dit-il. *Quelle femme douée de raison voudrait de moi alors qu'elle a Kris à portée de la main ?*

Il lui avait fallu longtemps pour se remettre. La même chose était-elle en train de se reproduire ? Il ne pensait pas pouvoir le supporter une seconde fois.

Il s'était jeté à corps perdu dans le travail pour oublier Talia, mais il ne pouvait pas s'empêcher de la regarder. Penser à elle le troublait, mais ça le dérangeait encore plus de ne pas y penser.

Par le ciel, que vais-je pouvoir faire ?

Le ciel ne lui fournit aucune réponse.

Après trois semaines de pluie, le temps s'était un peu éclairci. Au grand soulagement de Talia, l'humeur à la Cour et au Collegium était plus égale. Ce soir-là, alors qu'il faisait assez chaud pour laisser les fenêtres ouvertes, Talia dormait d'un sommeil profond quand le glas retentit.

Elle émergea d'un cauchemar de flammes, de peur et de douleur. Les mains crispées sur ses couvertures, il lui fallut un moment pour réaliser que l'air qu'elle respirait n'était pas brûlant et étouffant de fumée. Quand elle eut repris ses esprits, elle comprit que le rêve de feu et le glas étaient liés.

Le feu. Le Héraut de sa connaissance le plus associé au feu était Griffon, son camarade de classe, son ami. Oh ! non ! Pas lui !

Le nom qui vint à son esprit tandis qu'elle regardait devant elle sans voir ce qui l'entourait ne fut pourtant pas celui de Griffon, mais celui de Christa. Elle s'en souvenait maintenant, c'était une des élèves de Dirk. Son Don était la téléportation.

C'était une tragédie encore plus terrible, car Christa était encore en mission de probation quand la mort l'avait fauchée.

Quand tous les Hérauts eurent mis bout à bout les bribes d'informations reçues au moment où le glas avait sonné, ils ne furent pas beaucoup plus avancés. Ils savaient seulement que Christa était morte. Son tuteur, la délicieuse et lascive Destria, était grièvement blessée. La cause ? Des pillards et un grand incendie.

Les Guérisseurs du Temple où Destria avait été amenée firent passer un message mental : la jeune femme avait besoin de plus de soins qu'ils ne pouvaient en donner. Ils renvoyaient Destria au Collegium des Guérisseurs ; avec elle viendraient des explications.

Ils arrivèrent avant la fin de la semaine : un Héraut rescapé, Destria – pauvre chose pitoyable transportée sur une litière entre deux Compagnons, dont l'un était le sien, Sofi –, et un paysan aux vêtements encore noircis de fumée. Pour arriver aussi rapidement, ils avaient voyagé nuit et jour.

Selenay convoqua une session extraordinaire du Conseil. Ils écoutèrent le récit du survivant, une histoire d'horreur qui contait l'assassinat de la quasi-totalité des gens de son village par une bande de pillards bien organisés et bien armés.

— Ce fut un massacre pur et simple, dit-il aux Conseillers, la voix toujours rauque à cause de la fumée. Nous y sommes allés tête baissée, comme une bande de moutons. Nous avions eu tellement de problèmes avec les brigands, pendant l'hiver, que leur brusque disparition aurait dû nous mettre la puce à l'oreille. Mais nous avons juste pensé qu'ils étaient partis vers des lieux plus cléments. Ah, imbéciles que nous avons été !

Il se prit la tête entre les mains. Quand il se redressa, il y avait des larmes sur ses joues.

— Ils s'étaient rassemblés, comprenez-vous. Un des loups était parvenu à devenir le chef de la meute. Nous étions fiers de la façon dont nous avions étudié les défenses de notre village. Nous l'avions bâti dans une vallée inexpugnable, entourée de montagnes et fermée par un col étroit. Nous avions nos propres puits, des réserves de nourriture ; nous étions sûrs que rien ne pouvait nous arriver. Ils ont tué les sentinelles, empoisonné nos chiens de garde et envoyé des flèches enflammées sur nos maisons de bois et de chaume : le village a flambé comme une torche. Ils s'étaient postés à l'embouchure du col et ils nous ont descendus comme des lapins. Ils ne tiraient pas pour tuer : les morts ne parlent pas. Ces monstres voulaient nous faire dire où nous cachions nos misérables biens. La moitié de ceux qu'ils ont blessés ne marcheront plus jamais. Un quart d'entre eux ont succombé à leurs blessures et beaucoup d'enfants ont péri dans l'incendie des maisons.

Un murmure d'horreur se fit entendre autour de la table du Conseil. Dame Kester se cacha le visage dans les mains.

— Les Hérauts n'étaient pas loin, continua le paysan. Ils dormaient dans un abri, je crois. Je ne sais comment ils ont été informés de la tragédie, cela doit faire partie de votre magie. Ils ont attaqué les pillards par l'arrière, un « détachement » de deux personnes ! Et vos chevaux blancs, vos... Compagnons... valent bien une armée à eux tout seuls. Ils ont dispersé les bandits. L'aînée des Hérauts nous a aidés à nous organiser, puis à éliminer les tireurs isolés restant sur les hauteurs. La plus jeune est allée vers les bâtiments en flammes, cherchant à sauver ceux dont elle entendait les cris, je suppose... L'autre Héraut ne s'est pas aperçue qu'elle était partie... jusqu'à ce que...

Il s'interrompit, les mains tremblantes, puis reprit d'une voix étranglée :

— J'ai entendu des cris plus affreux qu'auparavant. Votre Héraut la plus âgée a sursauté, comme si on lui avait tiré dessus. Elle est partie en courant vers les maisons. Je l'ai suivie, j'espérais pouvoir aider à lutter contre l'incendie. Sa jeune compagne était bloquée en haut du second étage d'une des bâtisses. Avec un calme extraordinaire, elle lançait des gamins dans les bras de leurs parents. Je ne sais pas comment elle faisait. Un moment elle avait l'enfant dans les bras, l'instant d'après il était dans ceux de son père ou de sa mère. L'autre Héraut a couru vers elle, lui a crié de sauter. Elle a secoué la tête, puis elle est retournée dans la maison. Le plancher s'est écroulé à ce moment-là. Alors son cheval a défoncé le mur ; il est entré, l'autre femme sur les talons. À peine avait-elle passé la porte que le toit s'est effondré. Nous avons réussi à sortir la plus âgée de là, mais l'autre…

Un des pages apporta du vin à l'homme, qui le but en claquant des dents.

— Voilà ce qui est arrivé. Nous avons réussi à repousser les pillards, mais nous n'en avons tué qu'une poignée. Ils reviendront, nous le savons. Nous avons perdu la moitié de la population, presque tous les hommes valides. J'étais pratiquement le seul capable de chevaucher jusqu'ici. Votre Majesté, mes seigneurs, nous avons besoin d'aide… nous en avons vraiment besoin.

— Vous en aurez, affirma Selenay, les yeux brillants de colère. Ce n'est pas la première incursion de ces brutes, mais c'est la plus violente. Il est clair que vous ne pouvez pas grand-chose contre des brigands si bien organisés. Venez avec moi, mon seigneur prévôt, et vous aussi, mon bon ami. Nous allons mobiliser une compagnie de la Garde.

Elle jeta un regard interrogateur au reste du Conseil. Dame Cathan parla au nom de tous.

— Faites ce qui sera nécessaire, Majesté. Vous et le seigneur prévôt êtes les meilleurs juges en la matière.

Talia approuva de la tête, ainsi que tous les autres Conseillers. Depuis plusieurs mois, les brigands s'organisaient dans les Marches de TourneFaucon. Ils avaient déjà lancé des raids, mais aucun de cette envergure. De toute évidence, cela dépassait les compétences d'une milice locale.

Talia s'éclipsa à ce moment, sachant que Selenay n'avait pas besoin d'elle, mais que quelqu'un d'autre l'appelait mentalement. Une fois hors de la salle du Conseil, elle partit au pas de course.

Elle courait toujours quand elle passa les portes du Collegium des Guérisseurs. Comme si ç'avait été une voix, elle entendait l'appel d'une âme tourmentée de douleur. Elle entra presque en collision avec Devan, qui était en chemin pour la chercher.

— J'aurais dû me douter que vous la sentiriez appeler, dit-il. (Ils coururent côte à côte.) Talia, elle nous résiste, nous ne pouvons pas traverser ses barrières pour mettre en place le plus sommaire blocage antidouleur. Elle se reproche la mort de Christa et n'aspire plus qu'à mourir elle aussi. Rynee n'arrive à rien avec elle.

— C'est ce que je craignais. Par le ciel, son sentiment de culpabilité est si fort que je peux presque le *toucher* ! J'espère que j'arriverai à franchir ses barrières…

La pauvre Destria n'était pas belle à voir. On l'avait couchée sur un des lits conçus spécialement pour les grands brûlés. La pièce était immaculée, l'unique fenêtre restant fermée pour éviter toute contamination. Chaque objet utilisé dans la pièce en était retiré dès qu'il n'était plus nécessaire.

Destria devait la vie aux soins qui lui avaient été prodigués sur le terrain par les Guérisseurs. Ses bras, ses mains et son torse étaient enveloppés dans un cataplasme spécial à base de plantes tenu en place par de fines lanières de cuir de veau. Sous les bandages, Talia savait que la chair était à vif. Destria reposait sur un matelas de peau de mouton retournée, qui formait une couche élastique.

Talia s'agenouilla à côté de la paillasse et posa les deux mains sur le front de Destria. La tête était la partie la moins touchée du corps de la jeune femme. Quand Talia s'enfonça mentalement dans le maelström de culpabilité, de douleur et de délire qu'était l'esprit de la malheureuse, elle sut que cette bataille serait la plus dure de celles qu'elle avait livrées.

Le premier travail de Talia était de déterminer d'où provenait ce sentiment de culpabilité. Ce ne fut pas difficile : il lui suffit de baisser un peu ses boucliers et de se laisser entraîner dans un tourbillon d'émotions négatives. Destria s'était réfugiée au plus profond d'elle-même, enroulée dans un cocon de détresse. Talia déroula le cocon d'une « main » mentale lumineuse, jusqu'à ce que Destria, ou ce qui en restait, se tienne devant elle, frissonnante.

Malgré sa résistance, Talia l'attira dans un rapport mental où rien n'était caché ni secret.

J'ai échoué... Ils me faisaient confiance et j'ai échoué parce que j'ai été égoïste. Je ne mérite pas mes vêtements blancs, mais la mort.

Talia comprenait ce sentiment, mais elle savait que Rynee ne pouvait pas faire de même. On pensait les Hérauts dépourvus d'égoïsme, entièrement dévoués à leur mission. C'était, bien sûr, impossible. Mais parfois eux-mêmes y croyaient et se blâmaient quand les choses tournaient mal.

Talia devait prouver à Destria qu'il n'y avait pas de mal à être un Héraut et un être humain. Ce serait malaisé, car la culpabilité de la malheureuse n'était pas sans lien avec les doutes que Talia connaissait à l'occasion.

Combien de fois s'était-elle reproché de vouloir un peu de temps pour penser à elle-même... Souvent elle avait rêvé de pouvoir s'abandonner à la paresse, avoir une vie privée... et toujours elle s'était sentie coupable.

Chaque fois que la colère avait failli la submerger, n'avait-elle pas aussi éprouvé ce sentiment de culpabilité ?

Elle comprenait trop bien ce que Destria ressentait.

Pour les observateurs, il n'y avait pas beaucoup de signes extérieurs de la lutte qui se déroulait, à part la transpiration qui mouillait le front de Talia. Tous restèrent dans la même position. Au bout d'une demi-heure, Rynee murmura à Devan :

— Je crois qu'elle est en train d'arriver à quelque chose. Destria m'a « jetée dehors » après quelques minutes et elle ne m'a pas laissée revenir.

Après une heure, Talia rompit le contact en soupirant. Elle s'effondra, épuisée.

— Prenez la relève. Je l'ai convaincue pour un temps, elle ne vous repoussera pas.

Les autres Guérisseurs se ruèrent au chevet de Destria. Son Don de Guérison concernant plutôt les problèmes mentaux que physiques, Rynee aida Talia à se lever.

— Pourquoi ne suis-je pas parvenue à percer ses défenses ?

— C'est simple. Je suis un Héraut, pas vous. Dieu ! Je suis fatiguée. Et il me faudra recommencer demain, ou elle s'opposera de nouveau à vous. Quand elle ira mieux, je devrai la convaincre que ce qui lui est arrivé n'est pas une punition du ciel pour ses frénétiques activités amoureuses, et que les hommes continueront à l'apprécier malgré ses cicatrices.

— Oui, elle aura des cicatrices, je peux déjà le dire. Heureusement, son visage est intact, mais certains endroits… ne seront pas très beaux à voir. La seule victime aussi gravement brûlée que j'aie jamais connue était… Vostel, je crois. Où se trouve-t-il en ce moment ?

— En mission. Oh, je vois où vous voulez en venir ! Nous pourrions peut-être le rappeler au Collegium pour un temps…

— Oui, ce serait sans doute le meilleur remède pour elle. Il est passé par là. Il sait qu'il faut se forcer, malgré la douleur, pour retrouver l'usage de ses bras et de ses jambes. C'est un Héraut, Destria croira ce qu'il lui dit. Et malgré ses cicatrices, c'est toujours un assez bel homme. Et il ne croit pas à ces histoires de punition divine.

Talia eut un petit rire.

— Excellente idée! Si nous nous y prenons bien, nous lui ferons faire la moitié du travail de guérison. Je ne doute pas que lui et Destria se trouveront des points communs dès qu'elle sera redevenue elle-même. Je vais aller voir Kyril et lui demander de rappeler Vostel dès qu'il sera possible de le remplacer. Il sera là quand elle commencera à avoir besoin de lui.

Talia tituba en s'éloignant du mur qui la soutenait. Rynee la conduisit jusqu'à un divan couvert de coussins qui avait l'air très confortable.

— Allongez-vous, et prenez un peu de repos. Dormez si vous le pouvez, je vous réveillerai en cas de besoin. Si vous ne vous reposez pas, vous ne serez d'aucune utilité à personne. Vous savez ce qu'on dit : ne contrariez jamais un Guérisseur!

— Je n'oserais pas, sourit Talia.

— Très bien. Faites en sorte que cela ne change pas.

Une semaine plus tard, Talia allait de la salle des audiences vers ses appartements pour mettre ses habits d'entraînement. Elle était d'humeur sombre. De plus en plus de gens venaient de la région des Marches de TourneFaucon pour rendre compte des déprédations de la petite armée de bandits qui avaient brûlé le village où Christa avait trouvé la mort. La contrée était sauvage et rocheuse, ce qui leur avait permis de s'organiser secrètement, et leur permettait maintenant d'échapper aux gardes qui tentaient de les arrêter.

Orthallen se servait de l'existence des pillards comme d'une arme politique, et cette manœuvre écœurait Talia.

L'oncle de Kris venait tout juste de les régaler d'une telle tirade.

Il y avait maintenant six Hérauts sur les lieux, en plus de la compagnie de gardes dépêchés par Selenay. Les Élus se chargeaient d'organiser la défense des civils, car les gardes ne pouvaient pas être sur tous les fronts. Le Héraut Patris avait envoyé un message.

« Ces chiens semblent toujours savoir où sont les gardes. Ils frappent et s'enfuient avant que nous puissions agir, car ils connaissent par cœur ces collines rocailleuses et les cavernes où ils peuvent se cacher. Je crois qu'ils se servent beaucoup des réseaux de grottes qui relient entre elles les collines. Nous ne pouvons plus protéger les animaux domestiques ni les récoltes, et nous serons heureux d'arriver simplement à sauver la vie des villageois. Le pire, c'est que, après leur avoir pris leurs possessions, ces brutes se sont mises à voler le seul bien qu'il leur restait : leurs enfants. »

— Par la Déesse ! s'était exclamée dame Wyrist.

— Majesté, avait triomphé Orthallen, je l'avais bien dit. Nous avons besoin d'une armée plus importante, et d'un contrôle plus strict sur les autorités locales. Si l'on m'avait donné deux ou trois compagnies de gardes et le loisir de m'en servir, cette situation ne se serait jamais développée !

Le débat s'était arrêté là. Une fois de plus, le Conseil était partagé quant à l'autonomie des provinces et de la taille que devait avoir l'armée. Du côté d'Orthallen, il y avait le seigneur Gartheser, la dame Wyrist, le Barde Hyron et le père Aldon. Du côté de Selenay se trouvaient Talia, Kyril, Elcarth, la Guérisseuse Myrim et le sénéchal. Dame Kester, le seigneur Gildas et dame Cathan restaient indécis.

Talia réfléchissait à ce problème quand son ouïe fine perçut des échos de sanglots. Elle baissa un instant ses boucliers pour déterminer l'origine de ce bruit.

Ses oreilles la conduisirent dans un passage rarement utilisé, près de la bibliothèque royale. Avec ses nombreuses alcôves fermées par des rideaux de velours, c'était le lieu de rendez-vous de prédilection des amoureux.

La source des sanglots se cachait derrière les rideaux d'une des alcôves. Talia tira doucement le rideau. Sur un coussin, roulé en boule, il y avait un petit garçon.

Il pouvait avoir sept ou huit ans; ses yeux étaient gonflés de larmes, et son petit visage, tout barbouillé. Sans doute adorable quand il n'était pas en train de pleurer, c'était un chérubin aux cheveux noirs et au teint clair. Son uniforme bleu ciel bordé de marine, celui des pages de Selenay, lui allait à ravir.

— Bonsoir, dit Talia en s'accroupissant. On dirait que tu as besoin d'un ami. Tu as le mal du pays?

Une grosse larme roula sur la joue ronde du gosse. Il avait l'air bien jeune pour un page. Talia se demanda s'il n'était pas pupille du royaume.

— Moi aussi, je l'avais, quand je suis arrivée ici. Il n'y avait pas une seule fille de mon âge, seulement des garçons. D'où es-tu?

— Des Marches de TourneFaucon, hoqueta le petit.

— Ça ne t'ennuie pas que je partage ton coussin? demanda-t-elle en joignant le geste à la parole.

Il lui fit une place. Elle s'assit, passa un bras autour des épaules du gamin, et projeta une aura de sympathie.

Il se laissa aller et sanglota contre sa poitrine pendant qu'elle lui caressait les cheveux. Tandis qu'il laissait libre cours à son chagrin, elle chercha qui l'enfant pouvait être.

— Es-tu Robin ? demanda-t-elle enfin.

Il fit signe que oui. Ses parents, qui tenaient leur terre du seigneur Orthallen, lui avaient demandé de l'emmener à l'abri, à la Cour. C'était compréhensible, mais le pauvre Robin, lui, savait seulement qu'il se retrouvait seul pour la première fois de sa courte vie.

— Tu n'as pas encore d'amis ?

Robin secoua la tête et s'accrocha à sa manche.

— Tous sont plus grands et plus vieux que moi. Ils se moquent de ma taille… et je n'aime pas leurs jeux, non plus. Je déteste jouer à la guerre. Je… je préfère lire, mais mes livres sont restés à la maison.

Et le sénéchal avait sûrement interdit aux gamins l'accès à la bibliothèque. Il savait trop bien que, plutôt que de lire, les petits chenapans auraient préféré jouer à la catapulte avec des livres pour munitions !

Elle prit une décision rapide.

— Aimerais-tu pouvoir lire tout ce que tu veux et étudier au Collegium des Hérauts, plutôt qu'avec les autres pages ?

Il hocha la tête, les yeux ronds de surprise.

— Bien. Maître Alberich devra m'attendre un peu ; toi et moi, nous allons voir le doyen Elcarth.

Elle se leva et lui tendit le bras. Il bondit sur ses pieds et glissa sa petite main dans la sienne.

Beaucoup d'autres enfants étudiaient au Collegium, même si peu d'entre eux étaient aussi jeunes que Robin. C'étaient les étudiants non affiliés, les Bleus, comme on les appelait. Ils suivaient les cours en même temps que les Bardes, les Hérauts ou les Guérisseurs, mais ils n'appartenaient à aucun des Collegia, bien qu'ils portent aussi un uniforme bleu pâle qui n'était pas sans rappeler celui des pages. Talia savait qu'il ne serait pas difficile de faire en sorte que l'enfant passe le plus clair de son temps au Collegium quand il n'était pas de service. Et, à son âge, il n'avait probablement pas plus d'une heure ou deux de travail par jour !

Elcarth se prit immédiatement d'affection pour l'enfant, qui, visiblement, le lui rendit bien. Elle les laissa ensemble, le doyen expliquant à Robin comment les cours se déroulaient. Le page s'était blotti contre la chaise du Héraut aux cheveux gris. En partant, Talia se dit qu'elle avait, sans le vouloir, réuni deux êtres faits pour s'entendre.

La suite des événements prouva qu'elle avait raison. Elle rencontra Robin de temps en temps, dans la bibliothèque ou ses parages, souvent en compagnie d'Elcarth. Une fois, elle les trouva penchés sur un volume d'histoire écrit dans une langue archaïque que Robin ne pouvait pas lire, mais qu'Elcarth comprenait. Ou, du moins, c'était ce que disait l'enfant. Pour lui, Elcarth était le dépositaire de toute la connaissance et de toute la sagesse du monde. S'il avait une question, il la posait à Elcarth, le plus naturellement du monde.

Deux êtres faits pour s'entendre… elle n'avait pas cru si bien dire.

Chapitre 4

Dirk était installé dans sa chambre, assis sur sa chaise favorite, aussi usée qu'une vieille paire de bottes. Il aurait aimé être à l'aise intérieurement autant qu'il l'était sur ce siège.

Il regarda d'un air morose le verre qu'il tenait. Il buvait trop, ces temps-ci ; il le savait.

Mais que faire quand on ne peut pas dormir ? Quand on pense sans cesse à une certaine paire d'yeux marron ? Quand on ne sait pas si l'on doit trahir son propre cœur ou son meilleur ami ?

Le seul remède à l'insomnie était au fond d'une bouteille. Il y recourait presque chaque nuit.

Mais le « médicament » n'était pas sans effets secondaires : des maux de tête au réveil, un caractère qui se dégradait… sans parler de l'impression qu'éviter le problème était l'issue d'un lâche. Il aurait aimé partir en mission, mais il savait que cela ne serait pas possible tant que leurs étudiants actuels, à Kris et à lui, n'auraient pas la maîtrise complète de leurs Dons.

Ses étudiants. Une autre raison de se faire du souci et de boire.

Pauvre petite Christa. Il se demanda si quelqu'un d'autre avait compris qu'elle avait utilisé son Don pour sauver les enfants bloqués à l'étage.

Chaque fois que je ferme les yeux, je l'imagine...

Il la voyait au milieu de l'incendie, se concentrant désespérément pour déplacer les enfants avec son Don de téléportation. Et si elle s'était ainsi sacrifiée, c'était sa faute.

Je bois cette fichue bouteille bien trop vite...

Oui, sa faute. Son entraînement terminé, elle lui avait demandé s'il était possible de déplacer des êtres vivants avec son Don. À n'importe qui d'autre, il aurait dit « non », mais Christa était si douée, et il était si fier d'elle... Il lui avait confié la vérité. Puis il lui avait montré comment procéder, ajoutant même qu'il était plus sûr de faire passer l'être vivant de ses propres mains à l'endroit où l'on voulait qu'il aille que l'inverse.

Oui, trop vite... Cette bouteille est déjà à moitié vide.

Voilà pourquoi elle était entrée pour sauver les enfants. Si seulement il avait pris le temps de lui dire, avant de la laisser partir en mission, ce qu'il avait découvert : en cas d'urgence, il était possible, pour ceux qui avaient ce Don, de se transporter eux-mêmes sur de courtes distances.

Et voilà qu'elle est morte d'une atroce façon parce que je n'ai jamais « trouvé le temps » de lui parler.

Il secoua la bouteille. Vide.

Oh, tant pis, j'en ai d'autres.

Il tendit le bras vers l'appui de la fenêtre, où la seconde bouteille rafraîchissait. Il l'avait ouverte à l'avance, sachant qu'il n'y parviendrait pas plus tard.

Par les dieux, je m'écœure moi-même !

Il savait que son approche n'était pas la bonne. Il aurait dû faire ce que son cœur exigeait : aller trouver Talia et lui demander de l'aider à mettre ses sentiments au clair. Mais il ne pouvait pas l'affronter. Pas dans cet état…

Et puis elle lirait certainement le « reste » dans son esprit. Que ferait-il, alors ?

Oui, j'ai besoin d'elle. Mais en ai-je besoin plus que Kris ? Je n'en sais rien. Je n'en sais fichtrement rien.

Même sa musique ne le calmait plus ; dès qu'il jouait, il croyait entendre la voix de Talia chanter à l'unisson.

Maudite soit-elle ! Elle m'a volé mon ami, ma musique, ma tranquillité d'esprit…

L'instant d'après, il s'en voulut. Ce n'était pas sa faute, après tout. Elle n'avait pas idée de l'effet qu'elle produisait sur lui.

Pour autant qu'il le sache, elle ne passait pas beaucoup de temps avec Kris, depuis leur retour. Peut-être y avait-il une chance, après tout ? Kris et elle ne se comportaient pas comme des amoureux.

Mais s'ils l'étaient quand même, que ferait-il ?

Que ferait-il s'ils ne l'étaient pas ?

Le niveau de la seconde bouteille continua à baisser tandis qu'il cherchait une solution et n'en trouvait pas.

Robin trottinait, heureux, dans le hall qui menait aux quartiers des Hérauts. Il adorait les Élus et ne perdait pas une occasion de leur rendre de menus services. Talia avait demandé qu'un page rapporte des manuscrits au Héraut Dirk, qui les lui avait prêtés pour qu'elle les copie. Robin préférait Talia à tous les autres, à l'exception d'Elcarth.

Les Hérauts étaient merveilleux; Talia était la plus extraordinaire de tous. Elle avait toujours un moment pour bavarder. À l'inverse du seigneur Orthallen, elle ne lui disait jamais qu'il se comportait comme un bébé, quand il avait le mal du pays. Il aurait aimé savoir la faire sourire, comme elle le faisait pour lui. Ces temps-ci, elle n'avait pas l'air très heureuse.

Il y eut devant lui un tourbillon de vêtements sombres. Un des grands seigneurs, sans doute, peut-être même Orthallen, *son* seigneur. On lui avait toujours dit de baisser les yeux devant un noble; il le fit.

Robin regardait soigneusement à ses pieds quand le seigneur le dépassa. Il ne comprit pas comment il trébucha, mais il s'étala par terre de tout son long. Les rouleaux de manuscrits qu'il portait s'éparpillèrent autour de lui.

Si la personne qui l'avait frôlé avait été un autre page, Robin l'aurait soupçonné de l'avoir fait tomber exprès. Mais un seigneur ne se serait pas livré à ce genre d'enfantillage. Celui-là s'arrêta un instant, au milieu des papiers tourbillonnants, puis reprit son chemin.

Rougissant d'embarras, Robin commença à ramasser ses papiers.

C'était bizarre. Il y avait quatorze rouleaux quand il était parti. Maintenant, il en comptait quinze. Un jour il avait demandé à Elcarth comment il devait réagir si on lui disait de faire quelque chose d'inhabituel, ou si un événement étrange survenait.

—Obéis, Robin, lui avait conseillé Elcarth. Mais essaie de te souvenir de tout. Qui t'a demandé, quand, pourquoi, qui d'autre était là. Les pages sont dans une position très spéciale. Les gens ne font pas vraiment attention à eux. Si ce qu'on vous a demandé de faire n'était pas légitime, vous pouvez être les seuls à connaître la vérité sur une affaire. Aussi, quand quelque chose de bizarre se passe, souviens-toi de tout. De plus, c'est un bon entraînement pour ta mémoire!

Très bien. Robin allait donc se souvenir de cela.

Il n'y eut pas de réponse quand il frappa à la porte entrouverte du Héraut Dirk. Celui-ci était vautré sur une chaise à l'autre bout de la pièce, apparemment endormi. L'enfant se glissa à l'intérieur et posa discrètement les rouleaux sur son bureau.

Ce matin-là, Talia n'eut pas besoin que la reine la fasse appeler. N'importe qui ayant le dixième de son Don d'Empathie aurait senti le trouble émotionnel de Selenay.

Talia courut jusqu'aux appartements de la reine, qui était dans la salle extérieure, habillée pour la journée, mais sans son diadème. Elle était assise à sa table de travail. Avec elle se trouvaient le seigneur Orthallen, tout à fait satisfait de lui-même, Kris, un garde, l'air très embarrassé, et Dirk, fort en colère.

—Je ne sais pas comment il est arrivé sur mon bureau, mais je vous dis que je ne l'ai pas pris! criait-il quand Talia entra.

Elle ferma rapidement la porte derrière elle.

—Pourquoi essayiez-vous de le cacher, dans ce cas?

—Je ne cachais rien du tout! Je cherchais ma potion contre les maux de tête quand cet idiot est entré en trombe chez moi!

Dirk avait effectivement l'air malade. Un peu pâle, il avait les sourcils froncés, comme sous l'effet de la douleur. Ses yeux bleus étaient injectés de sang et sa chevelure blond paille semblait encore plus en bataille qu'à l'accoutumée.

— Nous n'avons que votre parole.

— Depuis quand, intervint Talia d'une voix tranchante, la parole d'un Héraut est-elle sujette à caution ? Pardonnez-moi, Majesté, mais que se passe-t-il ?

— J'ai découvert ce matin que des documents secrets avaient disparu, répondit Selenay. Le seigneur Orthallen a organisé une fouille. Les documents ont été retrouvés chez le Héraut Dirk.

— Je ne me suis pas approché du palais depuis plus d'une semaine ! Et que pourrais-je vouloir faire de ces fichus documents ?

L'angoisse de Dirk était si forte que Talia avait envie de pleurer.

— Mon oncle, déclara Kris, vous savez que mes quartiers sont tout près des siens. Je peux attester qu'il ne les a pas quittés la nuit dernière.

— Mon neveu, nous savons tous que cet homme est ton ami.

— Si je dois être plus direct, je le serai. Dirk n'aurait pu aller nulle part car il était ivre mort, comme toutes les nuits depuis deux semaines.

Dirk rougit, puis devint mortellement pâle.

— Et alors ? Avec son Don, il n'a pas besoin de se déplacer *physiquement*.

Kris pâlit à son tour.

— Je n'ai pas entendu la réponse à une très bonne question. Qu'aurait-il fait de ces documents ? intervint Talia.

— Ils peuvent mettre une personne de la Cour dans une position délicate. Disons simplement que la personne en question est en… relation… avec une jeune femme dont Dirk lui-même fut le galant il y a un certain temps. Ils se sont séparés en mauvais termes. Son mobile peut être la vengeance, à moins qu'il entende la faire chanter… La reine et moi avons essayé de garder la situation secrète, mais, si quelqu'un d'autre voyait ces documents, la Cour serait en ébullition.

— Je n'arrive pas à le croire ! Un Conseiller accuser un Héraut de vouloir faire chanter quelqu'un ! s'écria Talia, indignée.

— Vous venez d'entendre mon neveu dire que cet homme, son meilleur ami, s'est saoulé tous les soirs depuis quelques semaines. Est-ce un comportement digne d'un Héraut ? Il aurait pu vouloir s'emparer de ces documents pour…

— Orthallen, interrompit Selenay, je…

— Attendez tous un moment ! coupa Talia. Que personne ne dise rien !

Elle appuya une main contre sa tempe. La pièce débordait d'émotions, qui transperçaient l'esprit de la jeune femme comme des couteaux.

— Supposons pour le moment que Dirk ait dit la vérité.

— Mais…

— Laissez-moi finir. S'il dit vrai, comment les documents sont-ils arrivés chez lui ? Quelqu'un les y a délibérément mis, c'est la seule solution. Étaient-ils là après le dîner ?

— Vous voulez dire avant que je commence à boire ? demanda Dirk amèrement. Non. Quand je me suis réveillé, ce matin, il y avait une dizaine de rouleaux sur mon bureau, et celui-ci en faisait partie.

— J'ai chargé Robin de vous rapporter les poèmes que j'avais empruntés. Il y avait quatorze rouleaux, et celui-ci n'en faisait pas partie. À moins que le seigneur Orthallen m'accuse d'avoir détourné ces documents...

— Je les avais après votre départ, Talia, dit la reine.

— Je pense possible qu'un rouleau supplémentaire ait été ajouté à la pile que je vous renvoyais, Dirk.

— Garde, ordonna Selenay, allez chercher Robin, je vous prie. Il doit être en train de prendre son petit déjeuner.

Quand le garde revint avec l'enfant, Talia le conduisit à la reine et lui parla doucement. Robin raconta les faits tels qu'il s'en souvenait, avec tous les détails.

— Y avait-il quelqu'un près de toi quand tu as trébuché ?

— Oui, ma dame, il y avait un seigneur, mais maman m'a toujours dit que je ne dois pas les dévisager, alors je ne sais pas qui c'était.

Orthallen eut soudain l'air horrifié, mais Talia eut le sentiment que c'était pure affectation.

— Par le ciel, Majesté, c'était moi ! J'avais le rouleau et j'ai dû le laisser tomber. L'enfant l'aura ramassé avec les autres.

Il se tourna vers Dirk, l'air très embarrassé.

— Héraut Dirk, je vous présente mes excuses du fond du cœur. Majesté, je ne sais plus que dire.

— Nous en avons assez dit pour aujourd'hui, déclara Selenay, d'un ton épuisé. Dirk, Kris, je suis navrée. J'espère que vous nous pardonnerez ce malentendu. Talia...

— Nous en parlerons quand les choses se seront calmées. Pour le moment, il vaut mieux ne plus y penser.

Orthallen en profita pour s'éclipser. Talia ne regretta pas de le voir partir.

Selenay demanda au garde de raccompagner Robin. Puis elle se tourna vers son Héraut.

— Avez-vous déjà déjeuné ? Non ? Allez vous restaurer, je vous verrai au Conseil.

Les trois Hérauts sortirent ensemble. Talia sentait la tension croissante de Dirk. Elle se prépara au pire.

Dès qu'ils furent hors de portée d'oreille des appartements de la reine, Dirk explosa.

— Merci, mon *ami* ! siffla-t-il. Merci beaucoup, mon *frère* ! Je ne sais comment j'ai pu vivre sans ton aide, vraiment !

— Écoute, Dirk... je suis désolé.

— Désolé ! Par le ciel, tu ne m'as même pas cru ! Et tu as raconté à tout le monde que je suis un abruti d'alcoolique !

— Je n'ai pas dit ça ! se rebiffa Kris, furieux lui aussi.

— Non, mais tu l'as plus que suggéré ! Et tu as donné à ton oncle des armes supplémentaires contre moi !

— Dirk, Kris a le droit de s'inquiéter pour vous, si vous vous comportez aussi bizarrement. Kris, Dirk a raison : tu ne l'as pas cru. Il a également raison au sujet d'Orthallen.

Ils se tournèrent vers elle à l'unisson et parlèrent d'une seule voix.

— Je n'ai pas besoin de l'aide du Héraut de la reine !

— Talia, j'en ai assez de tes soupçons puérils concernant mon oncle !

Elle devint livide de colère.

— *Très bien !* cracha-t-elle en serrant les poings. Je m'en lave les mains ! Vous pouvez aller au diable, tous les deux !

Elle se détourna et courut vers la sortie la plus proche. Elle ne s'arrêta qu'en atteignant le Champ des Compagnons, où l'attendait Rolan.

— Regarde ce que tu as fait ! cracha Dirk.

— Ce que *j'ai* fait ? Et toi, alors ? Tu es content, maintenant que tu l'as mise en colère contre nous deux ?

À dire vrai, une partie fort mesquine de l'âme de Dirk était effectivement ravie, car tous deux seraient désormais en mauvais termes avec Talia. Mais il ne pouvait guère l'avouer.

— Moi ? Tout ce que j'ai fait, c'était me défendre !

— J'en ai assez, dit Kris. Je parlerai de tout ça avec toi si tu cesses de te comporter comme un imbécile et de te saouler toutes les nuits.

Dirk lui fit une petite révérence ironique.

— À ton gré.

Kris ne sut que répondre. Il adressa un bref signe de tête à Dirk et partit à grands pas.

Dirk resta seul dans le couloir désert, les tempes battantes à cause de sa gueule de bois. Il aurait voulu se croire vengé, mais il se sentait un fichu imbécile.

Un fichu imbécile bien solitaire.

Quand Talia vint prendre sa leçon avec lui, Alberich avait déjà eu vent de la querelle entre Dirk et Kris. Le visage impassible de la jeune femme ne pouvait être qu'un masque, le maître d'armes le savait. Personne ne se doutait qu'il connaissait si bien Talia et ses états d'âme. Elle avait attiré sa sympathie quand elle était encore étudiante – si idéaliste, si déterminée à bien faire, lui rappelant un certain jeune étudiant-cadet karsite... Mais il ne lui aurait pour rien au monde laissé voir ce qu'il pensait. Jamais il ne montrait ses sentiments à ses étudiants.

Il se doutait de ce qui se passait entre Talia, Kris et Dirk. Et il devinait comment Talia réagirait à la dispute.

Pour la leçon de ce jour, elle devait affronter seule le maître d'armes. Elle se donna à fond, l'attaquant férocement dès le début de la reprise. Alberich la laissa se fatiguer un moment, puis la désarma avec une feinte qu'un débutant aurait su parer.

—Cela suffit, petite. Je t'ai déjà dit de te battre avec ton intellect, pas avec ta colère. Si tu ne la laisses pas derrière toi, elle te fera tuer. Regarde dans quel état tu es! Lors d'un combat réel, tu aurais fait le jeu de ton adversaire.

—Maître Alberich..., commença Talia.

—C'est assez! Comme la colère ne veut pas se retirer, me confieras-tu au moins ce qui ne va pas?

Talia capitula. Elle se laissa pousser gentiment sur un des bancs qui bordaient la salle d'entraînement. Après un long silence, elle fit un bref résumé de la situation. Alberich resta assis auprès d'elle, parfaitement immobile, les mains croisées sur les genoux. Talia lui jetait un coup d'œil de temps en temps, mais son visage taillé à la serpe ne révélait rien.

Quand elle eut terminé, il leva la main et se frotta le nez.

—Je vais te dire ce que je n'ai confié à personne. Je n'ai jamais fait confiance au seigneur Orthallen. Et je sers Valdemar depuis aussi longtemps que lui.

—Mais…

—Pourquoi ? Oh, à cause d'un tas de petites choses. Il est trop parfait, trop dévoué. Il ne veut jamais rien. Et quand un homme ne demande aucune récompense visible, je cherche quelle gratification invisible il a eue. Il ne s'oppose pas ouvertement au Cercle Héraldique, mais il soutient toujours ceux qui le font, très discrètement. Il est l'ami de tous, l'intime de personne. De plus, mon Compagnon ne l'aime pas.

—Rolan non plus.

—C'est significatif. Je crois que tes soupçons sont fondés. Je suis sûr qu'il tente de miner ton autorité auprès de Selenay. Comme il n'y parvient pas, il s'attaque à tes amis, pour t'affaiblir. Je sais à quel point tu souffres de voir le jeune Dirk pris à partie.

Talia rougit.

—À mon avis, il sait que Kris est de ton côté. Il s'est dit qu'il allait provoquer une querelle entre Kris et Dirk, en espérant que tu te trouverais entre les deux.

—Moi ? Mais…

—S'il a décidé de miner ton autorité, c'est une façon d'arriver à ses fins. Il s'attaque à tes partisans. Trop occupés par leurs propres problèmes, ils n'auront plus de temps pour t'aider.

—Oui, je vois où vous voulez en venir. Il me déséquilibre en me privant de mes amis, si bien qu'un jour, avec un petit coup de pouce, je commencerai à faire des erreurs, sans personne pour me conseiller… Vraiment, toutes les rumeurs qu'il alimente sur le fait que je ne suis pas à la hauteur de la tâche me semblent plus graves que les radotages d'un vieil homme qui ne fait pas confiance à la jeunesse. Et moi qui croyais que vous ne vous occupiez pas de politique…, conclut-elle en souriant un peu tristement.

—J'ai dit que je ne jouais pas à ce jeu-là, mais je n'ai pas affirmé en ignorer les règles. Sache cependant que je n'ai jamais parlé à personne de mes soupçons, car je me croyais seul à les nourrir. Et je n'avais pas envie d'attirer l'attention du seigneur Orthallen. Il est déjà assez difficile d'être karsite, pour ne pas se faire en outre des ennemis haut placés.

Talia savait ce qu'il voulait dire ; les choses n'avaient pas été faciles pour elle pendant ses premières années au Collegium.

—Mais là, je crois qu'il a commis une erreur. Il ne connaît pas assez bien le Cercle Héraldique. S'ils étaient des courtisans, ce qui vient d'opposer Kris et Dirk serait irréversible. Et malheur à celle qui se trouverait prise entre deux feux ! Mais…

Talia soupira.

— Je pense qu'ils se réconcilieront. Mais je ne sais pas si je pourrai résister à cette tourmente émotionnelle en attendant qu'ils le fassent ! Pourquoi Ahrodie et Tantris ne mettraient-ils pas le « sabot à la pâte » pour essayer d'arranger les choses ?

— Pourquoi ne pas le faire toi-même ? répliqua Alberich. Ce sont nos Compagnons, nos amis, pas nos maîtres à penser. Aucun de nous ne les remercierait de se mêler de nos vies privées.

— Si j'avais un peu moins de sens moral, j'arrangerais pour eux les affaires de ces deux crétins...

— Si tu avais moins de sens moral, tu n'aurais pas été choisie, fit remarquer Alberich. Bien, maintenant que ta colère est tombée, pouvons-nous faire travailler nos muscles plutôt que notre langue ?

— Est-ce une question rhétorique ?

— Tout à fait ! Allons, en garde !

Elspeth avait rencontré Orthallen lors d'un de ses rares moments de loisir.

La jeune fille était debout devant une fenêtre ouverte du second étage ; une partie des jardins s'étendait au-dessous. Elle n'avait pas réalisé qu'il y avait quelqu'un d'autre dans le couloir jusqu'à ce qu'Orthallen lui touche le coude.

L'héritière sursauta, une main volant instinctivement vers la dague dissimulée dans ses vêtements. Elle se détendit quand elle vit de qui il s'agissait.

— Par le ciel, seigneur-onc... seigneur Orthallen, vous m'avez fait une peur du diable !

— Vous m'en voyez désolé ; mais j'aimerais que vous continuiez à m'appeler seigneur-oncle, comme vous aviez commencé à le faire. Vous n'allez pas devenir compassée avec moi, maintenant que vous avez presque fini vos études ?

— Très bien, seigneur-oncle, si cela vous fait plaisir. N'oubliez pas de me défendre auprès de ma mère si elle me reproche mon impudence ! sourit-elle.

— Que regardiez-vous donc d'un air si désolé ? demanda-t-il en s'approchant de la fenêtre.

Dans les jardins, des jeunes gens s'adonnaient aux activités de leur âge, l'une brodant pendant que son galant lui contait fleurette, l'autre dormant la tête dans le giron de son aimée.

Un couple jouait à cache-cache… un autre se promenait main dans la main…

Elspeth soupira.

— Pourquoi n'êtes-vous pas parmi eux ? demanda doucement Orthallen.

— Par le ciel, seigneur-oncle, où en trouverais-je le temps ? De plus, je ne connais aucun garçon, à part Skif, qui est encore plus vieux que Talia. Et il court après Nerrissa.

— Vous ne connaissez aucun garçon, alors que la moitié des jeunes hommes à marier de la Cour se bousculent pour avoir le privilège de vous regarder ?

— Ma foi, s'ils se bousculent, ils le font discrètement, car je ne me suis jamais aperçue de rien ! répliqua amèrement Elspeth. Et personne ne m'a présentée à eux.

— S'il ne s'agit que de cela, je serais heureux de faire les présentations. Sérieusement, Elspeth, vous passez bien trop de temps dans le Cercle Héraldique. Les Hérauts ne sont qu'une petite partie de Valdemar, ma chère. Vous devriez mieux connaître les courtisans, surtout ceux de votre âge. Qui sait ? vous pourriez un jour vouloir choisir un époux parmi eux. Vous n'y arriverez pas si vous n'en fréquentez aucun.

— C'est vrai, seigneur-oncle, répondit Elspeth, mais où trouverais-je le temps ?

— Vous devez bien avoir une heure ou deux de libres, le soir ?

— Eh bien, oui, mais…

— Voilà la réponse !

— Seigneur-oncle, vous êtes presque aussi efficace que Talia pour résoudre les problèmes !

Le visage de l'héritière s'allongea un peu ; Orthallen leva un sourcil en voyant son expression.

— Y a-t-il un problème avec Talia ?

— Oui, il n'y en a qu'*une* ! Je sais que mère en a plus besoin que moi, mais… j'aimerais pouvoir lui parler comme quand elle était encore étudiante. Elle n'en a plus le temps désormais.

— Vous pourriez me parler, à moi, fit remarquer Orthallen. De plus, la loyauté de Talia est d'abord due à votre mère. Elle se sentirait obligée de lui rapporter ce que vous lui confieriez.

Elspeth ne répondit pas.

— Bien, nous parlions des jeunes gens qui meurent d'envie de faire votre connaissance. Voulez-vous en rencontrer quelques-uns ce soir, après le dîner ? Dans le jardin, autour de la fontaine, par exemple ?

Elspeth rougit de plaisir.

— Oh oui, j'*adorerais* ça !

— Dans ce cas, il en sera comme ma dame le commande.

Pendant le dîner, Elspeth repensa longuement à cette conversation. D'une part, elle avait confiance en Talia ; d'autre part, si un conflit de loyauté surgissait, il ne faisait aucun doute que celle-ci devrait d'abord allégeance à sa mère. Elle n'y avait jamais pensé auparavant, mais l'idée que la reine soit au courant de tout ce qui la concernait la mettait mal à l'aise.

D'autant plus que Selenay ne semblait pas prendre très au sérieux la maturité d'Elspeth.

Pourtant, depuis le départ de Talia, elle avait gagné plusieurs centimètres, et des courbes féminines. Elle prenait davantage soin de son apparence. Ayant vu les regards que les garçons jetaient à certaines de ses amies les plus âgées, elle désirait s'attirer les mêmes attentions.

Elle s'était regardée dans son miroir : plus grande que Talia d'une demi-tête, mince et musclée, un port de déesse. Oui, de l'extérieur, elle avait certainement l'air assez mûre pour le mariage, ou à tout le moins pour les jeux entre les draps…

C'était du moins ce qu'elle voulait croire. Si sa mère n'était pas d'accord, il y aurait sans doute des moyens de le lui faire comprendre…

Et, pensa Elspeth en voyant le seigneur Orthallen au milieu d'un groupe de jeunes gens qui la fascinaient, *cela promet d'être plutôt intéressant !*

Chapitre 5

Le temps, après une brève amélioration, s'était de nouveau gâté. L'humeur de Talia aussi.

De nouveau, les Conseillers se querellaient. Talia passait plus de temps à régler des prises de bec qu'à aider à prendre des décisions. Bizarrement, Orthallen la laissait tranquille. Il avait l'air pensif et absorbé, ce qui inquiétait encore plus la jeune femme. Elle fit donc attention à chaque mot qu'elle prononçait, se demandant comment il pourrait plus tard s'en servir contre elle.

Quand il ne traînait pas autour de Talia, Dick rôdait hors du Collegium. L'un était aussi frustrant que l'autre. Soit elle ne le voyait pas, soit elle le voyait, mais sans parvenir à se rapprocher de lui. Dès qu'elle essayait de le faire, il pâlissait, cherchait du regard la sortie la plus proche et détalait comme un lapin. Elle ne parvenait même pas à le coincer dans ses quartiers. Il n'était pas là, ou, sachant que c'était elle, il ne répondait pas.

Kris semblait en hibernation dans sa chambre ; Talia était bien décidée à ne pas chercher à le voir jusqu'à ce qu'il se soit excusé. Bien que la querelle entre eux ne soit pas des plus graves, elle en avait assez de devoir sans cesse justifier ce qu'elle percevait au sujet de son oncle.

Après son entretien avec Alberich, elle était sûre d'avoir raison, pour Orthallen ; et certaine que Kris se trompait totalement. Cette fois, elle tiendrait bon jusqu'à ce qu'il reconnaisse les faits.

En attendant, elle tentait de remédier à l'absence de ses amis en essayant d'être partout en même temps.

Elle rognait sur son sommeil, tout en ayant l'impression qu'elle n'en faisait pas assez. Mais il y avait tant de *travail*! Selenay lui avait demandé de se charger des entretiens avec les délégués des régions inondées ; Devan avait besoin d'elle pour trois patients profondément déprimés. Et toutes ces querelles au sein du Conseil...

Au milieu de ce marasme, une chose avançait bien : les sessions avec Destria. L'arrivée de Vostel avait mis la touche finale à leur succès. Sa réaction devant l'apparence de Destria fut d'un grand secours : il lui dit, sans ambages, qu'il considérait ses cicatrices comme des marques honorifiques. Comme Rynee et Talia l'avaient pensé, il fut d'une aide précieuse quand commença la rééducation, car il était passé par là. Il l'encourageait quand elle fléchissait, lui redonnait de la force quand elle en manquait, la remettait de bonne humeur quand elle devenait morose et la tenait dans ses bras quand elle pleurait de douleur. Il en faisait tant qu'elle avait de moins en moins besoin du Don de Talia.

C'était heureux, car Selenay, elle, en avait de plus en plus l'utilité. Dès qu'une crise était résolue, la suivante arrivait. La force mentale de la reine était mise à rude épreuve. Quand venait le moment, inévitable, où une de ses décisions se trouvait être la mauvaise, le Don de Talia était employé à plein.

Le messager trempé et éclaboussé de boue envoyé par le Héraut Patris venait de pénétrer dans la salle du Conseil. Le garde l'avait fait entrer immédiatement quand il avait entendu les nouvelles qu'il apportait.

— Majesté, déclara l'homme avec un air étrangement lointain que Talia trouva très déconcertant, le Héraut Patris m'envoie vous dire que les hors-la-loi ne sont plus de ce monde. Je dois aussi vous donner ce message...

Le Conseil éclata en applaudissements. Seuls la reine, Kyril et Talia ne se joignirent pas à ces débordements. L'expression du messager leur disait qu'il n'avait pas tout dit.

Selenay ouvrit le parchemin et le parcourut ; son visage devint livide.

— Par la Déesse !

Le rouleau tomba sur le sol. Talia le ramassa. La reine s'enfouit le visage dans les mains. Le silence se fit quand, d'une voix tremblante, Talia commença à lire la missive de Patris.

« Nous avons encerclé les brigands dans leur camp, une vallée surplombée par le pic de Sombre-Chute. Ils ont commis l'erreur de tuer l'émissaire venu pour parlementer. À ce moment, les gardes ont déclaré qu'il n'y aurait pas de quartier. Ils sont devenus fous, je ne vois pas d'autre moyen de le décrire. Ils étaient peut-être là depuis trop longtemps, chassant une proie qui leur échappait toujours. Je ne sais pas. Mais ce qui se passa fut hideux. Une boucherie. Rien ni personne n'a été capable de les arrêter. Ils ont fondu sur le camp et massacré les hors-la-loi jusqu'au dernier.

» Ils ont tué tout ce qui bougeait dans le camp : pas seulement les hommes, mais les femmes et les animaux. Mais le pire, c'est que, parmi les morts… »

La voix de Talia se brisa. Kyril prit le parchemin et continua, dans un murmure rauque :

« Parmi les morts figuraient les enfants que nous avions espéré sauver. »

Les Conseillers se regardèrent, horrifiés ; Selenay pleura sans prendre la peine de se cacher.

La reine se reprocha de n'avoir pas remplacé les compagnies de gardes par des troupes fraîches, ou de ne pas avoir envoyé quelqu'un qui aurait pu contrôler ces hommes en toutes circonstances.

La mort des enfants n'était pas la seule tragédie de l'affaire, même si elle était la plus affreuse. Des renseignements précieux étaient perdus à cause du massacre des brigands ; jamais on ne saurait qui avait été leur chef, ni s'il recevait ou non des ordres provenant de l'extérieur du royaume.

Il fallut des jours à Selenay pour retrouver un état proche de la normale.

La seule satisfaction qu'eut Talia en cette période fut qu'Orthallen revint sur ses positions et demanda plus d'autonomie pour les autorités locales. Ce fut aussi bien, car les gens de dame Kester commençaient à avoir des problèmes avec les pirates ; les troupes promises durent donc être envoyées dans l'Est. Avant qu'elles arrivent, le Héraut Nathen fut gravement blessé en menant les pêcheurs à l'attaque afin de repousser un raid de trafiquants d'esclaves.

Ce qui provoqua une série de nouveaux problèmes.

Nathen vint en personne, malgré les protestations des Guérisseurs. C'était un homme d'âge moyen, au visage taillé en lame de couteau, avec des yeux marron et des cheveux bruns. Bref, rien de remarquable, à part la seule chose qui le soutenait quand il ne lui restait plus rien : sa colère. Il s'assit pour raconter son histoire au Conseil, un bras bandé serré contre son flanc, encore si faible qu'il ne pouvait parler qu'en émettant un murmure rauque.

— Mes dames, mes seigneurs, je n'ai pas voulu confier cela à qui que ce soit. Un messager peut être détourné de son chemin, un document volé...

— Mon seigneur Héraut, dit Gartheser, je crois que vous exagérez. Vos blessures...

— ... ne m'ont pas fait rêver ce que j'ai entendu, le coupa Nathen. Nous avons eu un prisonnier, Conseillers. Je l'ai interrogé, avec l'Enchantement de Vérité, avant d'être blessé. Les brigands servent les esclavagistes que nous pensions avoir éliminés !

— Quoi ? s'exclama dame Cathan en se dressant à demi sur son siège.

— Il y a pis. Les marchands d'esclaves ne travaillent pas seuls. Ils ont été aidés par le seigneur Geoffrey de Helmscarp, le seigneur Nestor de Laverin, le seigneur Tavis de Brengard, et quatre hommes de la ligue des Marchands, Osten Deveral, Jerard Stonesmith, Petar Ringwright et Igan Horstfel.

Il retomba sur son siège, épuisé, tandis que le Conseil éclatait en accusations et contre-accusations.

— Comment cela a-t-il pu se produire sans que vous soyez informée, Cathan ? demanda Gartheser. Je me demande quelle énergie vous avez réellement investie pour vous débarrasser du dernier lot de pirates !

— Vous avez été le premier à me mettre en cause la dernière fois, Gartheser, mais je crois me souvenir que vous avez insisté pour que je me charge de la sale besogne. Je ne suis qu'un être humain. Je ne peux pas être partout en même temps !

— Ces quatre marchands sont de premier rang, et les trois autres sont des hommes liges de Kester, dit Wyrist d'un ton soupçonneux. Je me demande comment ils ont pu faire fonctionner un réseau d'esclavagisme sous son nez sans qu'elle soit au courant !

— Je me le demande aussi, coupa dame Kester. Et plus que vous, j'imagine !

Les choses continuèrent sur ce ton, Selenay essayant en vain de ramener l'ordre au sein du Conseil. Talia, pour sa part, avait assez à faire. Il lui fallait s'assurer que la reine garderait sa santé mentale malgré ce tumulte.

Cela signifiait, bien sûr, qu'il ne lui restait plus de temps à consacrer à ses propres problèmes. Et, plus spécialement, à la discorde entre Dirk, Kris et elle…

Tout cela était assez perturbant. Comme pour ajouter un autre ennui à ceux qu'elle connaissait, Rolan lui valait un inconfort considérable.

Il était le premier étalon de la communauté de Compagnons. Lors de la mission de probation de Talia, il n'avait eu pour compagnie que Tantris, un autre étalon. Maintenant, il rattrapait le temps perdu lors de son célibat forcé. Sa partenaire la plus fréquente était Ahrodie, le Compagnon de Dirk.

Talia partageait mentalement leurs ébats. Deux ou trois fois par semaine, alors qu'elle brûlait de désir pour l'Élu d'Ahrodie, elle devait endurer ce qui s'apparentait à de la torture mentale.

Rolan ne se doutait pas de ce qu'il faisait subir à son Élue, qui se refusait à le lui faire comprendre pour ne pas gâcher son plaisir.

Elle dormit encore moins et moins bien, le peu de sommeil qu'elle grappillait étant peuplé de rêves plus étranges et troublants les uns que les autres.

Talia voyait Elspeth lors des séances d'entraînement avec Alberich, au cours des repas ou dans le Champ des Compagnons avec Gwena. Elle avait l'air un peu distraite et un peu timide, mais c'était normal pour une jeune fille livrée aux tourments de la puberté. Ainsi Talia ne s'inquiéta-t-elle pas outre mesure à son sujet – jusqu'à ce qu'elle réalise qu'elle ne l'avait pas vue depuis plusieurs jours, pas même à l'entraînement.

C'était peut-être une coïncidence, mais elle décida tout de même de chercher la jeune fille.

Elle la trouva dans le jardin, en train de lire. Elle avait peut-être besoin d'un peu d'air frais…

— Bonjour, ma petite chatte, dit Talia joyeusement. Tu attends quelqu'un ?

— Non… J'en avais assez de la bibliothèque, fit l'héritière après une brève hésitation. Tu es si occupée que tu n'es sans doute pas au courant des derniers potins ? Tu n'as pas idée de ce que Tuli a fait ! C'est une histoire à mourir de rire…

Elle lança la conversation sur les commérages du Collegium, puis déclara qu'elle avait à faire et quitta Talia avant que celle-ci ait pu prendre la situation en main.

Talia en fut déconcertée. Chaque fois qu'elle cherchait à parler à la jeune fille, le même schéma se reproduisait. Si bien qu'elle commença à enquêter discrètement auprès de ses camarades d'étude et de ses professeurs. Ce qu'elle découvrit l'inquiéta sérieusement.

— Non, dit Tuli, je n'ai pas idée de l'endroit où elle peut être. À ce moment de la journée, elle disparaît généralement une petite heure.

— C'est vrai, fit Gerond. Dernièrement, elle a échangé des corvées avec moi, et Dieu sait qu'elle *déteste* récurer le plancher ! Y a-t-il un problème ?

— Non, j'avais simplement du mal à la trouver aujourd'hui, fit Talia d'un ton détaché.

Ils venaient de confirmer ses soupçons. Il y avait un trou d'environ une heure dans l'emploi du temps d'Elspeth, et personne ne savait où elle allait. C'était le moment de faire appel à son autre source de renseignements : les serviteurs du palais.

Talia se percha sur un tabouret, près du foyer éteint de la salle des serviteurs. Elle était venue voir ses amis – car nombre de domestiques l'étaient, depuis l'époque où elle était étudiante –, plutôt que d'attirer l'attention en les faisant appeler dans ses quartiers. Autour d'elle se tenaient une demi-douzaine de serviteurs parmi les plus observateurs et les plus fiables. Deux d'entre eux, une femme de chambre nommée Elise et un garçon d'écurie appelé Ralf, avaient permis de retrouver les coupables quand des étudiants non affiliés, des « Bleus », comme on les appelait, avaient tenté d'assassiner Talia en la poussant dans la rivière gelée.

— J'ai un problème, dit Talia. Tous les jours au milieu de l'après-midi, Elspeth va quelque part et je ne sais ni où ni pourquoi. J'espérais que l'un de vous pourrait me renseigner.

Aux regards que le groupe échangea, elle sut qu'elle avait trouvé sa réponse.

— Cela restera entre nous, jeune fille ? demanda Jan, l'aîné des serviteurs, un jardinier.

Talia fit signe que oui. Il reprit :

— Elle passe du temps avec la bande du jeune seigneur Joserlin Corby. Des propres à rien, si vous voulez mon avis.

— Je crois bien, ricana Elise. N'étaient leurs papas de haute naissance, ils auraient déjà été renvoyés pour la façon dont ils tripotent toutes les filles qu'ils attrapent !

Par « filles », Elise voulait dire « servantes », sinon elle aurait parlé de « dames ». Mais la différence n'était pas réconfortante. Elle signifiait simplement que ces lâches réservaient leurs déplorables privautés à celles qui n'étaient pas en position de se plaindre trop fort.

— On dit, ajouta une autre femme de chambre, qu'ils font plus que tripoter.

— Par exemple ? demanda Talia. Vous savez que cela n'ira pas plus loin que mes oreilles.

Apparemment, non contente de harceler les servantes, la « bande à Corby » aimait jouer des tours singulièrement peu drôles. Couper les sangles d'une selle avant une chasse n'était pas matière à plaisanterie, d'autant que la chute avait failli causer la mort de leur victime. Certains de ces adolescents étaient les frères et sœurs cadets de ceux qui avaient tenté d'assassiner Talia.

Pour autant que les serviteurs soient au courant, Elspeth n'avait pas participé à ces coupables activités. Jusque-là, ces voyous se contentaient de lui faire la cour, ce qu'elle trouvait sans doute très agréable et très nouveau. Mais ce n'était qu'une question de temps. Bientôt, ils l'attireraient dans quelque mauvais coup – puis s'en serviraient pour la faire chanter et la forcer à participer à d'autres exactions.

La situation exigeait des mesures expéditives. Talia tenta de surveiller Elspeth, mais celle-ci parvenait toujours à lui échapper.

Elle devait faire quelque chose, ou, à eux trois, Elspeth, Kris et Dirk allaient la rendre cinglée !

Elle décida de commencer par Dirk, qui lui paraissait le plus facile à atteindre. Comme il ne parlait plus à Kris, elle décida de passer par l'intermédiaire de son frère de sang, Skif.

—Je suis aussi perplexe que toi, petite sœur, déclara Skif en laissant errer une main dans ses boucles brunes. J'ignore vraiment pourquoi Dirk se conduit comme un imbécile patenté.

—Par le ciel ! J'espérais qu'il se serait confié à toi. Tu étais ma dernière chance. Si cette situation ne s'arrange pas bientôt, je crois que je vais finir par faire un malheur !

Quand elle avait résolu de s'adresser à Skif pour tenter de résoudre le problème de Dirk, son « frère » l'avait invitée dans ses quartiers. C'était la première fois qu'elle voyait l'endroit où il vivait. Sa pièce lui ressemblait : propre, quelques armes accrochées au mur, et des piles de livres. L'unique fenêtre donnait sur le Champ des Compagnons.

— Tout d'abord, évoquons le lien pour la vie que vous semblez avoir : Kris a raison. Et Dirk le sent aussi. Il n'y a qu'à voir la façon dont il te regarde...

— Il me regarde ? Comment le saurais-je ? Je ne le vois plus jamais ! Depuis la querelle, il passe tout son temps dehors, dans la boue !

— Sauf aux repas. Il consacre tellement de temps à te regarder qu'il en oublie de manger ! Et je pense qu'il connaît par cœur ton emploi du temps. S'il y a une fenêtre sous laquelle tu risques de passer, il s'arrange pour y être. Je voulais te parler de tout ça en privé...

— Et comment pourrais-je l'aider, quand il ne me laisse pas l'approcher ? Il se comporte comme si j'avais la peste.

— Génial ! (Skif secoua la tête d'un air désolé.) Il ne m'a rien dit. Je ne sais pas pourquoi il réagit comme ça, mais il faut mettre un terme à ces enfantillages. Dès que je pourrai le coincer quelque part, je lui ferai cracher le morceau. J'ai bien l'intention de rétablir les choses entre Kris et lui, et entre toi et lui, même si je dois tous vous ligoter pour y parvenir !

Ni lui ni Talia n'avaient compté avec les caprices du destin.

Depuis plus d'une semaine, Dirk résistait à ce qu'il pensait être un rhume. Il refusait de se soigner, continuant à échapper à Talia et à Kris en se réfugiant dans la glaciale humidité qui régnait à l'extérieur du palais. À l'évidence, son mal-être physique l'aidait à oublier sa détresse morale.

Il continua donc à entrer et sortir dans le froid et la pluie, occasionnellement trempé par les averses et ne se changeant que bien longtemps après. Le poids émotionnel de la situation l'épuisait au-delà de ce que quiconque – lui-même y compris – aurait imaginé.

Ce jour-là, Talia prenait son repas au Collegium, observant Dirk à la dérobée. Elle était inquiète, très inquiète. Le jeune homme était blanc comme un linge, et il ne cessait de se frotter les tempes comme si sa tête l'avait fait souffrir. Elle le vit frissonner, alors que la salle commune était bien chauffée. Il avait l'air distrait ; dès qu'il lâchait un mot ou deux, il était interrompu par un accès de toux.

Talia s'aperçut que Kris le regardait aussi. Il avait l'air aussi inquiet qu'elle. Elle le vit prendre une décision et se lever. L'air un peu bravache, il alla s'asseoir à côté de son ami.

Kris dit quelque chose, Dirk secoua la tête en signe de dénégation et se leva.

Kris eut juste le temps de le rattraper avant qu'il s'écroule.

Kris venait de décider qu'il en avait assez. Il n'allait pas continuer à assister, impuissant, à l'autodestruction de son plus cher ami. Il s'était assis à côté de lui avant que l'entêté se soit rendu compte de sa présence.

— J'ai eu tort, Dirk. Tort de faire autant confiance à mon oncle, tort d'avoir douté de ta parole et d'avoir dit ces choses sur ta vie privée. Acceptes-tu de me pardonner, ou dois-je me jeter du haut de la tour pour faire amende honorable ?

Dirk avait sursauté en entendant Kris, mais il ne s'était pas éloigné. Il avait écouté avec un mélange d'étonnement et de soulagement. Puis il avait souri et hoché la tête au bon mot final de Kris. Enfin il s'était levé.

La pièce avait disparu de son champ de vision au moment où il avait senti ses jambes se dérober.

Une demi-douzaine de Hérauts et d'instructeurs s'étaient précipités. Ils aidèrent Kris à rasseoir Dirk sur sa chaise.

— Je… (il toussa à fendre l'âme) j'ai eu le vertige un instant, c'est tout.

— Vous êtes brûlant, fit Teren, une main sur son front. Vous allez de ce pas voir les Guérisseurs, c'est un ordre !

Il passa un bras autour des épaules de Dirk, et Kris l'imita. Entouré par les autres Hérauts, prêts à venir à la rescousse, ils quittèrent la pièce.

Les Guérisseurs n'eurent aucun mal à diagnostiquer le problème : il suffisait d'entendre comment Dirk respirait. Ils l'isolèrent et renvoyèrent tout le monde.

Il n'y avait pas grand-chose d'autre à faire.

Talia était devenue livide quand son ami s'était effondré. L'appétit coupé, elle attendit le retour de Kris.

Lorsqu'il revint, chacun se précipita pour avoir des nouvelles.

— On m'a dit qu'il avait une pneumonie. Il ira plus mal, avant de commencer à s'en remettre. Ils ne laisseront personne lui rendre visite avant un jour ou deux.

Talia lâcha un petit sanglot, se leva, s'enfuit de la pièce, et courut tout le long du trajet menant à sa chambre. Elle se jeta sur le divan du salon et pleura avec un désespoir qu'elle n'avait plus connu depuis cet affreux moment, dans l'abri de voyage…

Elle n'avait pas fermé la porte et elle réalisa qu'elle n'était plus seule dans la pièce quand quelque chose fit bouger les coussins, à côté d'elle. C'étaient Keren et Sherrill.

Talia essaya de reprendre le contrôle de ses émotions, mais les premiers mots de Keren firent tomber ses barrières ; ils étaient pleins d'une tendresse qu'elle n'avait jamais entendue dans la bouche de son aînée.

— Petite centauresse, quel grand chagrin provoque ces larmes ?

Talia se jeta contre la poitrine de son amie et pleura amèrement.

— Tout marche de travers ! sanglota-t-elle. Elspeth ne me parle plus, et je *sais* que quelque chose ne va pas, mais j'ignore quoi. Et Dirk, et Kris… Nous nous sommes disputés, ils ne me parlent plus non plus et… et… Dirk est malade et je ne le supporte pas ! Oh ! mon Dieu, j'ai complètement échoué !

Keren ne dit rien et la laissa pleurer jusqu'à épuisement.

Pendant ce temps, Sherrill ferma la porte et alluma des chandelles. Puis elle s'assit aux pieds de Keren et attendit.

— S'il y avait un gros problème avec Elspeth, je pense que Gwena demanderait de l'aide à Rolan, et tu en serais informée, fit Keren quand Talia eut un peu repris ses esprits.

— Je n'y avais pas pensé. Je n'ai pas les idées très claires. Keren, j'ai tort, c'est sûr, mais je ne sais pas combien de temps je supporterai ce malentendu avec Dirk avant de tomber en morceaux. J'ai tellement envie d'être avec lui que, parfois, je pense qu'il serait plus facile de mourir !

Keren soupira.

— Un lien pour la vie, c'est ça ? Cela explique bien des choses, en particulier pourquoi Dirk se comporte comme un demi-fou.

— Nous savons qu'un tel lien peut être... douloureux, dit Sherrill, se levant et passant un bras autour de la taille de Talia.

— Mais je ne vois pas ce que nous pouvons faire, ajouta Keren. Il faudrait d'abord que Kris et Dirk se réconcilient, puis que quelqu'un aide Dirk à prendre une décision à ton sujet. À l'heure qu'il est, je pense qu'ils sont amis de nouveau. Pour le reste... je crois qu'il est en pleine confusion, et qu'il convient de lui laisser du temps. C'est tout ce qu'il lui faut, un peu de temps.

— Si je peux tenir le coup encore un moment...

Talia se força à se détendre.

— Tu sais que nous comprenons, ma chérie, dit Sherrill. Maintenant, changeons de sujet, nous avons décidé de te faire sourire, contre ton gré s'il le faut !

Sherrill et Keren entreprirent de lui rapporter les potins du Collegium de la manière la plus humoristique possible. Nombre de ces histoires étaient un peu scandaleuses. Talia aurait bien aimé, par exemple, voir Kyril, avec son air digne et compassé, sortir de la mare aux poissons avec un brin d'algue derrière l'oreille !

Keren s'arrêta finalement de parler.

— Bien, te voilà ragaillardie pour la soirée, je pense. Tu devrais faire un bon somme, maintenant, ma chérie.

Après leur départ, Talia entra dans sa chambre pour ôter son uniforme. Elle se changea pour la nuit, puis s'enveloppa d'une robe de chambre et s'installa sur son lit avec un livre. Elle avait dû s'assoupir, car la main de Kris, posée sur son bras avec légèreté, la réveilla.

— Kris ! Est-ce que... Dirk va plus mal ?

— Non, petite alouette, il va aussi bien que possible. Il dort. Le Guérisseur assure qu'il sera sur pied dans une semaine ou deux. Et nous nous sommes réconciliés. J'ai pensé que tu aimerais le savoir... Je voulais faire la paix avec toi aussi.

— Oh ! Kris, je ne m'étais jamais sentie si misérable de ma vie, avoua-t-elle. J'étais tellement en colère contre toi que j'avais juré d'attendre que tu viennes t'excuser pour te parler de nouveau. Mais ma fierté ne vaut pas la perte de notre amitié !

Son expression s'adoucit. Elle comprit qu'il avait redouté sa réponse.

— Je n'avais jamais été si malheureux non plus, petite alouette. Et je ne m'étais jamais senti si stupide.

— Tu n'es pas stupide. Et ton oncle...

— ... n'est pas l'homme que je croyais, coupa-t-il. Je te prie de m'excuser, comme j'ai supplié Dirk de le faire. Je ne sais pas ce que cherche mon oncle, mais j'ai compris qu'il essayait *vraiment* de miner ton autorité. Il tente aussi de me séparer de toi, mais il agit de façon un peu trop visible, ces derniers temps ; j'ai fini par ouvrir les yeux. J'espère que ce qu'il a fait à Dirk n'était pas intentionnel, mais je ne peux plus en être certain. En ce moment, je dirais qu'il essaie d'avoir l'oreille de Selenay, et qu'il voudrait bien que ma fidélité familiale soit plus forte que ma loyauté envers toi et le Cercle Héraldique. Tu avais raison ; je me trompais.

—Je suis presque désolée de t'entendre dire ça. Que s'est-il passé, pour te faire changer d'avis ?

—Je te l'ai dit, il en fait un peu trop. Il a essayé de me soutirer des informations sur toi, puis il a lancé quelques remarques malveillantes sur Dirk. C'est vrai, il a quelque chose contre toi, mais je ne saurais dire quoi. Il s'est servi de l'incident du rouleau pour t'atteindre à travers Dirk. J'espère simplement qu'il n'a pas *créé* cette affaire de toutes pièces !

Elle faillit répondre que la perte du rouleau n'avait jamais été involontaire, mais elle décida de tenir sa langue. Inutile d'en rajouter, même si son ami était d'humeur réceptive.

—Je dois admettre que je suis partagée à ce sujet. Kris, je me réjouis que tu aies fini par adopter mon point de vue, mais je regrette que tu aies dû renoncer à faire confiance à ton oncle.

—Ne regrette rien, ce n'est pas toi qui es fautive, mais lui.

—Kris, c'est la première chose positive qui se passe depuis des semaines. Que nous soyons réconciliés, je veux dire.

— J'en suis content. Nos conversations m'ont manqué. Quant à moi, tes conseils ont porté leurs fruits. Celui que tu m'as donné sur la façon de me comporter avec Nessa a bien marché.

— Je voulais te poser la question, répondit-elle. Elle semble poursuivre Skif de ses assiduités, ces temps-ci…

Il soupira.

— Dès qu'elle a obtenu de moi ce qu'elle voulait, elle est partie vers des cieux plus cléments. Oh ! la perfidie des femmes ! Mon cœur est brisé pour l'éternité !

— C'est la première fois que j'entends le mot « éternité » qualifier le temps nécessaire à la cuisson d'un œuf dur, rétorqua Talia avec un sourire ironique.

— Encore moins, je te l'assure. J'ai eu un petit entretien avec Skif, qui n'a jamais été insensible aux charmes très réels de Nerrissa. Je lui ai vivement conseillé de jouer les inaccessibles, c'est la meilleure façon de l'intéresser. Elle risque bien de passer du statut de chasseuse à celui de proie !

— Comme le couple dont nous a parlé ce vieillard, à CinqArbres…

— Le jeune homme qui a chassé la jeune femme jusqu'à ce qu'*elle* l'attrape ?

— Exactement ! Nous avons connu de bons moments pendant cette période, non ?

— Il y en aura d'autres, ne t'en fais pas, petite alouette. Dès que les Guérisseurs me laisseront approcher de Dirk, je tirerai les choses au clair. Il ne pourra pas m'éviter ou atermoyer. J'espère qu'il croira ce que j'ai à lui dire !

Il se leva pour partir. Talia lui toucha doucement la main pour le remercier.

— Garde courage, les choses finiront par s'arranger. Je peux toujours faire ingurgiter un philtre d'amour à Dirk en même temps que ses potions contre la toux !

Talia rit, se sentant beaucoup mieux. Elle posa son livre, éteignit les lumières et se coucha avec le cœur et l'esprit bien plus tranquilles.

Le matin suivant, Talia se sentait prête à affronter le jour à venir avec beaucoup plus d'optimisme. Comme Dirk restait hors d'atteinte, elle décida de s'attaquer au problème d'Elspeth.

Elle la rata de quelques minutes à l'entraînement ; après le dîner, l'héritière l'évita et disparut sans qu'elle puisse l'en empêcher. Sûre désormais que c'était une conduite délibérée, Talia était de plus en plus inquiète.

Son instinct lui disait que quelque chose allait bientôt se passer. Ayant baissé ses boucliers, elle tentait de localiser la jeune fille quand un appel urgent de Rolan lui parvint. Elle courut vers le Champ des Compagnons, où ses craintes se matérialisèrent.

Gwena attendait à côté de Rolan. Les projections de leurs esprits étaient chaotiques, surtout celles de Gwena. Talia mit une main sur le cou de chaque Compagnon et se concentra pour essayer de décrypter le sens des images qu'elle percevait. Orthallen se trouvait au centre des projections, ainsi qu'un courtisan qui était sa créature, un des jeunes gens de la « bande à Corby ».

Tous deux préparaient la disgrâce d'Elspeth !

Sans plus attendre, Talia bondit sur le dos de Rolan. Ils partirent en trombe, Gwena sur leurs talons. Ils passèrent la barrière comme une paire de grands oiseaux blancs et se dirigèrent vers la grange. Talia sauta à terre avant que Rolan ait complètement arrêté sa course.

Courant vers la grange, elle ouvrit la porte à la volée avec une force qu'elle ne se connaissait pas.

La lune éclaira le couple caché dans la grange. À son grand soulagement, Talia vit que les choses n'étaient pas encore allées trop loin entre Elspeth et son amoureux.

Ce dernier eut l'air consterné de la voir arriver.

Si Elspeth fut choquée, elle ne le montra pas, se refusant même à fermer son corset partiellement délacé.

—Que veux-tu, Talia ? demanda-t-elle d'une voix neutre.

—T'empêcher de commettre la même erreur que ta mère, répliqua la jeune femme d'une voix tout aussi froide. Celle de croire que des mots agréables sont garants d'un esprit élevé, et qu'un joli minois cache forcément un cœur noble. Ce jeune coq n'a rien d'autre en tête que te mettre dans une position où tu n'auras qu'une alternative : le prendre comme époux ou tomber en disgrâce.

—Mais il m'aime ! Il me l'a affirmé !

—Et tu l'as cru ? Quand ton propre Compagnon ne veut rien avoir à faire avec lui ?

Très bien. Elle voulait des preuves, elle allait en avoir.

Talia viola l'esprit du jeune noble. Sa malice se réduisait à peu de chose, comparée à certaines des âmes qu'elle avait été obligée de toucher, mais le contact gluant et sournois la fit tout de même frissonner. Avant qu'Elspeth ait eu le temps de réagir, Talia l'attira dans un rapport mental ; elle l'obligea à connaître par elle-même les véritables pensées de celui qui se prétendait amoureux d'elle.

Elspeth s'arracha à la fusion mentale avec un cri et se réfugia de l'autre côté de la grange. Talia la laissa faire. Elle ne fut pas aussi douce avec le jeune pervers.

— Tu ne diras pas un mot de cela à âme qui vive, lui intima-t-elle, chaque parole s'inscrivant comme en lettres de feu dans son esprit. Si tu le fais, tu ne pourras plus jamais fermer l'œil et dormir sans voir *ça*...

Elle extirpa de son propre esprit le souvenir d'une scène de cauchemar et l'imprima dans celui du garçon. Il gémit et se traîna à ses pieds, jusqu'à ce qu'elle l'expulse de l'union mentale et du bâtiment.

— Sors de là, retourne sur les terres de ton père et ne remets jamais les pieds au Collegium ou au palais !

Il s'enfuit sans demander son reste.

Talia se tourna vers Elspeth.

— Je te croyais meilleure que cela, déclara-t-elle, glaciale. Et je ne pensais pas que tu te laisserais toucher par une telle créature.

Elspeth pleurait, mais plus de colère que de déception.

— Et qui es-tu pour me juger ? Une vestale ? D'abord Skif, puis Kris, à qui le tour maintenant ? J'ai bien le droit d'avoir des amants !

— Je crois entendre parler la Furie royale. La petite gamine gâtée qui eut l'honneur d'être l'héritière, mais aucune des responsabilités qui vont avec. Oh, tu as bien écouté les leçons de Hulda, après tout ! Ne pense qu'à toi, et au diable les conséquences ! Et si quelqu'un essaie de te faire entendre raison, cherche la pire insulte et jette-la-lui au visage ! Tu espères peut-être que cela l'empêchera de continuer à t'ennuyer ? Eh bien, cela ne marche pas avec moi, jeune fille ! Pour l'importance que ça a, je peux coucher avec un homme, une femme ou un chirra, car je ne suis pas l'héritière! Tu sembles avoir oublié que tu t'assiéras sur le trône, à la mort de ta mère. Peut-être devras-tu faire un mariage d'État pour nous sauver de quelque ennemi. Nous avons parlé de ça pendant l'affaire avec l'envoyé d'Alessandar, tu l'as oublié? Personne ne te respecterait plus, après une liaison avec un intrigant comme ce garçon. Moi, au moins, je n'ai jamais eu de relation avec quelqu'un que je ne connaissais pas, et qui ne me laissait pas *voir* ses pensées. Il n'a pas voulu que tu les voies, n'est-ce pas? Cela n'a pas éveillé tes soupçons? Par la Dame, petite, où avais-tu mis ta *cervelle*? Entre tes jambes? Si tu meurs d'envie de coucher avec un homme, pourquoi ne pas avoir choisi un de tes camarades d'études, ou un Héraut? Eux, au moins, ne te trahiraient pas, et ils sauraient garder le silence!

Elspeth éclata en sanglots hystériques.

—Ça ne s'est pas passé comme ça! Il m'avait dit qu'il m'aimait! Je le croyais! Va-t'en, je ne veux plus jamais te voir!

—Ça me convient parfaitement, rétorqua Talia d'une voix coupante, je m'en veux d'avoir perdu autant de temps à essayer d'aider une imbécile!

Elle sortit en trombe de la grange, sauta sur le dos de Rolan et retourna au palais sans un regard en arrière.

À mi-chemin, elle regrettait déjà la moitié des choses qu'elle avait dites.

Elle fit son rapport à Selenay, le cœur lourd de tout ce qu'elle se reprochait.

La reine était dans ses appartements privés, aussi spartiates que les autres étaient opulents. Elle portait une vieille robe de chambre confortable d'un brun passé. Talia se tint devant elle, repentante, et lui raconta toute l'histoire.

— Par la Déesse, Selenay, je n'aurais pas pu m'y prendre plus mal ! Je suis une imbécile plus obtuse qu'il est imaginable. J'ai laissé mes problèmes personnels prendre le pas sur ma formation de Héraut. J'ai totalement perdu mon calme et je ne mérite pas de...

— Un moment. Je ne jurerais pas que votre réaction ait été si mauvaise. Je me demande si vous n'avez pas fait et dit *exactement* ce qu'il fallait, déclara la reine d'un ton pensif. Asseyez-vous, mon amie, et écoutez ce que j'ai à vous dire. D'une part, Elspeth a maintenant appris, un peu rudement je vous le concède, quelle perfidie et quelle traîtrise se cachent parfois sous une apparence des plus attirantes. Elle en a été blessée et effrayée, mais la leçon n'en sera que mieux comprise. Vous avez raison de penser que cette expérience l'empêchera de commettre la même erreur que moi. Peut-être avez-vous réagi un peu trop violemment et dit des choses que vous n'auriez pas dû dire, mais, globalement, je crois que les bénéfices de votre intervention sont plus importants que les erreurs que vous avez commises.

— Comment pouvez-vous dire cela après la façon dont je me suis aliéné son affection ? Je suis censée être son amie et sa conseillère !

— Depuis le temps que vous l'êtes, combien de fois avez-vous perdu patience ? Pas une seule ! Voilà une leçon de plus : elle sait maintenant qu'il est possible d'aller trop loin avec vous, et que vous êtes aussi faillible que n'importe qui. Je doute qu'elle vous provoque de nouveau à ce point.

— Jamais elle ne voudra me reparler, fit Talia, désespérée.

— Je ne suis pas d'accord. Depuis votre départ, j'ai appris à mieux connaître ma fille. Elle pensait ce qu'elle vous a dit... sur le moment. Quand sa colère sera retombée, elle ne vous gardera pas rancune. D'autant moins quand elle réalisera que vous aviez raison, et que vous avez agi dans son intérêt. Si vous partiez quelque temps, je crois qu'elle comprendrait très vite que vous avez réagi un peu trop violemment toutes les deux.

La reine s'absorba un moment dans ses pensées.

— J'ai une idée. Vous vous souvenez de la proposition de mariage d'Alessandar ? J'ai l'intention de lui rendre bientôt visite, et je voudrais lui dépêcher un envoyé pour voir de quoi a l'air le prince. Étant mon conseiller privé, vous seriez parfaite pour cette mission. J'ai l'intention d'envoyer aussi Kris, cela lui donnerait le temps de laisser reposer les choses entre lui et Dirk.

— Leur problème est résolu, fit Talia.

— Qu'importe ! Kris est l'homme qu'il me faut pour cette mission. Il a les manières et la naissance qui le rendent acceptable. Vous travaillez bien ensemble. Je vous rejoindrai peu après, et j'emmènerai Elspeth avec moi. Il faut aussi que je dise un mot à Orthallen au sujet de ses jeunes protégés. Je veux qu'il cesse de les défendre et de les laisser utiliser sa renommée pour couvrir n'importe quelle bêtise.

Talia se rendit compte qu'elle n'avait pas révélé à Selenay le rôle d'Orthallen dans l'affaire. D'ailleurs, quelle certitude avait-elle ? Ce qu'elle avait vu dans l'esprit du garçon n'était peut-être que l'espoir d'échapper à la punition en s'abritant derrière son protecteur.

Il vaut mieux que je n'en parle pas, pensa-t-elle, mentalement épuisée. *Je n'ai pas le courage de revivre avec la reine les disputes que j'ai eues avec Kris.*

— Quand nous nous retrouverons, continua Selenay, ma fille sera revenue à de meilleurs sentiments. Croyez-vous pouvoir être prête demain matin ? Le plus tôt vous serez hors de portée d'Elspeth, le mieux ce sera.

— Je peux être prête en une heure, répondit Talia. Mais je ne suis pas sûre que vous devriez me faire confiance, après ce qui vient de se passer.

— Je vous fais encore plus confiance qu'avant, répondit Selenay. Vous êtes venue me voir, encore sous le coup de la colère ; pourtant, vous avez admis que tout était votre faute. Combien de gens auraient été capables de la même chose ? Mais vous ne m'avez pas dit ce qui vous avait ainsi mis les nerfs à fleur de peau. Est-ce un désaccord avec Kris, parce que vous vous êtes trouvée au milieu de sa querelle avec Dirk ? Si c'est le cas, je peux envoyer un autre Héraut avec vous.

— Ce ne sera pas nécessaire. Je n'ai aucun désaccord avec Kris, nous avons réglé notre différend. Non, il s'agit d'autre chose, que le temps arrangera ; pour l'instant, cela me mine et mon humeur s'en ressent. Tout de même… j'aimerais laisser une note d'excuses à Elspeth. Vous jugerez si et *quand* vous devez la lui remettre.

— Cela me paraît raisonnable, dit Selenay, même si ce n'est pas indispensable. Nous vous suivrons dans une semaine ou deux ; les excuses sont toujours plus efficaces de vive voix.

— C'est vrai, mais on ne sait jamais. Et peut-être lui donnerez-vous mon mot avant votre départ. Qui sait si cela ne sera pas ma dernière chance de lui faire des excuses ?

— Par le ciel, petite, n'ayez pas des pensées aussi sombres ! fit Selenay en riant.

Mais son rire sonnait un peu faux.

— Il paraît qu'Alessandar a des moyens spéciaux de faire passer les messages, déclara Selenay, changeant de sujet. Des moyens plus rapides que les oiseaux ou les courriers. Essayez de vous renseigner là-dessus, tant que vous y serez.

— Tout dépend si c'est un secret ou pas. (Talia eut un pâle sourire.) Kris et moi formons une bonne équipe pour détecter ce genre de choses, savez-vous ? Majesté, je crois que vous êtes très rusée !

— Moi ? fit la reine d'un air innocent.

Puis elle regarda Talia dans les yeux.

— Êtes-vous sûre d'être prête pour cette mission ? Je ne veux pas que vous partiez si vous ne vous sentez pas capable d'affronter les intrigues politiques et tout ce que ça impliquera. Les choses devraient se passer de façon simple et franche, mais elles peuvent exiger que vous cherchiez à découvrir certains secrets. Au mieux, vous serez confrontée au même type d'intrigues que celles que vous avez connues ici.

— Je suis prête, soupira Talia. Rien ne peut être pire que la situation actuelle.

Chapitre 6

— J'ai l'impression de m'enfuir, dit Talia à voix basse.

— C'est faux, répondit doucement Kris.

Chaudement enveloppés dans leurs manteaux, les deux Hérauts avaient quitté leurs appartements au petit matin pour se rendre à la sellerie et s'acquitter des derniers préparatifs du voyage.

— Tu ne pouvais rien faire de plus, continua-t-il. Elspeth ne veut pas te voir, et Dirk ne peut pas.

— Et Destria va bien, continua Talia. J'ai parlé à Alberich, qui m'a conduite chez Kyril. Tous deux ont accepté de garder un œil sur les activités de ton oncle. Je suis désolée, Kris.

— Inutile de t'excuser. Je suis simplement surpris que tu sois parvenue à convaincre Kyril qu'il fallait le surveiller.

— Ce n'est pas moi. C'est Alberich qui l'a rallié à notre cause.

— Alberich ? Hum. Il devait avoir de bonnes raisons de le faire…

— Il va aussi parler à Elspeth, reprit Talia. Et Keren m'a promis de s'occuper de Dirk dès qu'elle pourrait passer la barrière des Guérisseurs. Skif s'en mêlera lui aussi.

— Pauvre Dirk, il va avoir affaire à forte partie ! J'ai presque pitié de lui.

— La pitié n'est pas ce dont il a besoin. Cela fait trop longtemps qu'il pleure sur lui-même… et moi aussi, tout bien réfléchi.

— Tout ira bien, ma petite alouette. Et tu as toutes les raisons du monde de pleurer sur toi-même.

Il l'embrassa doucement sur le front et les lèvres.

Elle se détendit un peu et appuya la tête un instant sur son épaule.

— Je ne sais pas ce que j'ai fait pour mériter un ami comme toi, soupira-t-elle.

Puis elle reprit le contrôle d'elle-même.

— Un long trajet nous attend…

— … et nous n'avons pas toute la vie devant nous pour arriver à bon port, termina Kris. Prête ?

— Oui.

Les deux Hérauts prirent seulement ce que Tantris et Rolan pouvaient porter. Ils n'avaient pas besoin de provisions, car ils seraient nourris et logés dans les auberges qu'ils rencontreraient. Leurs effets personnels les rejoindraient plus tard, en même temps que le convoi de Selenay. La reine et Alessandar étaient des alliés de longue date. Le défunt père de Selenay et lui avaient été des amis véritables. L'union entre Elspeth et Ancar, l'héritier du monarque, se ferait peut-être pour le plus grand plaisir des deux jeunes gens. Alessandar n'avait pas été vexé par la réponse de Selenay. Au contraire, il l'avait encouragée à lui rendre visite avec Elspeth, pour qu'elles voient par elles-mêmes à quoi ressemblait le jeune prince. De toute façon, avait fait remarquer Alessandar, les unions royales mettaient des années à aboutir. Elspeth devrait d'abord terminer ses études.

Selenay n'avait pas vu le prince depuis qu'il était un bébé. Elle accepta l'invitation. Comme le Collegium allait entrer dans la période des vacances d'été, elle pourrait emmener Elspeth. La reine était déterminée à ne pas l'obliger à un mariage, à moins que la sécurité du royaume en dépende. Elle voulait aussi s'assurer que le jeune homme qui épouserait Elspeth aurait les dispositions mentales correspondant aux principes qui gouvernaient Valdemar. L'idéal serait qu'il soit lui aussi un Héraut, déjà choisi par un Compagnon ou susceptible de l'être. Si une telle chose se produisait, les espoirs de Selenay seraient comblés car, si l'époux d'Elspeth était également un Héraut, il partagerait le trône avec elle.

Le devoir de Talia et de Kris était de jauger le fiancé proposé et de s'enquérir de ce que son peuple pensait de lui. Ensuite, ils devraient donner leur avis à Selenay. Ce n'était pas là une mince responsabilité.

Talia retournait l'affaire dans son esprit. Malgré tout, elle avait l'impression de partir en laissant derrière elle des questions non résolues.

Elle avait travaillé pendant des heures à la note destinée à Elspeth. Peu satisfaite, elle aurait voulu trouver des mots plus justes pour expliquer sa réaction. L'incident était la preuve qu'Elspeth et elle s'étaient éloignées durant sa mission de probation. La brèche ainsi ouverte entre elles devait être refermée aussi vite que possible. Elle ne pouvait s'empêcher de se blâmer de ne pas l'avoir compris plus tôt.

Puis il y avait Dirk...

Qu'aurait-elle pu faire si elle était restée, sinon se torturer inutilement? Pourtant elle avait le sentiment d'avoir manqué de courage. Non, Kris avait raison, elle avait bien fait de partir.

Il lui sembla adéquat qu'ils quittent le palais dans l'obscurité, et que le ciel soit si triste et plombé que l'aube, quand elle pointa, ne fut qu'un passage graduel d'un gris foncé à un gris plus clair – celui d'un jour aussi triste que ceux qui l'avaient précédé.

Kris n'était pas très satisfait de lui-même

—*Je ne me suis pas très bien occupé de mes amis, récemment, hein?* demanda-t-il à Tantris.

—*Non, petit frère, en effet.*

Kris soupira. Il y avait des choses qu'il aurait pu, aurait dû faire. Il aurait dû parler à Dirk des sentiments de Talia pour lui. Il aurait dû intervenir avant que son ami se fie à la bouteille pour pouvoir dormir.

—*Par le ciel! Je suis sûr qu'il croit que c'est de moi que Talia est amoureuse. Dieux! Je lui ai brisé le cœur et je ne m'en suis même pas aperçu! Pas étonnant qu'il m'ait provoqué, qu'il se soit mis à boire. Ah! mon pauvre frère, comment me ferai-je jamais pardonner?*

Quant à Talia, il n'aurait pas dû croire qu'elle gardait rancune à Orthallen, mais admettre que son antipathie pour lui était fondée. Alberich la croyait. Et personne n'aurait prétendu que le maître d'armes était enclin à porter des jugements hâtifs.

— *Les regrets ne recollent pas les pots cassés. Petit frère, pourquoi n'as-tu fait aucune de ces choses?* demanda Tantris dans son esprit.

Bonne question. Kris y réfléchit longuement.

Une chose à la fois. Pourquoi n'avait-il pas agi au sujet de Dirk?

Simple: il n'avait rien fait parce qu'il n'avait pas vu le problème avant que son ami se saoule toutes les nuits. Il n'avait rien vu parce qu'il était trop occupé à se rengorger des résultats positifs de la mission de probation de Talia. Il s'était comporté comme un enfant en vacances, égoïste et satisfait de lui-même. Donner des cours sur la Vision à Distance lui était si facile qu'il avait l'impression de ne pas être de service du tout. Il avait passé le reste du temps à la poursuite de ses propres plaisirs.

— *Parfait,* dit sèchement Tantris. *Mais ne tombe pas dans l'erreur inverse. Il ne sert à rien de battre ta coulpe. Je ne me suis pas gêné pour m'amuser, moi aussi! Ahrodie me manquait beaucoup, tu sais!*

— *Hédoniste!* lança Kris.

— *Pas vraiment. Nous sommes aussi proches que toi et Dirk, d'une façon un peu différente. Comme toi et Talia, plutôt.*

Oui, Talia. Il comprenait mieux pourquoi il avait été si lent à se rendre à la raison. Orthallen était un politicien, un intrigant assoiffé de pouvoir. Kris avait souvent dû défendre son oncle auprès des autres Hérauts. Toutefois, il n'avait jamais eu à le dédouaner d'une accusation de malversation délibérée. Il était vrai qu'Orthallen ne faisait rien sans en retirer un bénéfice, mais il y avait toujours un effet positif pour le royaume. Pour la plupart, les autres Hérauts n'étaient pas de haute naissance, et ils n'approuvaient pas l'usage de l'autorité à des fins personnelles. Certaines pratiques, qui étaient monnaie courante pour Kris, les écœuraient. La politique et les intrigues étaient une réalité dont ils restaient ignorants, car ils n'étaient confrontés qu'aux sphères les plus hautes de la Cour – la reine et son entourage immédiat – où les complots n'existaient pas. C'était au niveau d'Orthallen, celui de la noblesse moyenne et supérieure, que la compétition était la plus rude. Il était possible que son oncle ait seulement tenu compte des implications politiques de l'ascension du nouveau Héraut de la reine. Oui, c'était plus que possible, presque certain…

Ainsi, il avait vu en Talia un adversaire à abattre. Orthallen ne pouvait sans doute pas comprendre ses devoirs et ses responsabilités de Héraut ; ou s'il les comprenait, il les considérait comme sans importance.

Le vieux Talamir n'avait pas représenté une menace pour lui, mais cette jeune femme à l'esprit vif en était une ! Bref, Talia avait raison en ce qui concernait le caractère et les motivations du Conseiller, du moins par rapport à elle.

— *Pourquoi ne m'en as-tu pas parlé plus tôt ?* reprocha-t-il à Tantris.

— *Cela ne marche pas ainsi, petit frère, et tu le sais. Nous donnons un conseil si on nous le demande, c'est tout. Ce n'est pas à nous d'influencer votre vie privée. Mais, maintenant que tu poses la question…*

— *Fais-moi part de ta sagesse immortelle !*

— *Inutile de recourir au sarcasme. Je n'aime pas Orthallen non plus, mais jusqu'à ce jour il n'avait pas donné de preuves de sa malveillance. Pourtant, quand Talia insiste sur un sujet, il paraît prudent d'examiner ce qu'elle affirme, en laissant de côté les sentiments personnels. Maintenant qu'elle a son Don sous contrôle, ses instincts sont aussi fiables que les miens.*

— *Oui, grand-père*, pensa Kris, un peu rasséréné.

— *Grand-père, hein ? Nous allons voir ça.*

Le Compagnon se dressa sur ses pattes arrière et fit quelques cabrioles qui ébranlèrent Kris jusqu'à la moelle des os. Puis il reprit son allure d'origine, avec l'équivalent mental d'un rire ironique.

Rolan ne pouvait pas parler à Talia comme Tantris à Kris, mais sa désapprobation était évidente. Il pensait que la jeune femme s'apitoyait un peu trop sur elle-même. Comme elle ne l'écoutait pas, il finit par abandonner, et la laisser mariner dans ses ennuis.

Le temps aussi était misérable : un jour parfait pour se sentir déprimé. Les quelques voyageurs qu'ils rencontrèrent avaient l'air maussades et se montrèrent peu bavards.

Comme ils cheminaient sans bagages, ils atteindraient vite la frontière, même en s'arrêtant la nuit. De la sorte, ils auraient plusieurs jours devant eux pour jauger le jeune prince. Puis l'un ou l'autre retournerait à la frontière pour y accueillir Selenay et son entourage.

Ce serait probablement Kris. Talia, le Héraut de la reine, serait déléguée auprès d'Alessandar. La jeune femme comprenait le raisonnement, mais elle aurait préféré partir à la rencontre de Selenay et d'Elspeth. Rien n'allait comme elle le voulait. En outre, depuis l'instant où Selenay l'avait mentionné, elle avait d'étranges pressentiments au sujet de ce voyage.

Elle resta fermée sur elle-même, essayant de contrôler son tumulte émotionnel par ses propres moyens. Il ne servirait à rien de pleurer sur l'épaule de Kris. Un Héraut, ne cessait-elle de se répéter, devait être capable de se débrouiller tout seul, quelle que soit la situation. Elle y arriverait. Elle avait appris à contrôler son Don, elle apprendrait aussi à maîtriser ses émotions.

Kris était conscient de son malaise. Il savait aussi qu'il n'y pouvait pas grand-chose. Quelque temps auparavant, il aurait frémi à l'idée que quelqu'un puisse attendre un soutien émotionnel de sa part.

Après sa séance d'introspection du matin, il regrettait seulement de ne pas être en position d'aider son amie. Quand elle avait perdu le contrôle de son Don, il était en mesure d'agir et l'avait fait. Il y avait peut-être un moyen… S'il parvenait à faire comprendre à son oncle que Talia n'était pas une menace politique pour lui, cela allégerait la pression qui écrasait la jeune femme.

Ils s'arrêtèrent pour déjeuner rapidement dans une auberge.

— Comment ça va ? demanda Kris à Talia entre deux bouchées de pâté à la viande.

— Bien, dit-elle.

Après avoir littéralement dévoré son repas, elle se mit à panser Rolan avec une énergie peut-être disproportionnée.

— J'espère que le temps se décidera à tourner ; c'est désagréable pour chevaucher, mais c'est encore pire pour les récoltes.

—Oui.

—Nous devrons voyager jusqu'à la nuit pour rejoindre Trevale. Il y a là une auberge formidable, je la connais. Tu penses pouvoir y arriver ?

—Oui.

—Le vin est un régal. La bière est encore meilleure.

—Oh…

—Les propriétaires ont une dizaine de chats à deux queues.

—Ah…

Il abandonna.

Ils s'arrêtèrent dans une auberge, longtemps après la tombée de la nuit. Le patron vit qu'ils étaient épuisés ; il leur donna une table isolée, et tint les autres clients à l'écart.

L'auberge était vaste et presque pleine. La salle commune était si bruyante que Kris n'essaya pas d'entamer la conversation. Cela convenait parfaitement à Talia. N'ayant pas envie de parler, elle espérait que Kris l'ignorerait jusqu'à ce que son humeur change. Dès qu'ils eurent fini de dîner, ils allèrent se coucher. Talia parvint à se forcer à dormir, mais son sommeil fut peuplé de rêves troublants.

Le matin suivant, le temps se leva. À midi, ils purent enlever leurs manteaux et les rouler derrière leur selle. Talia avait retrouvé un semblant d'équilibre. Au début de l'après-midi, elle était de nouveau capable d'une conversation normale. Alors elle commença à juger avec plus d'objectivité le chaos qu'elle laissait derrière elle. Elle avait toujours un pressentiment gênant, mais, sous le soleil, il lui sembla qu'il s'agissait surtout du fruit de son imagination.

Quand Talia redevint semblable à elle-même, Kris s'en trouva ragaillardi. Chevaucher aux côtés d'une zombie n'était pas son idée d'un voyage réussi !

Cette mission était la première de Talia qui ait un caractère politique. Il fallait qu'ils en parlent tant qu'ils étaient loin des oreilles indiscrètes des courtisans.

Kris lança la conversation sur le sujet ; Talia lui répondit en l'accablant de questions, ce qui lui ressemblait davantage.

Quand ils atteignirent la frontière, au bout d'une semaine de chevauchée, les choses étaient redevenues normales entre eux. Ils avaient évoqué tout ce qui pouvait survenir, de la possibilité qu'Ancar se révèle un consort idéal pour Elspeth à celle qu'il soit un parti encore pire que le défunt (mais non regretté) époux de Selenay. Ils avaient préparé la façon dont ils refuseraient délicatement l'offre d'Alessandar si l'hypothèse la moins favorable se réalisait. Kris aurait juré qu'ils étaient prêts à affronter n'importe quoi.

Sur le terrain appartenant encore à Valdemar se trouvait un petit bâtiment situé à quelques mètres de la barrière qui marquait la frontière proprement dite. Deux gardes habitaient la cabane et y avaient installé leur bureau. Ils étaient en train de vérifier les papiers d'un marchand qui voulait entrer à Valdemar. Ils levèrent la tête au bruit des sabots et sourirent aux Hérauts. Le plus grand des deux se leva et ouvrit la barrière pour les laisser passer.

Du côté du royaume d'Alessandar, il y avait un portail gardé par une autre paire de soldats vêtus de l'uniforme noir et or de son armée. Un jeune homme se trouvait avec eux. À en juger par son uniforme un peu plus ornementé, il s'agissait d'un capitaine.

Jeune, amical et plutôt beau garçon, il les laissa passer après un bref coup d'œil à leurs lettres de créance.

— Je vous attendais, dit-il, mais pas aujourd'hui. Vous avez fait vite.

— Nous nous sommes hâtés, répondit Kris, et nous sommes partis un peu plus tôt que prévu. Les Hérauts sont à tout moment sur le pied de guerre.

— Bien, j'ai reçu des ordres vous concernant...

— Vraiment ? fit Talia, surprise.

— Oh, juste celui de vous attendre, puis d'informer aussitôt la capitale.

Talia se souvint que Selenay leur avait demandé de se renseigner sur le moyen de communication secret d'Alessandar.

— Comment allez-vous faire parvenir ces informations aux vôtres dans un délai raisonnable ? demanda Kris. Je sais que les autorités les plus proches sont à plusieurs jours de cheval, et que vous n'avez pas de Hérauts pour transmettre rapidement les messages.

Le jeune capitaine sourit.

— Ce n'est pas un secret. Si vous n'êtes pas trop fatigués, je serai ravi de vous montrer comment nous faisons.

— Nous ne sommes jamais trop fatigués quand on nous propose de voir quelque chose qui ressemble à de la magie !

— Vous êtes bien placés pour parler de magie, lança le jeune officier. Dit-on aussi chez vous que ce qui est magie pour l'un est habitude pour l'autre ? Suivez-moi, je vais vous montrer.

Talia et Kris mirent pied à terre et lui emboîtèrent le pas.

— Savez-vous que je peux recevoir des ordres de la capitale en quelques heures, si on trouve quelqu'un d'assez haut rang pour les émettre avant que le soleil se couche ?

— C'est extraordinaire ! Mais qu'est-ce que le soleil a à voir avec ça ?

— Vous voyez la tour flanquant le poste de garde ?

La tour en question s'élevait à un mètre ou deux au-delà du sommet des arbres. Elle les avait intrigués, car elle semblait n'avoir aucune utilité, à part peut-être comme poste d'observation.

— Les feux de forêt sont-ils si fréquents par ici ? interrogea Kris. Je ne l'aurais pas cru, avec toutes ces terres cultivées.

— Oh, ce n'est pas un poste de surveillance antifeu, même si nous avons copié le modèle, dit le jeune capitaine en riant. Montez avec moi jusqu'à son sommet, et je vous montrerai quelque chose qui vous ébahira.

Rien d'extraordinaire ne les attendait en haut, sinon deux autres gardes, et un immense miroir concave, aussi large que Talia était grande.

Un des hommes fit pivoter le support du miroir et le positionna pour qu'il reflète un rayon de soleil, venant de l'ouest, vers la partie sud-ouest de la plate-forme. Quand ce fut fait, l'autre prit un miroir de plus petite taille et le plaça dans le rayon de lumière reflété.

Talia comprit à ce moment comment ils allaient faire. C'était une variante intelligente de la manière d'envoyer un signal au moyen du soleil. Avec ce dispositif, il n'était pas nécessaire pour émettre le message d'attendre que l'astre du jour se trouve dans la bonne position.

Le capitaine sourit de plus belle.

— Un des savants de l'entourage d'Ancar a eu cette idée. Nous avons commencé à équiper tous les postes de garde de tours similaires. Puis nous avons construit des « tours de relais » dans tout le royaume. Il nous est possible de faire passer un message d'un bout du territoire à l'autre, et ce en quelques heures. C'est encore mieux que les exploits des Hérauts, d'après ce qu'on m'a dit.

— C'est exact, mais si quelqu'un connaît le code, il peut prendre connaissance de tous vos messages, dit Kris. Ça rend difficile de garder un secret, non ?

— Ainsi, les courriers spéciaux ne craignent pas de perdre leur travail. (Le capitaine se tourna vers un des gardes.) Solan, dis-leur que les envoyés de la reine Selenay sont arrivés et que nous attendons les instructions.

— Oui, capitaine !

Au loin, on apercevait le sommet d'une autre tour. Peu après que le message eut été envoyé, ils virent une série d'éclairs en haut de celle-ci.

— Ils répètent le message avant de le reproduire, expliqua le capitaine. Au début, il y a eu quelques malentendus, donc nous avons décidé de procéder ainsi. Si le relais a mal compris une partie du message, nous pouvons le corriger avant qu'il le retransmette.

— Le message est correct, capitaine, dit le garde.

— Parfait. Envoyez la confirmation. (Il se tourna de nouveau vers Kris et Talia.) Si celui qui répète le message ne reçoit pas confirmation, il suppose qu'il y a eu un problème et continue à transmettre jusqu'à ce que tout devienne clair.

— C'est vraiment un « éclair » de génie, dit Talia, en échangeant un sourire avec le capitaine, ravi de son bon mot. Mais que faites-vous la nuit, ou les jours sans soleil ?

— Il y a toujours les courriers ! Ils s'arrêtent à chaque tour ; ainsi, dès que le temps se lève, le message peut être relayé au poste suivant. La nuit, bien sûr, nous utilisons des lanternes pour envoyer les signaux. En supposant que ceux qui donnent les ordres travaillent aussi tard !

Quand ils furent redescendus sur la terre ferme, le capitaine leur fit visiter les lieux. Talia était intriguée, et pas seulement par les tours. C'était là plus qu'un simple poste de garde, car une compagnie entière stationnait en permanence dans le bâtiment. Quand ils ne patrouillaient pas sur la route, les hommes (il n'y avait pas de femmes dans l'armée d'Alessandar) faisaient fonction de gardiens de la paix dans les villages alentour.

C'était une différence intéressante avec l'armée de Selenay. Mais celle d'Alessandar était beaucoup plus importante.

Le poste frontière était composé de trois bâtiments : les baraquements, le poste proprement dit, où vivaient aussi quatre Guérisseuses et où l'on collectait les taxes douanières, et un bâtiment commun qui abritait les cuisines et les locaux de stockage.

Quand la visite fut terminée, aucun message ne leur étant parvenu en réponse, le capitaine dit, d'un ton résigné :

— Bon, je suppose qu'ils n'ont trouvé aucun officier assez haut placé pour donner les ordres adéquats avant le coucher du soleil. Ça veut dire que vous dormirez ici, à moins que vous vouliez retraverser la frontière.

— Nous resterons, si ça ne pose pas de problème, répondit Kris.

— Il n'y a pas de quartiers privés, fit le capitaine en jetant un coup d'œil à Talia. Je peux vous trouver une place dans les baraquements, et la jeune dame dormira avec les Guérisseuses. Mais, si vous ne voulez pas être séparés…

— Capitaine, le Héraut Talia et moi sommes des collègues, rien de plus, déclara Kris, une lueur d'amusement dans les yeux.

— Ce que vous nous proposez est parfaitement adéquat, renchérit Talia. Nous sommes tous deux habitués à dormir dans des baraquements ; c'est même un luxe, comparé à certains des abris de voyage dans lesquels j'ai couché.

Talia avait dit « je » et pas « nous ». Un clin d'œil de Kris la fit se réjouir de son tact.

— Très bien ; si cela vous convient, je vais vous escorter au mess des officiers pour que vous puissiez vous restaurer, dit le capitaine, apparemment satisfait qu'ils n'aient pas fait plus d'embarras.

Son attitude poussa Talia à se demander si d'autres personnes avaient été moins coopératives, ou s'il avait simplement réagi à certains récits très exagérés sur les mœurs et les appétits des Hérauts.

Les officiers étaient une bande de joyeux drilles, même si la présence d'étrangers les bloquait un peu. Ils voulaient tout savoir sur les Hérauts, certaines de leurs questions semblant aussi naïves que celles d'enfants. Si tout le peuple d'Alessandar était aussi gai et accueillant que ces hommes, Talia voulait bien penser qu'il était un aussi bon souverain que Selenay.

Kris eut un vrai lit, mais la jeune femme dut se contenter d'une paillasse dans les quartiers des Guérisseuses. Elle ne s'en plaignit pas. Les cauchemars qui l'avaient hantée toutes les nuits précédentes pendant le voyage l'avaient tant fatiguée qu'elle aurait pu dormir sur une dalle de pierre.

Cette nuit-là, toutefois, les mauvais rêves semblèrent la laisser en paix. Était-ce la présence des Guérisseuses endormies près d'elle ? Après tout, elle était une Empathe. Il se pouvait que ses songes soient une réponse à l'ambiance déprimante qui régnait dernièrement à la Cour. Elle pensait avoir établi des boucliers assez solides pour résister à tout, mais elle avait été stressée ces derniers temps, et ce phénomène affectait ses capacités de bloquer les émotions des autres.

Quelle qu'en soit la raison, elle dormit pour la première fois depuis leur départ d'un sommeil réparateur ; au réveil, elle ne gardait qu'un vague souvenir de ses rêves.

Chapitre 7

Si Kris avait été sourd, il aurait peut-être pu dormir au milieu du raffut provoqué par les gardes de nuit qui entraient dans les baraquements, tandis que les gardes de jour en sortaient. Comme il ne l'était pas, il fit de nécessité vertu et se leva. Talia l'attendait dans la salle commune, l'air à demi réveillée. Leur hôte fit son apparition au même moment.

— J'ai reçu vos instructions. Vous devez partir directement vers la capitale, sans attendre une escorte. Présentez-vous à chaque relais avant de vous arrêter pour la nuit. Tenez, voici vos cartes.

— Elles n'ont pas l'air compliquées, dit Kris en les examinant. J'avais vraiment envie de repartir : je suis heureux que nous n'ayons pas besoin d'attendre une escorte !

— D'autant plus, si j'en crois ce qu'on dit, qu'aucune de nos bêtes n'est capable d'aller aussi vite que les vôtres.

— C'est vrai, déclara Kris, fièrement. Aucun cheval ne peut se déplacer à la vitesse de nos Compagnons.

— Vous suivrez la route principale jusqu'à la capitale, continua leur hôte. La nuit, vous dormirez dans les hôtelleries d'Alessandar. Elles se trouvent toujours sur la place principale, avec un poste de garde tout proche. Elles ressemblent à des auberges, mais l'enseigne porte un épi de blé ceint par une couronne. Vous parlez notre langue, je suppose?

—Couramment, répondit Kris en hardornan.

—Bien. Dès que vous serez à quelques dizaines de kilomètres de la frontière, plus personne ne parlera le valdemaran.

—Cela ne me surprend pas, dit Talia en hardornan, d'une voix lente mais claire. De notre côté de la frontière, personne ne parle votre langue, à part les Hérauts!

—Bien, fit l'homme, je vous souhaite bon voyage. Et n'oubliez pas de vous présenter aux tours de relais, la capitale veut savoir à tout moment où vous êtes.

Le premier jour se passa sans incident. Le peuple d'Alessandar semblait aussi content de son sort que celui de Selenay. Ces gens étaient amicaux et ils avaient l'air relativement prospères.

Les voyageurs s'arrêtèrent près d'un groupe de paysans en train de déjeuner. Kris sortit la carte et s'avança vers le groupe.

—Que puis-je pour vous, messire? demanda l'homme le plus proche avant que Kris ait eu le temps de poser sa question.

—Je n'ai pas l'habitude de cette carte. Je me demandais si vous pourriez me dire à quelle distance se trouve Southford.

—À deux kilomètres environ, au-delà de cette colline. Si elle n'était pas là, vous verriez le village d'ici. (L'homme eut un rire bon enfant.) Mais si vous le voyiez d'ici, vous n'auriez pas besoin de me demander le chemin, pas vrai ?

Kris rit avec lui.

— Brave garçon, fit Talia. Les paysans semblent heureux. Jusque-là, Alessandar mérite une très bonne note.

— L'ennui, répondit Kris, c'est que ce n'est pas Alessandar, le futur époux…

— Exact ! Et quand je pense à toutes les histoires de brebis galeuses, dans les familles les plus nobles…

Ils avaient ordre de ne s'arrêter que dans les hôtelleries d'Alessandar et se mirent en devoir de localiser le village susceptible d'en posséder une.

Les hôtelleries étaient une innovation du roi. Destinées aux voyageurs officiels, aux ambassadeurs et aux envoyés des autres royaumes, ainsi qu'aux membres du clergé, elles ressemblaient à des auberges bien tenues, à ce détail près que leur usage était gratuit.

Après avoir signalé leur présence à la tour de relais, ils poussèrent jusqu'au Carrefour du Gardien pour s'arrêter à l'hôtellerie locale.

Celle-ci ressemblait effectivement à une auberge. Ils montrèrent leurs lettres de créance au patron, qui examina soigneusement les documents et vérifia les sceaux de Valdemar et de Hardorn. Puis il appela un garçon d'écurie pour qu'il prenne soin des Compagnons et fit entrer les deux voyageurs dans la salle commune.

La pièce était chaude, enfumée et bondée. Ils trouvèrent place à une table déjà occupée par deux prêtres de sectes rivales, plongés dans une discussion animée sur les mérites respectifs de leurs divinités, et par un individu maigre et pensif aux doigts tachés d'encre qui ne leva pas le nez de son assiette.

Une serveuse harassée leur apporta une assiettée de viande, de pain et de légumes. Un garçon leur donna ensuite des chopes de bière et les clés de leurs chambres.

La nourriture était saine mais très simple ; le repas ne s'éternisa pas. Quand ils furent rassasiés, ils emportèrent leurs chopes et leurs clés et allèrent s'asseoir devant la cheminée.

Talia sentait qu'ils étaient l'objet de regards curieux ; sans doute parce qu'ils étaient les seuls étrangers.

— Vous êtes des Hérauts de Valdemar, n'est-ce pas ? leur demanda un homme imposant vêtu de velours marron.

— Vous nous avez correctement identifiés, mon bon sire, répondit Talia.

— Nous n'en voyons pas souvent, insista l'homme, l'air interrogateur.

— Vous devriez en voir davantage d'ici l'été, répondit Talia. La reine Selenay va rendre visite à votre roi. Nous sommes là pour préparer la rencontre.

— Ah ? Les choses s'arrangeront peut-être, dans ce cas.

— Y a-t-il eu des problèmes récemment ? demanda Talia d'un ton aussi neutre que possible. Nous en avons eu aussi à Valdemar, avec les inondations... et tout ça.

— Oui, les inondations... et tout ça, répéta l'homme, trop rapidement.

Puis il se tourna vers ses compagnons de table et se joignit à leur conversation.

— Pardonnez-moi, ma dame, pourriez-vous me dire quel est le prix du grain, de votre côté de la frontière ?

Le marchand qui venait de parler se plaça entre Talia et l'homme en velours marron. Comme il aurait été plutôt impoli de l'ignorer, il l'accabla de questions, ne lui laissant pas l'occasion d'en poser. À la fin elle en eut assez et fit signe à Kris qu'elle voulait se retirer.

Elle le suivit quand il se leva en bâillant et déclara qu'il était épuisé. Les chambres étaient de petites cellules d'aspect monastique, sans fenêtre ni cheminée. Pour l'aération, il n'y avait qu'une petite ouverture près du plafond. Talia fit à Kris un geste de la main signifiant qu'elle avait quelque chose à lui dire, mais qu'ils en parleraient plus tard. Ils s'installèrent pour la nuit et ne tardèrent pas à s'endormir.

Au déjeuner, le lendemain, ils mangèrent une sorte de bouillie avec des fruits secs et des champignons, aussi peu savoureuse que le dîner de la veille.

— Le garçon d'écurie prépare nos Compagnons, déclara Kris. Nous prendrons la route dès que tu seras prête.

— Je le suis, répondit Talia en avalant une dernière gorgée de thé.

— Allons-y.

Quand ils furent sortis du village, Kris se tourna vers elle.

— Alors ?

— Il y a quelque chose de bizarre ici, mais je ne saisis pas quoi. J'ai le sentiment que les gens n'ont pas envie de parler des « époques sombres ». Il peut s'agir d'un cas isolé de mécontentement...

Elle secoua la tête, prise d'un soudain accès de vertige.

— Que se passe-t-il ?

— Je n'en sais rien. Je me sens bizarre, d'un seul coup.

— Veux-tu que nous nous arrêtions un moment ?

Elle allait répondre par la négative quand les vagues de vertige reprirent et redoublèrent.

— Oui, je ferais mieux de..., fit-elle en s'accrochant à sa selle.

— Tu veux retourner au village ? Tu veux consulter un Guérisseur ?

— Non... je ne crois pas... Oh ! fit-elle tout à coup.

Le vertige s'estompait, mais sa conscience empathique suivait le même chemin.

— Par la Déesse ! s'écria-t-elle en se redressant sur sa selle.

Anxieux, Kris lui saisit le coude.

— Mon Don ! Il... est parti ! Kris ! Kris ! Que m'arrive-t-il ?

— Je ne sais pas, dit-il.

Puis, après un instant :

— Attends, il y avait bien des champignons dans la bouillie qu'ils nous ont donnée au petit déjeuner ?

— Oui... je crois.

— Des pieds-de-chèvres ! Ça devait être des pieds-de-chèvres. Cela explique que tu sois atteinte et pas moi.

— Ce sont... les champignons qui brouillent les Dons, n'est-ce pas ?

— Oui, mais seulement la Perception des Pensées et l'Empathie. Ces champignons sont rares chez nous, mais pas tant que ça ici. Un imbécile a dû en mettre dans la nourriture sans se renseigner sur ses effets.

— Mes perceptions mentales seront plutôt mauvaises pendant quelques jours, non ?

— N'essaie même pas d'en avoir, ça te rendrait malade. Si tu peux chevaucher, nous devrions retourner au village.

— Oui, je peux, si nous n'allons pas trop vite. Mais pourquoi tourner bride ?

— Et si un Guérisseur passe la nuit dans cette hôtellerie ?

— Oh, je n'y avais pas pensé !

Ils rebroussèrent chemin. Ce ne fut pas long : ils avaient parcouru à peine un kilomètre depuis leur départ.

L'aubergiste s'excusa platement : les pieds-de-chèvres avaient été mélangés à un lot de champignons comestibles qu'un garçon de ferme leur avait vendu le matin même. Kris fit jeter le reste de la bouillie dans l'auge à cochons.

— Je ne crois pas que cela ait été délibéré. À les en croire, c'est un accident. Et puis, ils n'auraient pas pu savoir à quelle hôtellerie nous nous arrêterions pour la nuit. Peux-tu continuer ?

Elle ferma les yeux un instant.

— Oui, dit-elle enfin.

— Allons-y. J'aimerais que tu puisses te mettre au lit de bonne heure, ce soir.

Mais un doute subsista dans l'esprit de Talia. Avec les tours de relais, il était possible de savoir dans quelle hôtellerie ils s'arrêteraient. Ancienne fermière, elle savait qu'on pouvait conserver presque indéfiniment certains champignons après les avoir séchés...

Kris leur fit faire une marche forcée, espérant trouver un lit pour Talia bien avant la fin du jour. Il y parvint. Cette nuit-là, ils furent les seuls voyageurs utilisant l'hôtellerie. Le calme et le repos firent du bien à la jeune femme. Malheureusement, seul le temps pouvait guérir d'une intoxication aux pieds-de-chèvres.

Cet incident était très ennuyeux. Les capacités de Talia étaient vitales pour la mission qui leur était confiée.

Après une bonne nuit de sommeil, elle se sentit presque redevenue normale, mais son Don était totalement erratique : absent un moment, de retour le suivant, il la laissait vulnérable à toutes les émotions qui l'assaillaient dans un tel désordre qu'elle ne pouvait rien en tirer.

Aucun des deux Hérauts n'aurait aimé tenter d'utiliser le Don de Talia dans ces conditions. Ils n'avaient nulle envie de vérifier à quel point il était imprévisible.

Ils firent de leur mieux pour atteindre la prochaine halte, espérant que leur formation et leur intelligence suppléeraient à l'Empathie défaillante de la jeune femme.

Les gens du hameau où ils se renseignèrent sur la localisation de la prochaine hôtellerie étaient peu bavards ; ils répondirent rapidement, sans montrer de curiosité à l'égard des étrangers.

Ce soir-là, le garde de la tour de relais fut assez brusque. Il leur conseilla tout de go de ne pas changer leurs plans, et de s'arrêter à Ilderhaven, comme prévu.

— Les gens de la capitale seraient furieux de ne pas vous trouver s'ils avaient besoin de vous, dit-il froidement.

Kris échangea un regard lourd de signification avec Talia, mais il ne fit pas de commentaire.

À l'hôtellerie, qui abritait un petit nombre de voyageurs, ils se séparèrent et tentèrent, chacun de leur côté, d'obtenir de plus amples informations.

Talia avait jeté son dévolu sur une jeune femme timide, la prêtresse d'un des ordres d'obédience lunaire. Elle espérait en tirer des renseignements utiles, même sans son Don. Elle commença par des banalités, soulignant à quel point les longs voyages étaient difficiles pour les femmes, et ajoutant qu'il était injuste que les hôteliers servent d'abord les hommes, quel que soit leur ordre d'arrivée... Puis elle aborda des sujets plus délicats.

— Votre roi, à ce que je vois, paraît être un bon souverain, déclara-t-elle sans avoir l'air d'y toucher. Chacun semble prospère. Cela doit faire de jolis revenus pour votre temple.

— Oh ! oui. Alessandar est un bon gouvernant. Les choses ne sont jamais mieux allées...

— Et il a un fils fort et déterminé pour lui succéder, je crois ?

— Oui... oui, Ancar est déterminé, c'est vrai... Avez-vous eu beaucoup de problèmes avec les inondations, à Valdemar ?

Il sembla à Talia que la femme avait été mal à l'aise en prononçant le nom d'Ancar.

— Des inondations, oui. La jeune Elspeth voulait que la reine la laisse aller dans les campagnes pour apporter toute l'aide qu'elle pouvait. C'était exclu, bien sûr, car elle est encore étudiante. Mais dès qu'elle en aura l'âge, je ne doute pas qu'elle sera le bras droit de sa mère. Ancar s'occupe sans doute de bien des choses au nom de son père ?

—Non, pas vraiment... Il ne serait pas convenable qu'il se mêle aux gens ordinaires... Il a son rang à tenir... sa propre cour, depuis qu'il en a l'âge. Il a... des intérêts différents.

—Ah, dit Talia, puis elle aiguilla la conversation sur d'autres sujets.

—Ce n'est pas très concluant, décida Kris. Mais c'est un peu étrange.

Talia acquiesça. Ils avaient de nouveau attendu d'être en chemin avant de parler.

—J'ai l'impression que les gens sont satisfaits pour l'instant, continua-t-il, mais qu'ils sont incertains du lendemain. Maudits pieds-de-chèvres ! Si nous pouvions seulement savoir ce que nos interlocuteurs pensent vraiment ! Par le diable, nous avons besoin de ton Don !

—Il est toujours erratique, répondit Talia, tristement.

—Il faudra bien continuer comme ça, lança Kris, en nous fiant à notre bon sens. Il faut que nous ayons des informations plus précises avant l'arrivée de Selenay. Tout cela est trop vague.

—Je sais, déclara la jeune femme en se mordant les lèvres. Je sais.

Cette nuit-là, Talia tenta de soutirer des informations à un vieux clerc. Quand elle parla du roi, il ne tarit pas d'éloges.

—Regardez ces hôtelleries, quelle idée formidable ! Il a aussi éliminé presque tous les brigands et les voleurs qui hantaient les routes. Karse n'ose plus penser à nous envahir, maintenant. Oui, c'est un grand roi… mais il est vieux…

— Sûrement qu'Ancar…

— Peut-être. Le prince s'occupe davantage de protocole et de position ; il n'est pas aussi franc que son père. Et puis, il y a les rumeurs…

— Oh ?

— Vous savez, ma jeune dame, il y a toujours des rumeurs.

Kris avait désormais l'impression qu'on les espionnait. Il fit signe à Talia de se taire tant qu'ils ne seraient pas hors de portée d'oreille.

Quand ce fut fait, elle lui dit ce qu'elle avait découvert et ce qu'elle avait deviné.

— Ainsi, Ancar a sa propre Cour… et son cercle personnel de partisans. Cela ne me dit rien. Même si le prince est honnête, nombreux sont ceux qui voudront l'utiliser.

— Il n'a pas l'air si innocent que cela, d'après les informations que j'ai glanées, dit Talia. Malgré son âge, il a vu assez de batailles pour devenir dur et impitoyable.

— Oh ? Je n'en savais rien. Raconte.

— À quatorze ans, il a participé à une série de campagnes qui ont éliminé les barbares qui infestaient leur frontière du nord. Ces expéditions ont duré deux ans. À dix-sept ans, il a conduit l'armée contre le dernier détachement de Karse qui tentait de les envahir. De nouveau, il a exterminé l'ennemi jusqu'au dernier homme. À vingt ans, il a mené une campagne contre les bandits de grand chemin ; cet été-là, il y eut un pendu à chaque arbre, d'ici jusqu'à la capitale.

— Il devrait être considéré comme un héros.

— Mais la façon dont il se comporte fait peur aux gens. Il ne tente pas de dissimuler qu'il aime tuer. Absolument impitoyable, il a fait pendre plus d'un suspect sur un simple soupçon. Et il est resté au pied de la potence pour voir mourir ses victimes, une coupe de vin à la main.

— Charmant garçon. L'époux idéal pour notre petite Elspeth.

— Ne dis pas ça, même en plaisantant ! N'as-tu pas entendu parler de sa conduite envers les femmes ? On m'a dit que c'était une très mauvaise idée d'attirer son attention. Des servantes m'ont conseillé de me tenir autant que possible hors de sa vue.

— On m'a rapporté pis. Si j'en crois ce qui m'a été dit à demi-mot, le jeune Ancar est enclin au viol. Plus la fille est jeune et jolie, plus il y prend plaisir.

— *Sans parler de ses sorciers*, dit soudain Tantris.

— Quoi ? fit Kris, surpris.

— *J'ai gardé mes oreilles grandes ouvertes. Les hôteliers menacent les garçons d'écurie de les livrer aux sorciers d'Ancar s'ils ne font pas leur travail correctement.*

— Oh, ce sont des histoires de bonnes femmes !

— *Pas quand on les débite à des palefreniers assez vieux pour avoir eux-mêmes des enfants. Et pas quand la menace les a réellement terrifiés.*

— Tout cela me semble de plus en plus sinistre...

Kris rapporta à Talia les paroles de Tantris.

— Nous *devons* trouver une personne disposée à nous en dire plus, répondit-elle. Nous ne pouvons pas retourner sur nos pas avec des rumeurs pour toute moisson. Selenay a besoin de faits. Si nous tournons bride maintenant, nous risquons de provoquer un incident diplomatique.

— Je suis d'accord, dit Kris. Et si l'on nous surveille... nous pourrions très bien ne jamais atteindre la frontière.

— Tu penses que c'est possible ? Qu'il oserait ?

— Oh ! oui, si les rumeurs disent vrai, et s'il a suffisamment à y gagner. Notre seule chance de mieux savoir qui il est vraiment est de nous rapprocher de lui.

À un jour de la capitale, ils trouvèrent enfin quelqu'un qui était prêt à parler. Ce fut un pur coup de chance.

En arrivant en ville, Talia repéra la caravane d'un marchand qui lui sembla familière. Quand elle vit une tête aux cheveux noirs hirsutes, elle n'eut plus aucun doute. Le marchand était un certain Evan, qui lui devait la vie. L'homme était accusé de meurtre ; Talia avait empêché la foule de le lyncher, puis elle avait démasqué le vrai coupable.

Quand ils atteignirent l'hôtellerie, Talia fit passer son message en tapant du bout de sa botte sur le pied de Kris. C'était une méthode de communication malaisée et peu discrète, mais c'était mieux que rien.

— *Fais ce que je te dirai*, tapa-t-elle.

— J'ai rencontré un vieil ami, aujourd'hui, dit-elle.

— *Marchand, Enchantement de Vérité.*

— Oh, vraiment ? Tu crois qu'on pourrait se faire offrir à boire ?

— *Source d'information ?*

— Je pense que oui, fit-elle joyeusement.

— Parfait ! Un verre de bon vin sera le bienvenu.

— *Fiable ?*

— Allons voir si nous pouvons l'en convaincre.

— *Oui. Dette d'honneur.*

— Hum…

— *Ton Don ?*

— *De nouveau là.*

— *Parfait. Allons-y.*

Evan les fit entrer à l'arrière de sa caravane. Il remplit trois verres de vin blanc, puis demanda ce qui les amenait.

— Evan…, dit Talia, les marchands apprennent beaucoup de choses. J'ai besoin de savoir ce que vous avez entendu sur le compte du prince Ancar. Vous pouvez me faire confiance. Personne ne nous a suivis, je m'en serais aperçue.

Evan n'hésita qu'un instant.

— Ah ! si je ne vous devais pas tant, ma dame Héraut… Mais vous m'avez sauvé la vie. Oui, il circule des rumeurs bien sombres sur le compte d'Ancar. Il y a cinq ou six ans, quand il a atteint l'âge d'avoir sa propre Cour, il a commencé à rassembler autour de lui des savants, comme il les appelle. Ce sont eux qui ont mis au point les tours aux miroirs et les aqueducs… Mais, depuis un an environ, ses « savants » ressemblent de plus en plus à des sorciers…

— C'est ce qu'on dit des Hérauts ici, non ?

Kris eut un sourire gêné.

— Mais personne n'a jamais suggéré que votre Art était autre chose que de la magie blanche, jeune homme, répondit Evan. Et les histoires qui courent sur le compte des amis d'Ancar sont plutôt sinistres. Il paraîtrait qu'ils obtiennent le pouvoir en répandant le sang...

— Cela vous paraît possible ?

— Je ne saurais dire. Mais je sais de source sûre que, depuis un an environ, le prince assouvit ses passions sur toute fille de basse extraction ou de la noblesse qui titille ses appétits. Et ses « passions » le portent à laisser les malheureuses avec des cicatrices. Ce n'est pas tout. Des hommes à lui parcourent le pays, prétendant être « les yeux et les oreilles du roi », mais je doute qu'ils rapportent les informations à d'autres oreilles que celles d'Ancar. Je doute même que le roi connaisse leur existence !

— Je n'aime pas ça, murmura Talia.

— Moi non plus. Je les ai rencontrés quelquefois en traversant la frontière et je n'ai pas apprécié leurs manières ni leurs questions : « Qui achète comme s'il avait fait fortune ? Qui adore quel dieu ? Qui me parle ou ne me parle pas ? » Croyez-moi, quand ils sont dans les environs, je me transforme en parfait imbécile !

Il leur fit aussitôt une démonstration. Son expression devint celle d'un demeuré.

— « Oui, sire, non, sire, c'est-y à moi que vous parlez, sire ? » (Il reprit son expression normale.) Ce n'est pas tout. J'ai appris qu'Ancar avait levé sa propre armée. Trois mille hommes au moins, la lie de l'humanité, des brigands et des condamnés ayant eu la vie sauve contre la promesse de le servir jusqu'à la mort. Moi, je partirai avant, mais je plains ceux qui resteront quand Ancar montera sur le trône !

— Je n'aime pas ça du tout, dit Talia le lendemain, tandis qu'ils chevauchaient dans la campagne. Je propose que nous tournions les talons et que nous regagnions au plus tôt la frontière. Bien sûr, cela pourra être considéré comme une insulte.

Elle ne désirait qu'une chose : fuir. Plus effrayée que le jour où elle avait perdu le contrôle de son Don, elle avait le sentiment de marcher vers une situation qu'elle ne pourrait pas maîtriser. Mais Selenay les avait envoyés précisément pour découvrir si une menace planait sur Valdemar. Talia avait aussi la prémonition qu'Orthallen avait quelque chose à voir dans cette affaire.

— Raison de plus pour continuer, dit Kris. Nous connaissons les rumeurs ; il nous faut en savoir plus, ou nous ne pourrons pas conseiller la reine en toute connaissance de cause. Si nous tournons bride maintenant, ils risquent de se douter que nous avons appris quelque chose. Dans ce cas, ils nous arrêteront avant que nous atteignions la frontière. Si nous jouons le jeu, nous devrions pouvoir nous en tirer.

— C'est dangereux, Kris.

— Je sais, mais pas plus que bien d'autres missions que Dirk et moi avons effectuées. Nous devons essayer de savoir quels sont les plans à long terme du prince.

— Je sais, je sais. (Talia frissonna.) Mais je n'aime toujours pas ça.

— C'est toi le chef de cette expédition, petite alouette. Continuons-nous pour vérifier quel danger menace le royaume, ou retournons-nous vers Selenay pour lui faire part de ce que nous savons déjà ? En supposant qu'ils ne nous arrêtent pas en chemin.

—Nous n'arriverons pas à traverser s'ils nous prennent en chasse.

—Nous aurions peu de chances d'y parvenir, reconnut Kris, et il nous faudrait chevaucher jour et nuit. Ou bien envoyer Rolan et Tantris avec des messages et essayer de nous cacher en attendant, si nous le pouvons. Non, franchement, je crois que nous avons plus de chances de nous en tirer en jouant les idiots.

Talia ferma les yeux et pesa le pour et le contre. Elle se mordit les lèvres et s'arma de courage pour prendre sa décision.

—Continuons, dit-elle sans enthousiasme. Nous n'avons pas le choix.

En arrivant à la capitale après un voyage de six jours, Talia eut l'impression d'entendre se refermer le verrou de sa cellule.

Quand ils annoncèrent leur arrivée à la porte principale de la ville, on leur demanda poliment d'attendre. Au bout d'une heure, des trompettes sonnèrent. Les gens du commun disparurent comme par enchantement.

Talia s'était attendue à une escorte officielle, mais certes pas à une réception royale. Des dizaines de nobles richement vêtus et montés sur des chevaux de grande allure approchèrent du portail. Le prince Ancar et son entourage étaient en tête de la parade. Talia ne s'était pas préparée à cela. Kris non plus, si elle devait en juger par la surprise qui se peignit sur son visage.

Ancar vint vers eux au milieu d'une double haie d'honneur formée par ses courtisans et ses gardes. C'était conçu pour impressionner les spectateurs. Talia le fut, mais pas comme Ancar aurait pu le supposer.

Dès qu'elle l'aperçut, elle se sentit comme un chat confronté à une vipère : elle eut envie de cracher, de mordre et de griffer.

— Salutations, de ma part et de celle de mon honoré père, dit le prince avec hauteur, en faisant un signe de tête si discret qu'il en était presque inexistant. Nous sommes venus escorter jusqu'au palais les envoyés de la reine Selenay.

Il n'y avait pas de raison objective à la violente antipathie que ressentit Talia ; le prince semblait parfaitement courtois. Il était très brun, beau garçon avec sa barbe et sa moustache à la coupe impeccable. En les accompagnant, il parla de sujets neutres : les moissons, les inondations de printemps qui avaient frappé leurs deux pays, son souhait que les royaumes voisins aient de bonnes relations...

Rien de tout cela ne fit la moindre différence pour Talia. Une aura de méchanceté flottait autour de cet individu, quelque chose de froid et de calculateur, comme un serpent attendant son heure pour frapper.

Il ne prêtait pas grande attention à Talia. Les femmes, sans doute, n'en méritaient pas à ses yeux. Peu importait, elle allait en profiter pour le sonder. Ce n'était peut-être pas moral, mais elle devait savoir quelles eaux troubles se cachaient sous la surface lisse de ce prince civilisé.

Elle fut arrêtée par un bouclier d'une puissance incroyable, uni et sans faille, comme la façade que le prince montrait à l'univers. Elle jeta un coup d'œil à

Ancar, qui continuait à discuter comme si de rien n'était. Non, il n'était pas à l'origine du bouclier.

C'est alors que son regard croisa celui d'un petit homme ordinaire vêtu de gris qui chevauchait à la gauche du prince. Il la dévisagea, ironique, puis lui fit un petit signe de tête affirmatif. Elle frissonna, et se hâta de détourner les yeux.

Quand ils arrivèrent dans la cour du palais, chacun descendit de cheval ; des dizaines de garçons d'écurie en livrée vinrent s'occuper des animaux. Ils emmenèrent aussi les Compagnons. Encore sous le coup de sa rencontre avec le mage du prince, Talia fit un rapide examen mental des palefreniers pour vérifier s'ils avaient des intentions malveillantes.

À son soulagement, elle ne trouva chez eux qu'une sincère admiration pour les splendides Compagnons et le souhait de s'occuper de leur confort. Quand elle tenta d'établir un lien mental avec Rolan, ce fut pour recevoir une impression d'inquiétude, mais elle ne put déterminer à quoi elle se rapportait.

— Le palais est remarquable, déclara Ancar. Vous devez absolument le visiter !

Il y avait dans son œil une lueur qu'elle n'apprécia pas du tout. Mais que pouvaient-ils faire d'autre qu'accepter ?

Le prince conduisit personnellement la visite. Il monopolisa Kris, qui se trouva séparé de Talia, les deux amis ne pouvant même pas se faire un signe.

Talia était morte d'appréhension bien avant la fin de la visite. Il lui sembla que le prince empêchait sciemment tout contact entre les deux Hérauts, car il les garda à ses côtés presque jusqu'au moment du banquet officiel prévu en leur honneur.

Ils se trouvèrent enfin seuls dans leur suite somptueuse.

Mieux valait être discret. Si on les espionnait, elle ne le percevrait pas forcément, car les espions pouvaient être protégés par un bouclier.

— Par le ciel ! soupira-t-elle, je suis épuisée...

— *Piège ? Des espions ?*

Elle tapota sur le divan, à côté d'elle, pour qu'il s'y asseye aussi.

— *Des boucliers. Possible.*

Il lui serra la main.

— *Comment ?*

— Tu as vu le drôle de petit bonhomme qui chevauchait avec le prince ? Je me demande qui il est.

— *Mage. Origine du bouclier d'Ancar.*

— Qui sait ? Un professeur, peut-être.

— *Problèmes ?*

— J'aimerais prendre un peu l'air.

— *C'est certain.*

Ils allèrent à la fenêtre, enlacés comme deux amoureux.

— Petite alouette, il y a un autre ennui, murmura-t-il à son oreille quand ils furent sur le balcon. Il n'y a pas assez d'hommes ici. Un roi a toujours des gardes autour de lui. Si on ne les voit pas, c'est qu'ils sont cachés. Pourquoi les cacherait-il ? Je n'aime pas cela du tout.

— Kris, murmura-t-elle, j'ai changé d'idée. Je crois que nous avons eu tort de venir. Il faut partir. Tout de suite, cette nuit même.

— Je suis d'accord. Après avoir vu ce magicien et la façon dont les gens réagissent, je pense que les rumeurs sont vraies. Mais attendons de savoir comment les choses tournent avec Alessandar. Je crois que nous devrions envoyer des substituts au banquet, et faire un peu d'espionnage avant de partir.

— D'accord, mais je me chargerai de l'espionnage. En baissant mes boucliers, je pourrai détecter l'approche d'un intrus bien avant toi. Pourtant, si nous envoyons des substituts, les autres ne vont-ils pas savoir que ce n'est pas nous ?

— Personne de l'entourage du prince ne sera au banquet, souviens-t'en. Si nous utilisons les deux serviteurs qui nous ont été assignés, cela devrait marcher. Personne ne regarde jamais les domestiques, tu le sais bien. Ils nous ressemblent assez pour que nos uniformes leur aillent raisonnablement bien. Je vais attirer leur attention, tu les plongeras dans une transe profonde et leur implanteras de fausses personnalités pour la durée du banquet.

Les serviteurs arrivèrent avec leurs bagages. Talia commença par les endormir, puis, avec l'aide de Rolan, entra dans leur esprit et mit leurs véritables personnalités dans un état de « sommeil éveillé ». Puis ils s'unirent pour leur donner les personnalités d'emprunt qu'ils penseraient être les leurs pendant les heures à venir. Ils se comporteraient de manière guindée et raide, mais, pendant un banquet, cela suffirait à donner le change.

— Ils sont prêts, dit enfin Talia en sortant de la transe. Habillons-les.

Ils les vêtirent de l'uniforme blanc de cérémonie qui attendait sur le lit, Talia leur coupant les cheveux de manière à accentuer la ressemblance.

— Parfait, conclut Kris. Je vais aux écuries. Il faut que je trouve les Compagnons et leurs harnais, cela risque de me prendre un peu de temps. Retrouve-moi à la porte des écuries.

— Bien, J'irai au second étage, celui des ménestrels. Je devrais pouvoir y apprendre quelque chose. Un des suppôts d'Ancar traînera bien dans le coin. Et je parviendrai peut-être à sonder Alessandar, pour voir ce qu'il sait des plans de son fils.

Ils conduisirent les substituts jusqu'à la porte des appartements, et les poussèrent dans le couloir.

Les domestiques clignèrent des yeux ; leur personnalité d'emprunt prit le dessus et ils partirent bras dessus, bras dessous vers la salle du banquet. Kris et Talia les suivirent assez longtemps pour s'assurer que la ruse marcherait, puis ils se séparèrent.

Grâce à la visite forcée du palais, tous deux en connaissaient les plans. Kris gagna un des escaliers qui menaient aux écuries, tandis que Talia se dirigeait vers la galerie qui surplombait la salle du banquet.

Elle baissa ses boucliers et se glissa dans l'escalier qui montait au second étage. L'agitation régnant autour de la salle du banquet l'aida à avancer sans être repérée.

Quand elle arriva sur le palier, elle détecta la présence de nombreux hommes ; c'était très étrange, car les ménestrels devaient arriver beaucoup plus tard dans la soirée. À cette heure, la galerie aurait dû être déserte.

Elle ferma les yeux et laissa son pouvoir empathique sonder l'autre côté du mur, espérant que l'un des hommes serait assez nerveux pour qu'elle ait la possibilité de voir ce qu'il voyait.

Ce fut aisé. Les images affluèrent dans son esprit, et son cœur bondit de terreur.

Disposés à intervalles d'un mètre tout le long de la galerie, des arbalétriers attendaient, les armes prêtes, des carquois pleins de munitions à leurs côtés.

Des tueurs impitoyables recrutés par Ancar.

Le prince était impatient. Il avait décidé de ne pas attendre la mort naturelle d'Alessandar pour monter sur le trône. Ambitieux, il voulait aussi régner sur *deux* royaumes. Dans la salle du banquet se trouvaient tous ceux qui s'opposaient à lui, ainsi que les deux Hérauts qui auraient pu prévenir leur reine de ses intentions. L'occasion était trop belle. Dès que la fête battrait son plein, les portes seraient verrouillées – et tous ceux qui avaient le pouvoir de combattre Ancar mourraient.

Il y avait sans doute des mois que le prince peaufinait son plan. Il avait simplement attendu l'occasion de le mettre à exécution.

Quand le massacre serait terminé, il se rendrait à la frontière avec son armée. Là, il attaquerait la reine et son escorte dès qu'elle aurait mis un pied en Hardorn. Il tuerait Selenay, s'emparerait d'Elspeth et se présenterait à Valdemar comme le nouveau roi.

Talia aurait voulu avoir la capacité de parler à distance, comme Kyril. Elle aurait ainsi pu prévenir les Hérauts cantonnés près de la frontière, et avertir mentalement Kris. Mais tout ce qu'elle pouvait faire était de lancer vers Rolan un appel et d'espérer que celui-ci serait assez compréhensible pour être transmis à Kris par Tantris.

Elle baissa ses boucliers et projeta au maximum son Empathie.

Talia descendit au rez-de-chaussée. Le hall était fortement éclairé. Il y avait encore des hommes d'Ancar postés partout. À demi paralysée de terreur, elle tenta de réfléchir. Y avait-il une autre issue ?

Talia se souvint des petites pièces de réception du premier étage. Nombre d'entre elles avaient des balcons. Elle remonta l'escalier, le cœur battant, et se glissa le long des murs, à demi dissimulée derrière les draperies, jusqu'à ce qu'elle arrive à la porte d'une salle.

Elle entra ; la pièce était vide. La porte du balcon était fermée – mais de l'intérieur. Talia s'en aperçut après un moment de panique aveugle. L'espagnolette était dure, mais elle céda au bout d'un instant.

La jeune femme enjamba la balustrade et elle se préparait à sauter dans la cour quand la tuerie commença.

Son esprit étant ouvert, cela faillit la tuer aussi. Elle sentit dans sa chair la mort de dizaines d'êtres humains ; elle perdit pied et bascula vers les pavés de la cour.

Elle tomba, incapable de réagir, toute pensée chassée de son esprit par la douleur, la terreur… et la *culpabilité* : celle des gardes d'Alessandar qui, avant de tomber à leur tour, le virent épinglé à son trône par des dizaines de carreaux d'arbalète…

Alberich avait prévu qu'une telle chose risquait de lui arriver un jour. Il l'avait forcée à s'entraîner jusqu'au point où certaines réactions devenaient automatiques. Ses efforts n'avaient pas été vains. Même si l'esprit de Talia était impuissant devant le carnage, son corps réagit.

Elle se retourna dans les airs, se ramassa sur elle-même et toucha le sol assez doucement, transformant l'impact en un roulé-boulé qui la laissa secouée mais indemne.

La jeune femme grimaça de douleur quand elle se leva et se mit à tituber vers l'entrée des écuries, essayant de verrouiller ses boucliers pour ne plus sentir les assauts de la souffrance. Elle avait fait quelques pas quand elle entendit un claquement de sabots sur le sol dallé et vit une forme blanche se précipiter vers elle.

C'était Rolan, débarrassé de sa selle. Il la dépassa sans ralentir. Il savait qu'elle ne pourrait pas monter à moins qu'il s'arrête complètement, mais c'était impossible : il n'y avait plus le temps. Juste derrière lui venaient Tantris et Kris. Celui-ci était penché sur sa selle, une main serrant la crinière de son Compagnon. Talia agrippa son avant-bras quand ils passèrent à côté d'elle et se hissa jusqu'à lui. Tantris avait un peu ralenti, mais il n'avait pas eu besoin de s'arrêter.

Un dernier obstacle restait à franchir : l'étroit passage, entre les murs intérieur et extérieur, qui menait au portail. Talia avait réussi à relever ses boucliers ; les fuyards ne s'aperçurent pas que les murs étaient gardés.

Ils galopèrent sous une volée de flèches.

Ce fut terminé en quelques secondes. Un trait de feu transperça l'épaule de Talia au moment où Tantris hurlait de douleur et s'effondrait. La jeune femme fut projetée à terre, l'impact brisant le bois de la flèche et enfonçant sa pointe plus avant dans la chair.

Mais sa douleur n'était rien à côté de celle de Kris.

Rolan s'arrêta; les tireurs avaient laissé passer l'animal sans cavalier. Une pensée dominait l'esprit de Talia : l'un d'eux *devait* s'échapper.

— Rolan ! Fuis ! cria-t-elle.

Sans hésiter, le Compagnon passa les portes comme une flèche. La herse retomba si près de lui qu'elle arracha quelques poils de sa queue.

Kris gisait près du corps immobile de Tantris. Sa douleur était si intense qu'il ne pouvait même pas crier. Elle se traîna vers lui, essayant désespérément de penser à quelque chose qui pourrait l'aider.

Il avait été transpercé de flèches. Son corps et celui de Tantris avaient protégé Talia. À la lumière vacillante des torches, elle vit des taches écarlates se répandre sur le blanc de l'uniforme de son ami. Elle fouilla dans son esprit, à la recherche de l'énergie de guérison que Kerithwyn avait utilisée. Elle n'était pas sûre de ce qu'elle pouvait faire, mais il lui fallait absolument *agir*.

La douleur augmenta; puis elle s'arrêta, ou plutôt changea de point focal.

Elle ouvrit les yeux et rencontra ceux de Kris, clairs et libérés de la souffrance. Elle la percevait toujours, mais lui ne la sentait plus. Talia s'était interposée entre la douleur et lui. Mais il était en train de mourir, et tous deux le savaient.

Elle regarda autour d'elle, s'attendant à voir les soldats.

— Non, fit-il en un murmure rauque. Il y a... un labyrinthe d'escaliers... et de couloirs. Ils n'arriveront pas tant que je vivrai encore...

Son Don lui avait fait entrevoir l'avenir. En même temps, il lui avait montré le peu de temps dont il disposait.

— Kris…

Étouffée par les larmes, elle ne put rien dire de plus.

— Non, petit amour, ma petite alouette, pleure pour toi, pas pour moi. Je ne crains pas la mort. J'irais volontiers à sa rencontre… si je savais que mon Compagnon m'attend… Mais… devoir te quitter… à un tel moment… comment te laisser avec mes fardeaux en plus des tiens ?

Il toussa, le sang montant jusqu'à ses lèvres. Il leva un bras et lui caressa la joue. Elle prit sa main tendue et pleura dans sa paume ouverte.

— Ce n'est pas juste… de te laisser seule… mais… préviens-les, petite sœur. Préviens-les. Je ne peux pas terminer la tâche… il te revient de la mener à bien.

Elle hocha la tête, incapable de parler.

— Oh ! petite alouette, je t'aime…

Il sembla vouloir en dire plus, mais une autre quinte de toux l'interrompit. Il leva de nouveau les yeux, mais il ne la voyait plus. Son regard s'éclaira. Un air de surprise joyeuse se peignit sur son visage.

— Oh ! Cette lumière ! Tan…

Un bref instant, elle sentit un bonheur surnaturel l'envahir, accompagné d'un émerveillement semblable à rien qu'elle ait jamais connu. Puis le corps de Kris frissonna une dernière fois et la lumière de la vie quitta son regard.

Il ne restait plus qu'une coquille vide entre ses bras.

Les soldats arrivèrent. Ils l'arrachèrent au corps de Kris et l'emmenèrent. Encore sous l'effet du choc, elle ne trouva pas la force de résister.

Chapitre 8

Les gardes ne furent pas très doux.

Ils lui attachèrent les mains dans le dos, la firent avancer le long d'interminables couloirs puis la jetèrent au bas d'une volée d'escaliers de pierre brute. Quand elle trébuchait, ils lui donnaient des coups de pied jusqu'à ce qu'elle se lève. Ils la poussèrent enfin dans une pièce nue où elle s'affala, et la remirent entre les mains de trois énormes brutes, des créatures ressemblant plus à des bêtes qu'à des êtres humains.

Ses bourreaux lui arrachèrent ses vêtements, indifférents à la douleur qui se diffusait dans son épaule, et la fouillèrent avec brutalité. Puis, un par un, ils la violèrent avec une sauvagerie mâtinée d'indifférence. Vers la fin, presque inconsciente à force de douleur, le viol ne lui sembla plus avoir d'importance. C'était seulement une torture de plus.

Quand ils en eurent terminé avec elle, ils la traînèrent dans une cellule poussiéreuse aux murs de pierre et lui lancèrent ce qui restait de ses vêtements. Le froid finit par la ramener à elle.

Elle parvint à se traîner vers son uniforme et à l'enfiler tant bien que mal sur sa chair meurtrie.

Rien n'avait été fait pour sa blessure à l'épaule, qui continuait à saigner lentement.

Je dois... tenter quelque chose..., pensa-t-elle. *Il faut... que je sorte la pointe...*

Elle s'arma de courage et saisit ce qui restait de la hampe de la flèche, gluante et trempée de sang. Elle tira d'un coup sec.

La pointe sortit. Talia perdit conscience un bref instant ; quand sa vision s'éclaircit, elle improvisa un bandage avec un morceau de tissu arraché à sa chemise. Elle espérait que cela permettrait au moins d'étancher le sang.

Selenay. Elspeth.

Elle devait prévenir la reine...

Pour cela, elle devait garder conscience, et rester en vie aussi longtemps que possible. Elle se replia sur elle-même et entra en transe, oubliant la douleur de son corps martyrisé.

Alors elle rencontra de nouveau le mur impénétrable qui avait protégé le prince contre sa tentative de sondage. Elle s'y heurta comme un oiseau sauvage aux barreaux d'une cage. Il n'y avait aucun point faible, aucune fissure. Pleurant de douleur et de frustration, elle abandonna et resta roulée en boule sur le sol, trop misérable pour bouger.

— Héraut, ma dame Héraut !

La voix venait d'une ouverture, près du plafond.

— Ma dame Héraut, c'est moi, Evan, le colporteur de Valdemar.

— Je suis là..., répondit-elle à voix basse.

En même temps, elle le sonda pour vérifier que ce n'était pas un piège.

Elle faillit s'évanouir de soulagement quand son Don lui confirma qu'il s'agissait bien du marchand.

— Par le ciel, Evan, que la Dame soit remerciée! Où... où êtes-vous?

— En dehors des murs, dans les douves asséchées. Je suis arrivé après vous. J'étais en train de boire avec quelques gardes quand il y a eu des cris. Ces hommes m'ont expliqué en partie ce qui se passait, puis ils m'ont dit de fermer ma gueule si je tenais à ma peau. Ce ne sont pas de mauvaises gens, Héraut, mais ils ont peur, très peur. Le prince ne cache plus qu'il a des magiciens noirs à son service, et une armée entière de brigands sous sa coupe.

Si j'avais décidé de ne pas écouter Kris, il serait en vie à l'heure qu'il est.

— Je... je ne pouvais pas partir en vous laissant en arrière. J'ai donné de l'argent à un garde pour qu'il me dise dans quelle cellule vous étiez. Ma dame... votre ami est mort.

— Je le sais.

Ils restèrent un instant silencieux.

— Ma dame, je vous dois tout. Y a-t-il quelque moyen de vous aider? Le prince veut vous garder en vie. On m'a dit qu'il avait des projets pour vous.

— Pouvez-vous m'aider à sortir d'ici?

— Hélas non, ma dame. Il faudrait une armée. Mais je peux vous faire passer quelque chose par la fente d'aération, si nécessaire. On m'a dit qu'elles étaient droites et non obstruées.

— Pouvez-vous me trouver deux flèches, à l'empennage assez lourd si possible, et... et au moins dix gouttes d'argonel ?

— Êtes-vous blessée ? Il y a des façons moins dangereuses que l'argonel de soulager la douleur. Et une telle quantité...

— Ne discutez pas, marchand. J'ai mes raisons. Ferez-vous cela pour moi ?

— Dans l'heure, ma dame.

Talia l'entendit partir. Elle resta appuyée contre le mur, utilisant toutes les astuces qu'on lui avait apprises pour calmer la douleur de son épaule et de ses parties intimes. Elle tenta de rester émotionnellement neutre, car elle n'osait pas se laisser aller à l'espoir.

Il faisait toujours nuit quand Evan revint.

— Ma dame, j'ai ce que vous m'avez demandé.

Elle tendit la main et attrapa le paquet qui apparut dans l'ouverture du plafond.

— Le flacon est plein, il contient quatorze gouttes.

— Que la Dame éclaire votre chemin, mon ami. Laissez la corde en place. Dans un instant, vous me rendrez un dernier service, qui vous libérera de votre dette envers moi.

— Je suis à vos ordres...

Elle brisa la tête d'une des flèches et y inscrivit le code de Kris. Une flèche sans pointe, le code secret qui signifiait la mort du Héraut dont elle portait la marque. Maintenant allait venir la partie la plus importante du message : l'indication qu'il ne fallait tenter aucun sauvetage. Elle brisa en deux la seconde flèche, y inscrivit son code, attacha les morceaux ensemble avec un bout déchiré de sa tunique et les fixa sur la corde qui pendait toujours du plafond.

— Marchand, retirez la corde.

Le paquet disparut par le trou.

— Maintenant, écoutez bien. Je veux que vous quittiez la cité avant que le prince fasse fermer les portes. Vous irez à l'autel du dieu des voyageurs, qui se trouve sur la grand-route.

— Oui, je vois où c'est.

— Mon cheval vous y retrouvera. Attachez ce paquet à son cou, puis faites ce qu'il vous semblera bon. À votre place, je repartirais vers la frontière. Vous devriez être en sûreté, une fois revenu à Valdemar. Que ma bénédiction et mes remerciements vous accompagnent.

— Ma dame… Un cheval ?

— C'est plus qu'un simple animal. Pensez à lui comme à un esprit familier. Il portera un message à mon peuple. Voulez-vous bien faire cela pour moi ?

— Ne puis-je rien de plus ?

— Si vous réussissez cela, ce sera plus que je n'osais espérer. Partez maintenant, et faites vite !

Son lien avec Rolan était trop profond pour que le magicien puisse le détecter, encore moins le bloquer. Malgré la douleur, elle parvint à s'assurer que Rolan avait reçu le paquet des mains du colporteur.

Le Compagnon n'avait pas besoin d'instructions pour savoir quoi en faire. Mais son lien mental avec elle diminua à mesure que la distance augmentait.

Il ne restait plus à Talia qu'une chose à faire avant de pouvoir donner libre cours à son chagrin et à son angoisse.

Le colporteur avait raison d'être nerveux au sujet de l'argonel. C'était une substance très dangereuse. Parfois, la posologie normale, quatre gouttes, utilisée pour calmer de graves douleurs, pouvait tuer. Les Guérisseurs l'utilisaient à plus forte dose pour abréger l'agonie d'un patient condamné. Le processus n'était pas douloureux, mais il permettait au malheureux de s'endormir tranquillement pour ne jamais se réveiller.

Si quatre gouttes pouvaient tuer, quatorze signifiaient la mort à coup sûr.

Talia utiliserait la drogue lorsqu'elle serait certaine que la reine aurait reçu l'avertissement. Elle cacha le flacon dans le trou qu'elle fit dans le sol en terre battue. Au fond d'un second trou, elle dissimula les deux têtes de flèches, celle qu'elle avait brisée et celle qu'elle avait retirée de son épaule. Si les gardes trouvaient le flacon, il lui resterait ça pour s'ouvrir les veines.

Puis elle s'allongea sur la paille et pleura son ami mort.

Quand elle revint à elle, il y avait une tache de soleil sur le sol. Elle cligna des yeux tandis que la porte s'ouvrait.

Un de ses geôliers venait vers elle. Déjà, il défaisait son pantalon.

Un instant, elle eut envie de se recroqueviller dans un coin. Puis la colère et la douleur, la sienne et celle de Kris, qui faisait toujours partie d'elle, la submergèrent.

La jeune femme força l'esprit de l'homme et lui transmit toute sa haine et son dégoût. Elle était trop épuisée pour soutenir l'effort, mais cela suffit.

L'homme hurla et sortit de la cellule comme un fou. Elle sut que les trois brutes n'oseraient plus la molester, à moins d'avoir avec eux le magicien noir. Par bonheur, celui-ci était trop occupé à protéger le prince.

Plus tard dans la journée, ses geôliers lui apportèrent un seau d'eau et un plat de bouillie informe. Elle ignora la nourriture, mais but avidement une partie de l'eau, malgré son goût de croupi. Une soif si ardente lui fit prendre conscience qu'elle avait de la fièvre. La peau, autour de sa blessure, était chaude et sèche et passablement enflée.

Tant que la fièvre dura, elle eut des visions cauchemardesques du massacre de la salle du banquet. Les victimes défilaient devant elle, exigeant de savoir pourquoi elle ne les avait pas prévenues.

Ses gardiens devinrent une horde assoiffée de sang et se relayèrent pour la violer, encore et encore…

Puis Kris vint.

Au début, elle pensa qu'il s'agissait d'un rêve comme les autres. Mais ce n'était pas le cas. Il n'était pas mutilé, il avait même l'air heureux… jusqu'à ce qu'il la voie. Alors il se mit à pleurer.

Elle essaya de faire bonne figure. En vain. Il se secoua et vint s'agenouiller à côté d'elle.

Il lui murmura des paroles de réconfort, chassa en partie sa douleur, baigna son front brûlant avec de l'eau fraîche. Quand les cauchemars arrivèrent, il les refoula.

Lorsqu'elle se réveilla la fois suivante, il y avait un linge humide, un morceau de sa manche, à côté du baquet d'eau. Elle en conclut qu'elle avait elle-même déchiré sa chemise et que le rêve était une simple rationalisation.

Quand le délire la reprit, elle pensa qu'il était peu probable que ses hallucinations lui montrent de nouveau Kris.

Mais il revint, continuant à la protéger des cauchemars tout en essayant de lui insuffler du courage.

Elle lui parla de l'argonel.

— Non, ma petite alouette, protesta-t-il en secouant la tête. Ton heure n'est pas encore arrivée.

— Mais...

— Crois-moi, mon cher cœur. Tout va s'arranger, tu verras. Tiens le coup...

Elle s'éveilla de nouveau ; il s'effaça comme un rêve.

Talia essaya de résister, attendant quelque signe lui confirmant que son message avait atteint Selenay. Rolan avait dû la rejoindre une semaine après son emprisonnement, au moment précis où la reine attendait le retour de Kris de la capitale.

Quand Hulda apparut pour la première fois, à la fin du troisième jour, Talia crut que c'était encore une hallucination.

Elle ne l'aurait pas reconnue, sans ses yeux d'un violet si caractéristique. Vêtue d'une somptueuse robe de velours bordeaux au décolleté affriolant, elle portait de lourds bijoux aux mains et au cou. Plus surprenant encore, elle avait l'air d'être à peine plus âgée que Talia.

Un sourire cruel joua sur ses lèvres quand elle vit la jeune femme recroquevillée dans un coin de la cellule. Elle vint vers elle d'un mouvement gracieux et la poussa du bout de son pied élégamment chaussé.

La douleur fit sursauter Talia ; son cœur bondit dans sa poitrine quand elle réalisa que la femme n'était pas un produit de son imagination.

— Tu te souviens de moi ? Que c'est touchant ! Je n'aurais pas cru que tu garderais la mémoire de la nurse adorée de la petite Elspeth ! Ah, le noble Héraut est tombé bien bas ! Tu aurais aimé me voir à ta place, n'est-ce pas ? Mais on ne m'attrape pas si facilement !

— Que... qu'êtes-vous donc ? balbutia Talia.

— Oh, une magicienne, si tu veux. Croyais-tu que les Hérauts détenaient toute la magie de l'univers ? Petite, c'est loin d'être le cas !

Elle virevolta et quitta la cellule.

Hulda ! L'air si jeune, et prétendant être une magicienne... Pourtant, Talia savait qu'elle n'avait aucun Don. Cela voulait dire que la magie véritable, et non celle de l'esprit, était de nouveau lâchée sur le monde.

Et qu'elle était entre les mains des ennemis de Valdemar !

Depuis le début, Hulda devait jouer un jeu bien plus dangereux qu'on ne l'avait supposé. Mais dans quel dessein ?

Hulda revint à la nuit. Elle avait avec elle une lumière magique, une sorte de boule de brume d'où émanait une lumière rougeâtre qui flottait juste derrière son épaule.

Cette fois, Talia était mieux préparée à son intrusion. Elle se sentait la tête lourde, mais avait les idées relativement claires. Elle était parvenue à repousser ses émotions au plus profond de son esprit, espérant que quelque hasard heureux lui permettrait de rendre coup pour coup à ses bourreaux.

Talia sonda Hulda, mais celle-ci était protégée, comme le prince – et comme elle s'y était attendue.

Hulda sourit ironiquement.

— Tu pourrais te lever pour me saluer. Non ? Tu ne veux pas ? Peu importe. Tu danseras bientôt au son de la musique de mon petit prince. Ou plutôt, de mon roi. Tu n'es pas curieuse de savoir comment et pourquoi je suis arrivée ici ?

— Je crois que vous me le direz, de toute façon, fit amèrement Talia.

— Du caractère, avec ça ! Mais tu as raison, je vais te le dire. J'ai passé des années à chercher un enfant comme Ancar, de haute extraction, mais qui soit prêt à faire ce que je lui enseignerais. Quand je l'ai trouvé, j'ai su aussitôt qu'un seul royaume ne lui suffirait pas. Je me suis donc occupée de lui chercher une compagne... et cette chère Elspeth semblait la candidate idéale...

Talia poussa un grand soupir.

— Vraiment ?

— Oui, cette chère Elspeth était parfaite. Venant d'une lignée de monarques ayant le Don, et avec un tel père ! Le bougre complotait contre sa propre épouse ! Délicieux !

— Si vous essayez de me convaincre que la trahison est héréditaire, vous perdez votre temps.

Hulda rit.

— Bref, j'avais l'intention de former Elspeth et de consolider grâce à elle mon alliance avec Ancar. Comme tu l'as probablement deviné, j'ai pris la place de la véritable Hulda. Tout allait bien… jusqu'à ton arrivée.

» Heureusement, on m'a prévenue. Je suis retournée vers mon petit prince. Dès qu'il a été en âge de le faire, nous avons mis au point un plan parfait.

Elle commença à parcourir la pièce de long en large.

— N'avez-vous rien de mieux à faire que vous vanter de vos succès auprès de quelqu'un qui ne peut pas se défendre ? demanda Talia.

Si Hulda approchait suffisamment… Talia n'avait pas oublié les astuces qu'Alberich lui avait apprises.

Hulda rougit de colère ; à la grande déception de Talia, elle retrouva aussitôt sa maîtrise d'elle-même.

— Tu vas faire partie de ce plan, sais-tu ? Ancar vous voulait tous les deux vivants, mais tu feras l'affaire. Nous irons tous ensemble à la frontière pour attendre ta reine. Elle te verra avec nous et sera rassurée. Puis…

— Vous ne pensez pas sérieusement que vous obtiendrez ma coopération ?

— Tu n'auras pas le choix. Je peux prendre le contrôle de ton corps, surtout en ce moment, où tu n'es pas au mieux de ta forme !

— Vous pouvez essayer…

— Oh, je peux faire mieux que ça, petit Héraut. Je peux réussir !

Elle éclata de rire et sortit de la cellule, la lumière magique dans son sillage.

Le dixième jour de sa captivité, comme Talia l'avait espéré, la porte de la cellule s'ouvrit et Ancar entra, suivi de son magicien et de Hulda.

— Mes messagers affirment que la reine a tourné les talons à la frontière, dit Ancar, la fixant de son regard de basilic. Il paraît qu'elle rassemble une armée. Tu l'as prévenue, Héraut. Comment ?

— Si vous êtes si puissants, tous les deux, pourquoi ne pas lire mes pensées, tout simplement ?

Il rougit de colère.

— Au diable les Hérauts et leurs barrières..., marmonna-t-il avant que Hulda le fasse taire.

Ils ne peuvent pas lire l'esprit des Hérauts, pensa-t-elle, sidérée. *Pas étonnant que nous ayons failli coincer Hulda.* Elle sentit monter en elle une vague d'excitation, qui retomba bientôt. Oui, l'information était d'importance – et totalement inutile.

Pourquoi ne pas s'en servir pour leur dire une vérité qu'ils ne croiraient pas ? Hulda n'avait jamais admis que les Compagnons étaient autre chose que des chevaux bien dressés. Elle était convaincue que c'étaient les Hérauts qui désignaient les Élus, pas les Compagnons.

— Mon cheval, dit-elle. Il s'est échappé et les a prévenus.

Ancar sourit, glaçant le sang de Talia.

— De l'imagination, je vois. Vous auriez dû être Barde. Bah, ce n'est que partie remise. Je travaille à mes plans depuis des années. Je peux supporter un petit retard. (Il se tourna vers Hulda.) N'est-ce pas, ma chère nurse ?

— Sans nul doute, mon prince. Vous avez été un élève très docile.

— Et qui a dépassé son professeur.

— En certains domaines, mon amour. Pas en tous.

— Vous serez curieuse d'apprendre que je suis au courant de votre querelle avec l'héritière, petit Héraut, reprit le prince. Il semble qu'elle soit décidée à se réconcilier avec vous. Dommage que cela ne doive jamais se produire… J'aurais aimé assister à cette touchante réunion, votre corps étant contrôlé par l'esprit de Hulda !

— Dites-lui qui est notre informateur, Ancar, murmura Hulda.

— Le seigneur Orthallen en personne ! Comment, tu n'es pas étonnée ? C'est vexant. Hulda l'a recruté. Il travaillait depuis toujours à miner l'institution héraldique et la monarchie, et ce de façon si subtile que personne ne s'en était aperçu. Il y a longtemps qu'il convoite le trône. Il a cru le tenir quand il s'est arrangé pour faire tuer le père de Selenay sur le champ de bataille. Mais il a eu affaire à forte partie… Il a été si surpris que tu échappes à tous ses pièges ! Il le sera encore plus quand il recevra une dague dans le cœur au lieu d'une couronne sur la tête ! Mais je suis déçu que tu aies deviné !

Ancar regarda froidement Talia.

— Tu m'as privé d'un grand plaisir, reprit-il. Tu ne me blâmeras donc pas de t'utiliser pour un autre plaisir, n'est-ce pas ?

— Méfiez-vous d'elle, mon seigneur roi, dit Hulda. Même maintenant, elle n'est pas sans défense. Que votre serviteur ne relâche pas un instant la barrière.

— Pas de danger, mon amour. Il sait quelle serait sa punition, s'il échouait ! S'il faiblissait, mon cœur, il deviendrait ta *chose*.

Elle gloussa de plaisir tandis qu'il faisait signe aux gardes de saisir Talia.

Les brutes la mirent debout et lui tirèrent les bras derrière le dos. Son front se mouilla de sueur, car sa blessure se rouvrait, mais elle se mordit la lèvre et ne laissa pas échapper un son.

— Têtue, avec cela! Tu vas bien nous distraire, Héraut!

Ils partirent, les gardes, à la fin du cortège, traînant Talia entre eux. Dans cet équipage, ils parcoururent un long corridor qui sentait le moisi et l'humidité. Derrière la porte de fer qui le terminait montait l'odeur de la peur et du sang.

Ils lui attachèrent les bras au-dessus de la tête, dans des bracelets de fer fixés au mur. Son épaule blessée se retrouva dans une position presque intolérable.

— Je me considère comme un artiste, dit Ancar. C'est une forme d'art que de parvenir à infliger un maximum de souffrances sans tuer ni mutiler de façon permanente.

Il tira du feu une longue barre de fer.

— On peut faire tant de choses fascinantes avec ça, par exemple.

Elle se souvint d'un point qu'Alberich avait évoqué avec les étudiants de dernière année : une des réalités les moins agréables de leur vocation de Hérauts.

— Nous ne pouvons pas nous permettre d'ignorer la possibilité de la torture, avait dit le maître d'armes cet après-midi-là. Ne croyez pas les légendes : n'importe qui peut être brisé par la douleur. Certains exercices mentaux peuvent aider à se protéger, mais ils ne sont pas infaillibles. Je n'ai qu'un conseil à vous donner : mentez à vos bourreaux, aussi longtemps et aussi vraisemblablement que possible. Ainsi, avec un peu de chance, ils ne sauront pas reconnaître la vérité quand vous la direz. Car, n'en doutez pas, il viendra un moment où elle vous échappera...

Mais Ancar ne voulait pas d'informations : Orthallen lui fournissait toutes celles dont il avait besoin. Il désirait simplement la faire souffrir. Du diable si elle lui donnait satisfaction avant d'y être forcée !

Les « choses fascinantes » ne tirèrent pas un gémissement à Talia, au grand déplaisir du prince.

Il se livra à des tortures de plus en plus raffinées, décrivant par le menu ce qu'il allait faire subir au corps sans défense de Talia.

Elle fit de son mieux pour rester à l'abri du bouclier mental qu'elle avait appris à ériger. Mais, comme le prince allait de plus en plus loin, les barrières commencèrent à céder. Elle perçut les émotions de ses bourreaux. L'intense plaisir sexuel que ressentait Ancar était pire qu'un viol. Le plaisir de Hulda était aussi pervers et encore plus difficile à supporter, venant d'une femme. Mais Talia avait trop mal pour pouvoir bloquer ces émanations délétères. Les deux complices étaient si excités qu'ils étaient à deux doigts de s'arracher leurs vêtements et de consommer sur place leur passion bestiale.

À plusieurs reprises, elle essaya de renvoyer la douleur vers eux, mais le magicien les protégeait. Il en tirait presque autant de plaisir qu'Ancar et Hulda.

Talia aurait tout donné pour être capable de leur rendre coup pour coup.

Au bout d'un certain temps, elle ne fut plus capable de rien, à part hurler.

Quand ils lui broyèrent les pieds, elle ne pouvait même plus crier.

Quand elle en fut à ce stade, ils la traînèrent dans sa cellule car le prince n'aimait pas avoir une victime silencieuse.

— Eh bien, mon enfant, repose-toi, afin que nous puissions de nouveau jouer à mes petits jeux, susurra-t-il. Je m'en lasserai peut-être bientôt, ou peut-être pas. Et pense à cela quand j'en aurai fini avec toi, je te trouverai encore un usage : d'abord je laisserai mes hommes prendre du plaisir avec toi, puis je t'utiliserai comme messager. Que dira Selenay en recevant son Héraut favori en petits morceaux ?

Il rit et sortit avec Hulda, la main dans son corsage.

Talia ne bougea pas jusqu'à ce qu'il fasse assez noir pour que personne ne la voie. Elle roula sur le côté et écarta la paille. Savoir qu'elle avait le flacon d'argonel lui avait permis de garder sa santé mentale.

Elle se concentra sur chaque mouvement. Sinon, elle n'y arriverait pas.

Ses doigts étaient si enflés qu'ils en devenaient presque inutilisables. Elle creusa la terre avec l'arête de ses mains et sortit le flacon de sa cachette en le tirant avec les dents.

Elle faillit s'évanouir et resta un long moment allongée, haletante de douleur, avant de pouvoir bouger de nouveau. Quand elle en fut capable, elle tint le flacon entre ses mains difformes et ôta le bouchon avec la bouche.

Elle le cracha et versa la bouteille entière dans sa gorge. Le liquide traça un sillon de feu dans son gosier et dans son estomac, où il reposa comme de la lave fondue.

Elle pleura de douleur pendant un temps indéterminé. Puis une paralysie bienfaisante s'empara d'elle, partant du creux de son ventre et se répandant vers l'extérieur. Bientôt elle ne sentit plus rien. Son esprit lui semblait dériver dans des eaux sombres et tièdes...

Quelques pensées flottèrent à la surface. Elspeth ; elle espérait que la jeune fille lui avait pardonné, que le prochain Héraut de la reine l'aimerait autant que Talia l'avait aimée. Et Dirk. Peut-être valait-il mieux qu'il ne sache jamais à quel point elle l'avait adoré. Ainsi, bien des souffrances lui seraient épargnées. Une chose la consolait : que lui et Kris se soient réconciliés avant leur départ. Il souffrirait déjà assez en apprenant la mort de son ami.

Si seulement elle avait pu prévenir la reine, pour Orthallen ! Il était toujours en place, tel le ver dans le fruit, attendant, prêt à recommencer. Et Ancar... maître de magiciens et d'une armée de tueurs. Si elle avait pu dire à Selenay...

Sa volonté s'engourdit ; elle s'abandonna aux courants.

C'était étrange... Les Bardes prétendaient que toutes les réponses vous étaient données au moment de la mort, mais il n'y en avait aucune, rien que des questions, et des tâches qu'elle n'avait pas menées à bien. Pourquoi ? Elle aurait au moins voulu savoir pourquoi elle mourait...

Cela n'avait peut-être pas d'importance. Kris avait dit qu'il voyait de la lumière. Tous les récits affirmaient que les Havres étaient brillamment illuminés.

Mais elle ne voyait aucune lumière. Il n'y avait que la nuit – et la solitude.

Même une hallucination aurait été la bienvenue.

C'était sans doute mieux ainsi. Dans l'obscurité, ce maudit magicien ne pourrait pas la trouver et la ramener. Si elle se perdait assez profondément, il se perdrait peut-être aussi en essayant de la suivre. Cela en valait la peine. Et l'obscurité tiède et paralysante était réconfortante, si l'on oubliait la solitude.

Ailleurs, là où le mage ne pourrait pas la rejoindre, l'attendait peut-être la lumière brillante des Havres...

Elle laissa l'obscurité l'engloutir ; ses ultimes pensées se détachèrent d'elle et tombèrent comme des feuilles mortes.

La dernière dont elle eut conscience fut qu'il n'y avait toujours pas de lumière, même au bout des ténèbres.

Chapitre 9

Quand la reine et son entourage se mirent en route, Dirk faisait partie de la garde d'honneur, sourd aux protestations des Guérisseurs, convaincus qu'il n'était pas assez remis pour une telle expédition.

Il leur avait répondu qu'on avait besoin de lui. C'était vrai ; le Collegium avait suspendu ses cours, et tous les Hérauts normalement affectés à l'enseignement servaient comme gardes du corps, sauf ceux qui étaient trop vieux ou trop malades pour voyager.

Il avait aussi affirmé se sentir mieux que son apparence ne le laissait penser (ce qui était faux) et juré qu'il se reposerait aussi bien en voyageant au pas tranquille d'une escorte royale qu'en restant au lit (ce qui était en partie vrai).

Il savait que Teren et Skif s'étaient donné pour tâche de garder un œil sur lui, car ils ne le croyaient pas vraiment quand il affirmait être en bonne santé. Il s'en moquait. Tout valait mieux que d'être laissé en arrière.

Le voyage promettait d'être facile. La chose la plus excitante serait sans doute de rencontrer Talia ou Kris quand ils arriveraient à la frontière.

Engager les Hérauts comme gardes du corps était plus une tradition qu'une nécessité, car on ne redoutait aucun danger de l'expédition. Après tout, Alessandar était un allié et un ami de Valdemar. Selenay et Elspeth seraient autant en sûreté en Hardorn qu'à Valdemar.

Dirk avait d'autres raisons de vouloir accompagner la reine. Son inactivité forcée l'avait obligé à réfléchir. Il se demandait désormais s'il n'avait pas fait une grossière erreur de jugement à propos de la relation de Talia avec Kris. Celui-ci avait eu une brève aventure avec Nessa, puis il était retourné à ses habitudes semi-monastiques. Il ne lui semblait pas non plus qu'elle ait passé beaucoup de temps avec lui. En fait, la seule personne dont Talia avait recherché la compagnie était… Dirk lui-même !

Puis il y avait eu cet incident bizarre, avec Keren, juste après qu'il se fut effondré en public. Elle avait forcé son chemin dans sa chambre et lui avait tenu un discours véhément. L'ennui, c'est qu'il ne se souvenait pas de grand-chose. Trop fiévreux, bien sûr. Pourtant il avait le sentiment que c'était important. Il ne parvenait pas à se décider à affronter Keren et à lui demander de quoi il s'agissait. Si ses souvenirs étaient fiables, elle avait parlé d'un lien pour la vie. Puis elle avait conclu en affirmant qu'il était un idiot qui avait rendu la vie de Talia misérable.

Pour couronner le tout, des rêves effrayants qui ne devaient rien à la fièvre lui avaient laissé une impression de malaise au sujet de l'expédition en cours. Si quelque chose tournait mal, il voulait être sur place. Même si, dans son état, il était peu probable qu'il puisse être d'une grande utilité…

Ainsi, il avait été délégué à l'arrière, en compagnie de Skif, pour servir de garde du corps à Elspeth. Son Compagnon, Cymry, avait eu au printemps un petit, juste assez âgé désormais pour faire ce genre de voyage.

Elspeth était anxieuse. Dirk pensait que Skif et lui étaient la meilleure compagnie possible pour la jeune héritière. Les jeux du petit de Cymry et le bavardage de Skif la mettaient de bonne humeur ; Dirk, de son côté, était disposé à parler du sujet qui la préoccupait : Talia.

Selenay avait donné la lettre de Talia à Elspeth quand celle-ci avait cherché son amie partout, puis exigé de savoir ce que sa mère avait fait d'elle. Rongée de remords, l'héritière s'était souvenue de la promesse faite à Talia des années auparavant. « Je ne me mettrai plus en colère contre toi », avait-elle juré, « avant d'avoir réfléchi et décidé si ce que tu me dis est vrai ou pas. »

La plupart des choses que Talia lui avait dites dans la grange étaient vraies. Elle n'avait pensé qu'à son propre plaisir, sans réfléchir un instant aux implications de ses actes.

La trahison de son amoureux lui avait fait mal, mais pas autant que le chagrin d'avoir éloigné d'elle une amie qui l'aimait sincèrement. Talia n'avait pas mâché ses mots, mais ils étaient mérités. Et Elspeth ne s'était pas gênée pour lui retourner sa part de paroles blessantes.

C'était elle qui avait ouvert les hostilités. Elle voulait désespérément s'excuser, maintenant qu'elle avait lu la lettre. Ses remords étaient très réels ; elle avait besoin d'en parler sans cesse. Et Dirk ne demandait pas mieux que de l'écouter.

Peu à peu, le sentiment de culpabilité d'Elspeth s'atténua.

Mais il ne la quitta pas vraiment.

— Vous rêvez tout éveillée, ma jeune dame ?

Elspeth sursauta en entendant la voix douce et raffinée qui la tira de ses réflexions.

— Je ne rêvais pas, corrigea-t-elle sèchement, je réfléchissais.

Orthallen fit avancer vers elle son palefroi alezan. Gwena réagit à son sursaut de répulsion en s'éloignant un peu.

— Je suis moi-même enclin à méditer en ce moment, dit-il. À méditer, et à me faire du souci.

— *Maudit soit-il*, pensa-t-elle. *Il est si… doucereux. Il ne serait pas difficile de croire à ses mensonges, n'était ce qu'Alberich m'a confié…*

— *Je confierais ma vie à Alberich*, dit soudain Gwena dans son esprit. *Mais je ne ferais pas confiance à ce serpent pour me nettoyer les sabots !*

— *Sois tranquille, ma petite*, répliqua l'héritière. *Il ne se jouera pas de moi une seconde fois.*

— Du souci ? À quel sujet ?

— Mon neveu. J'aurais aimé que Selenay me consulte avant de l'envoyer en mission. Il est si jeune…

— Mais très expérimenté.

— Pas en diplomatie.

— *Par le ciel, Gwena, je pourrais presque croire qu'il est inquiet.*

— *Il l'est*, confirma le Compagnon. *Et je dois dire que cela m'effraie. Que sait-il que nous ignorons ?*

— C'est une mission simple, auprès d'un allié. Que peut-il arriver ?

— Rien, je le sais. Ah, ne faites pas attention, ce ne sont là que lubies de vieil homme.

Il éclata d'un rire forcé.

— Ne vous inquiétez pas. Je suis venu vous voir pour vous demander si vous vous languissiez d'un des jeunes hommes de la Cour que vous avez laissés derrière vous.

— Eux ? Que la Dame m'en garde ! Je n'ai jamais connu une telle bande de têtes vides ! Ils m'ont tant ennuyée que je suis ravie d'être partie. Il faut que je retourne m'assurer que le pauvre Dirk ne tombera pas de sa selle. Adieu, mon seigneur !

— Dirk ?

— Oui, demoiselle ? dit-il.

— Pensez-vous que Talia nous attendra à la frontière ?

Il soupira.

— Ce n'est guère probable. Ambassadrice de votre mère, elle restera auprès d'Alessandar.

— Oh. Vous vous sentez bien ? enchaîna-t-elle. Vous toussez encore beaucoup.

— Ah ! non, pas vous *aussi* ! fit Dirk, exaspéré. J'ai déjà mon compte avec ces deux mères poules...

Il montra Skif et Teren qui chevauchaient non loin de là.

— Désolée, sourit Elspeth. Je sais ce qu'il en est. Je ne peux même pas essayer de m'isoler dans les bois pour... vous savez quoi... sans avoir à mes trousses deux Hérauts anxieux de me protéger !

— Blâmez votre mère, sourit Dirk. Vous êtes son seul rejeton. Elle aurait dû mettre bas une tripotée de gamins, vous n'auriez pas ces problèmes.

Elspeth s'étrangla presque de rire.

— J'aimerais que les courtisans vous entendent, parlant de ma mère comme si elle était une jument primée !

— Ils me provoqueraient sans doute en duel pour venger son honneur. Pourtant, votre royale génitrice serait peut-être d'accord avec moi. Qu'étudiez-vous en ce moment, loin des salles de cours ?

Dirk, à sa grande surprise, s'aperçut qu'il s'intéressait *réellement* à la réponse. Une partie de la léthargie due à sa maladie l'avait quitté, ainsi qu'une bonne dose de son angoisse.

— Alberich a demandé à Skif de m'apprendre le lancer du couteau. Je commence à m'en sortir plutôt bien, si je puis me permettre de me vanter. Regardez…

Elle fit un geste rapide de la main. Comme par magie, un petit couteau se ficha dans le tronc d'un arbre. Dirk ne l'avait même pas vu quitter sa main.

— Pas mal… pas mal du tout.

— Il m'a équipée d'un fourreau de poignet avec un ressort spécial. (Elle retroussa sa manche pour montrer fièrement le dispositif.) C'est le même que celui de Talia.

— Je suis content que vous ayez un aiguillon caché, petit lutin.

— Pourquoi ? Ma mère n'a pas été ravie que j'apprenne des « ruses d'assassin », comme elle les a élégamment appelées. J'ai dû me défendre en lui disant que c'était un ordre d'Alberich.

— Je suis sans doute plus pragmatique, mais, si vous connaissez des ruses d'assassin, vous êtes à même d'en déjouer un. Nous ne pouvons pas nous permettre de vous perdre, petit lutin.

— C'est ce que Skif a dit. Je suppose que j'ai perdu l'habitude de me considérer comme quelqu'un d'important.

Dirk pensa avec émerveillement que Talia avait réussi à transformer la Furie royale en une charmante – et modeste – jeune fille. Ce n'était pas un mince miracle, parmi tous ceux qu'elle avait accomplis !

Ils chevauchèrent un moment en silence. Un peu plus tard, l'expression sérieuse, Elspeth s'enquit :

— Dirk, puis-je vous demander quelque chose ?

— Je suis là pour ça, petit lutin. En partie, du moins.

— Qu'est-ce que le Mal ?

Dirk en cracha presque ses dents. De la part d'Elspeth, il ne s'attendait pas à de la philosophie.

— Ouch ! Vous ne posez pas des questions faciles, n'est-ce pas ?

Il resta silencieux un instant, puis jeta un coup d'œil à Elspeth. Il vit qu'il s'était gagné le cœur de la jeune fille en prenant sa question au sérieux.

— Avez-vous demandé à Gwena ? Elle s'y connaît sans doute mieux que moi sur ce sujet.

— J'ai essayé. Elle m'a regardée comme s'il m'était poussé des cornes et m'a dit : « Le Mal *existe*, c'est tout ! »

Il rit, car c'était le type de remarque qu'Ahrodie aurait pu faire.

— *Ils* ne savent pas tout, hein ? D'accord, je vais essayer de répondre. Je pense que le Mal est une sorte de convoitise, une convoitise si puissante qu'elle ne peut rien voir de beau ou de rare sans le désirer. Et si elle ne peut pas avoir l'objet, elle préfère le détruire plutôt que le laisser à autrui. C'est une convoitise si intense que même la possession ne la calme pas.

— Ainsi, le Bien serait l'opposé ? Une sorte d'antiégoïsme ?

— En partie, oui. Le Mal ne crée rien, il copie ou détruit, parce qu'il est trop replié sur lui-même. Le Bien est une forme d'oubli total de soi. Pourquoi toutes ces questions, Elspeth ?

— Vous savez ce qui s'est passé… entre Talia et moi. J'étais encore en colère le jour suivant, contre elle, et contre moi, surtout. Maître Alberich s'en est aperçu à l'entraînement. Il m'a fait arrêter et m'a emmenée dans le Champ pour me calmer. Je n'aurais jamais cru qu'il pouvait être… compréhensif, et gentil. Il a l'air si dur, la plupart du temps.

— Peut-être est-ce pour dissimuler cette gentillesse. S'il est trop doux avec nous, c'est le meilleur moyen de nous faire tuer en mission. Donc, il est impitoyable. Il espère sans doute que nous ne rencontrerons rien de plus dur que lui. Cela ne le rend pas moins humain. Quand le glas sonne pour l'un de nous, il part. Je ne sais pas où il va, mais je l'ai vu quitter le palais une fois. Sur son visage, il y avait les signes d'un grand chagrin. Je crois qu'il est plus sensible que nous n'aimons à le croire.

— Oui, je le comprends maintenant. Il m'a tenu un discours et vous savez comment cela se passe, avec lui : quand il parle, on l'écoute. Ensuite, je lui ai tout raconté : comment je m'étais entretenue avec le seigneur-onc…

le seigneur Orthallen, car Talia semblait très occupée. Et comment j'ai commencé à fréquenter... certaine personne peu recommandable, je le sais maintenant. C'est Orthallen qui m'a présenté ce garçon. Il m'a dit que je devrais passer plus de temps avec des courtisans de mon âge. Quand j'ai rapporté cela à Alberich, il a déclaré quelque chose d'étrange. « Je vous le dis en confidence, de Héraut à Héraut, car s'il venait à le savoir je ne serais plus en sécurité nulle part, mais le seigneur Orthallen est l'un des trois seuls êtres vraiment mauvais que j'aie connus. Il ne fait rien sans but, ma dame, et vous seriez avisée de toujours vous en souvenir. »

— Je ne sais que dire, avoua Dirk après un long silence. Alberich n'est pas enclin aux jugements hâtifs. Je peux ajouter ceci : Kris et moi nous sommes disputés parce que le seigneur Orthallen avait insisté pour qu'il soit présent quand je serais accusé, et qu'il l'avait poussé dans ses retranchements. Je ne sais pas pourquoi il a fait cela, sinon pour détruire mon amitié avec Kris.

Après ce dialogue, Elspeth chevaucha en silence, l'air très pensif et sérieux.

Ce fut la première de nombreuses discussions. Ils découvrirent qu'ils étaient semblables, et qu'ils partageaient une attirance pour la philosophie qui aurait surpris ceux qui les connaissaient superficiellement.

— Pourquoi, demanda Elspeth, les Compagnons n'interviennent-ils pas ? Si je suis en train de me comporter comme une imbécile, pourquoi Gwena ne me dit-elle rien ?

— Je ne sais pas, petit lutin, soupira Dirk. Lui avez-vous posé la question ?

— Oui ! Elle a répondu que je savais très bien que les Compagnons n'intervenaient jamais directement dans les affaires de leurs Élus.

— À moins que nous leur posions la question.

— Mais pourquoi ? Ce n'est pas *juste* !

Dirk savait qu'à l'âge d'Elspeth cette notion était d'une énorme importance.

— Croyez-vous ? Nous rendraient-ils service s'ils intervenaient chaque fois que nous tombons sur le nez en essayant d'apprendre à marcher ?

— *Bonne réponse, mon Élu*, dit Ahrodie. *Même si elle est un peu simpliste.*

— *Si tu as une meilleure idée…*

— *Non, non*, coupa-t-elle. *Continue comme ça, c'est très bien !*

— Vous voulez dire que nous devons apprendre les choses en faisant nos propres expériences ? demanda Elspeth.

Elle réfléchit un moment.

— Les Compagnons n'interviennent-ils donc *jamais* ?

— Les légendes disent qu'ils le font quand la situation est désespérée. Ce sont toujours des Compagnons apparus comme par magie dans le Bosquet qui agissent ainsi, et le seul de cette sorte que nous ayons actuellement est Rolan. Quand ils interviennent, c'est de leur propre chef. Voilà pourquoi les Hérauts ne le leur demandent jamais.

— Pourquoi ne devons-nous pas le leur demander ?

— Savez-vous quelle loi tacite gouverne ce royaume ?

Elle le regarda de travers.

— Pourquoi changez-vous de sujet ?

— Je n'en change pas, croyez-moi.

— « Il y a plusieurs bonnes façons de faire. » Voilà la loi.

— Et pourquoi est-il interdit au clergé de prier pour la victoire de Valdemar sur le champ de bataille ?

— Je ne sais pas.

— Pensez-y. Prenez votre temps. Revenez me voir quand vous serez prête.

— Tout ça n'est-il pas un peu compliqué pour elle ? demanda une voix d'homme. J'ai essayé de suivre et je n'ai rien compris !

C'était Skif, qui venait de rejoindre Dirk.

— Je ne le crois pas. Si elle n'était pas prête pour la réponse, elle ne poserait pas la question.

— Par la Dame, fit Skif, réellement éberlué, vous ne valez pas mieux l'un que l'autre ! J'abandonne !

La colonne atteignit enfin la frontière. Selenay ordonna qu'on dresse le camp du côté valdemaran, car l'avant-poste était trop petit pour accueillir tout le monde. La reine ne fut pas surprise de ne trouver aucun de ses deux envoyés, car la nuit était tombée. Quand deux jours eurent passé sans qu'ils se montrent, elle s'inquiéta sérieusement.

— Kyril, j'ai l'impression que quelque chose est allé de travers. Suis-je inutilement alarmiste ?

— Non, Majesté. J'ai essayé de les contacter par la pensée ; je n'arrive à rien. Or Kris, au moins, possède assez de ce Don pour capter ce que je leur envoie. Il l'a déjà fait par le passé. Je ne sais ce qui a mal tourné, Majesté, mais… je suis inquiet pour eux.

Selenay n'hésita pas.

— Ordonnez que le camp soit éloigné de la frontière, dès maintenant. Il y a une petite colline, à environ un kilomètre. Le cas échéant, elle ne sera pas difficile à défendre. Quand ce sera fait, dites aux gardes locaux de nous retrouver ici. Je veux qu'ils surveillent le côté hardornan de la route commerciale.

Son Compagnon, Caryo, entendit son appel mental et la rejoignit. Elle sauta à cru sur son dos. Tandis qu'elle s'éloignait, Kyril s'occupa de faire exécuter ses ordres.

Le nouveau camp était inconfortable, mais beaucoup plus aisé à défendre. Selenay mit en place un roulement de sentinelles. Chacun remarqua que les Compagnons commençaient à patrouiller autour du camp, doublant ainsi la surveillance.

Elspeth ne quitta pas Dirk d'une semelle. Ils ne parlèrent pas de leurs craintes jusqu'à la fin du cinquième jour, passé dans une ambiance de tension et d'anxiété.

— Dirk, dit enfin l'héritière, pensez-vous qu'il leur soit arrivé quelque chose ?

— Oui, répondit-il sans ambages. S'il s'agissait simplement d'un retard, ils se seraient arrangés pour nous prévenir. Cela ne ressemble pas à Kris…

Il s'interrompit en voyant le regard inquiet d'Elspeth.

— Petit lutin, je suis sûr que tout ira bien. Je suis persuadé qu'ils sont déjà en chemin pour nous rejoindre.

— J'espère que vous avez raison…, soupira Elspeth.

Mais Dirk eut l'impression qu'elle n'en croyait pas un mot.

Le sixième jour se leva. Selenay, et tous les autres avec elle, avait l'impression d'attendre que tombe un couperet.

Tard dans l'après-midi, une des sentinelles les prévint qu'un Compagnon arrivait à bride abattue. Le camp entra en ébullition. Selenay fut l'une des premières sur la route, clignant des yeux pour voir de qui il s'agissait.

Puis un nuage de poussière et un bruit de sabots signalèrent l'arrivée du Compagnon. C'était Rolan... seul. Sans selle ni bride ; hâve, couvert de sueur, et totalement épuisé : un état dans lequel peu des siens avaient déjà été vus auparavant.

Il tituba jusqu'aux pieds de la reine, arracha avec ses dents un paquet attaché à son cou et le laissa tomber sur le sol.

Keren se précipita et lui jeta son manteau sur le dos. Puis elle le conduisit vers un endroit où on s'occuperait de lui. Il la suivit à petits pas titubants.

Selenay ramassa le paquet, tremblant tellement qu'elle faillit le lâcher.

Devant elle tombèrent deux flèches, une brisée, l'autre sans tête.

La reine resta paralysée, pâle comme une statue.

Kyril ramassa les flèches. Elspeth gémit et vacilla. Jeri la rattrapa au moment même où retentissait un cri de désespoir, celui de Dirk.

Selenay sursauta ; elle se retourna et vit Dirk se débattre entre Skif et Teren.

— Laissez-moi partir, par le diable ! criait-il tandis que Skif l'éloignait d'Ahrodie. Je dois la retrouver ! Je dois la sauver !

— Dirk, vous ne savez même pas si… (Teren s'étrangla sur le mot) si elle est encore en vie.

— Elle l'est, je le sais ! Si elle était morte, je le sentirais. Elle est en vie !

Il continua à se débattre pendant que Kyril annonçait les nouvelles.

— La flèche sans tête est celle du Héraut Kris. La flèche brisée, celle du Héraut Talia, annonça-t-il d'une voix qui trahissait son angoisse.

— Vous voyez ? J'avais raison ! Lâchez-moi ! cria Dirk.

Skif lui prit le menton dans une main et le força à le regarder dans les yeux.

— *Réfléchis !* Elle a renvoyé la flèche brisée, ce qui veut dire qu'elle savait qu'il n'y avait aucun espoir de la sauver. Mais elle est parvenue à nous prévenir. Veux-tu te tuer, toi aussi, et nous obliger à pleurer trois d'entre nous au lieu de deux ?

La lueur de folie quitta le regard de Dirk ; il s'écroula, enfouit son visage dans ses mains et se mit à pleurer.

Selenay aurait voulu avoir le droit de faire la même chose. Mais son royaume et la vie de son peuple étaient en jeu ; elle avait des devoirs, tout comme les autres Hérauts, et pas assez de temps pour regretter le passé. Plus tard, quand le monde serait en sûreté, elle s'offrirait le luxe de pleurer les disparus.

Elle se vida de toute émotion, sachant qu'elle en paierait le prix plus tard. Il y avait tant à faire : les gardes à alerter, le seigneur prévôt à avertir, les Hérauts à envoyer préparer la défense. Elle se rendit dans sa tente avec Kyril. Une partie des Hérauts la suivit, les autres rejoignirent les chariots de bagages pour en sortir les armes, ou s'occupèrent d'organiser la Garde pour la protection de la reine.

Skif et Teren restèrent avec Dirk, toujours recroquevillé sur lui-même. Puis Teren dit à mi-voix :

— Il ne fera pas de bêtise, maintenant. Pourquoi ne pas le laisser avec Ahrodie ? Elle est la seule capable de l'aider.

Ils s'éloignèrent. Un peu plus tard, Dirk sentit une main effleurer son épaule. Perdu dans son tourment, il n'avait pas entendu que quelqu'un approchait.

C'était Elspeth. Il leva les yeux vers elle. Soudain, une idée lui traversa l'esprit.

— Elspeth, dit-il d'une voix rauque, connaissez-vous un endroit tranquille, où je ne risque pas d'être dérangé ?

— Ma tente, oui, répondit-elle, surprise. Je suis à l'arrière du camp, loin du pavillon de ma mère. Tout le monde est avec elle, à présent.

— Puis-je l'utiliser ?

— Oui, bien sûr, mais… pourquoi ? Oh ! Vous… vous avez pensé à quelque chose ! C'est ça ?

— Oui. Je crois que je serais capable de la ramener. Mais il me faut un refuge où ma concentration ne soit pas troublée.

Elspeth eut l'air pleine d'espoir et de doutes.

— C'est un très long chemin.

— Je sais, mais ce n'est pas cela qui compte. C'est le poids. Je n'ai jamais rien ramené de si lourd… et surtout pas un être vivant. Mais je dois essayer.

— Kris… (Sa voix se brisa.) Kris n'est pas là pour voir à votre place. Oh, mais attendez ! J'ai la Vision à Distance ! Je ne suis pas entraînée, mais je possède ce Don. Il s'est renforcé depuis que j'ai été choisie, et il a une très bonne portée. Ferai-je l'affaire ?

— Oui ! Par le ciel, oui !

Les deux jeunes gens gagnèrent discrètement la tente d'Elspeth. Ils s'assirent sur des coussins et Dirk prit les mains de la jeune fille. Une fois en transe, elle resta silencieuse si longtemps que Dirk craignit que son Don, non formé, soit inutile à une telle distance.

Elspeth gémit de peur et de douleur et ses mains se refermèrent convulsivement sur les poignets de Dirk.

— Je l'ai trouvée. Oh, Dirk ! Ils lui ont fait des choses si horribles ! Je crois que je vais être malade…

— Tenez le coup ! J'ai besoin de vous. *Elle* a besoin de vous !

Elspeth avala sa salive et résista. Mais Dirk eut beau « tirer » de toutes ses forces, rien ne se passa jusqu'à ce qu'une vague de douleur intense le submerge et qu'il s'évanouisse.

Il revint à lui, secoué comme un prunier par une Elspeth hystérique.

— Dirk ! Vous ne respiriez plus ! J'ai cru que vous étiez mort ! Vous… n'y êtes pas arrivé, n'est-ce pas ?

— J'ai tout essayé. Je l'ai trouvée, mais je ne parviens pas à la ramener. Je n'en ai pas la force.

Avant qu'elle ait pu répondre, une voix parla dans son esprit, mais ce n'était pas celle d'Ahrodie.

—*Dirk. Héraut.*

Devant eux se tenaient Ahrodie, la Gwena d'Elspeth et Rolan. Un peu plus loin, tous les Compagnons du camp étaient rassemblés, y compris le poulain de Cymry.

— *Tu as le Don et la volonté de t'en servir. Elle a la Vision à Distance. Nous avons la force dont tu as besoin.*

—Que... que voulez-vous dire, Rolan?

— *Que nous pouvons encore sauver Talia. Notre amour et notre courage sont suffisants. Mais sachez que le prix risque d'être élevé. Nous connaîtrons de grandes souffrances. Vous pourriez en mourir.*

Dirk vit le petit signe de tête que lui fit Elspeth.

—Quel qu'en soit le prix, nous le paierons, dit-il en leur nom à tous deux.

Ils se disposèrent en cercle: Rolan, Elspeth, Gwena, Ahrodie et Dirk. Elspeth et Dirk se donnèrent la main.

Elspeth n'eut aucun mal à retrouver sa cible. Dirk localisa de nouveau Talia et « tira ».

D'autres esprits s'ajoutèrent au sien et tirèrent aussi. Pendant un affreux moment, il eut l'impression d'être déchiré par des forces trop grandes pour lui. Puis il sentit qu'il gagnait. Ensemble, ils attiraient leur cible vers eux, la protégeant du mieux qu'ils le pouvaient. Leurs puissances mentales combinées suffisaient à peine à la tâche.

Pourtant elles parvinrent à l'accomplir.

Le conseil de guerre continuait dans la tente de Selenay. Sur la carte étalée devant eux, Kyril faisait remarquer à l'assistance les points faibles de la défense.

Tout à coup un cri d'horreur retentit. Chacun se retourna. Elspeth apparut, pâle et défaite, suivie par Dirk. Dans ses bras, le Héraut portait ce qui avait été un corps, meurtri au-delà du possible.

Et le visage de ce lamentable déchet d'humanité était celui de Talia.

Elspeth alla jusqu'au lit de Selenay, fit se lever les quatre ou cinq Hérauts qui l'occupaient et aida Dirk à y allonger doucement Talia. Dirk saisit le bras du Guérisseur le plus proche et le tira près du lit. Puis il se redressa avec grand soin, fit un ou deux pas et tomba sur le sol comme un arbre abattu.

Quand Selenay eut le temps de regarder autour d'elle, elle s'aperçut qu'Elspeth avait fait de même, mais plus discrètement.

L'héritière s'était effondrée dans un coin...

Elspeth se remit rapidement. Devenue le centre d'intérêt de tous ceux qui n'étaient pas occupés à essayer de sauver Talia, elle raconta l'histoire si souvent qu'elle en eut la voix rauque. Alors, finit-elle par déclarer à Kyril, s'il voulait en savoir davantage, il lui faudrait poser la question à son Compagnon. Elle allait voir si elle pouvait aider les Guérisseurs avec Dirk et Talia.

La Guérisseuse Thesa était inquiète ; Dirk ne se remettait pas aussi vite qu'Elspeth. Le lendemain, il était toujours inconscient. Un certain temps passa avant que le diagnostic soit clair : une rechute de sa pneumonie, associée à un intense désordre psychique. Thesa avait la charge de Dirk, et Devan s'occupait de Talia, mais ils partageaient les informations qu'ils glanaient sur leurs patients respectifs.

Sans le vouloir, Dirk avait rapporté le flacon d'argonel. Devan savait contre quoi il devait lutter, en sus des terribles blessures de Talia.

Deux jours après, ils décidèrent qu'ils ne pouvaient pas faire plus pour leurs patients dans les conditions primitives du campement. Il était dangereux de les déplacer, mais plus encore de les laisser là. Après une brève concertation, ils les firent transporter dans la demeure fortifiée du seigneur gardien de la frontière, à quelques kilomètres de là. Le noble fut ravi de laisser sa maison à la reine – sans compter qu'il avait ainsi l'occasion de fuir la zone des combats.

La reine avait fait venir du Collegium tous les Guérisseurs disponibles. Thesa se chargea de les organiser. Même s'ils ne traitaient pour l'instant que deux patients, ils risquaient d'en avoir beaucoup plus quand la guerre éclaterait.

Elspeth passa le plus clair de son temps dans le manoir fortifié ; sa mère lui avait demandé de rester avec les Guérisseurs et les courtisans qui commençaient à affluer.

— Oui, mais..., protesta Elspeth. (Elle se ravisa devant le regard hanté de la reine.) Peu importe... Dis-moi ce que je dois faire.

— Je te donne les pleins pouvoirs, déclara Selenay. Le reste du royaume ne cessera pas d'exister pendant que nous attendons ici. Tu as assisté à suffisamment de Conseils pour savoir quoi faire, ma petite chatte. Et si le pire se passe, toi, le Conseil et les Hérauts que tu pourras emmener, fuyez vers le nord-ouest. La Forêt des Chagrins devrait vous offrir un refuge sûr.

—Et toi ? demanda l'héritière, une boule dans la gorge.

—Ma chérie, si les choses tournent mal… tu seras leur nouvelle reine.

Elspeth préférait ne pas y penser. Elle avait déjà assez de souci avec Talia. La jeune femme semblait plus morte que vive ; les Guérisseurs étaient inquiets au sujet d'un élément dont ils ne faisaient pas part à Elspeth.

Les choses stagnaient, tant à la frontière qu'à l'infirmerie. Elspeth était impuissante. Elle ne pouvait que prier.

Ce qu'elle fit, avec une ferveur égale à celle de son ancêtre, le roi Valdemar. Elle espérait que cela suffirait…

Chapitre 10

Personne ne voulait dire à Dirk ce qui n'allait pas avec Talia. Quand il s'était enfin éveillé, il était seul dans une petite pièce. Dès qu'il eut assez récupéré pour recommencer à poser des questions, il soupçonna qu'il y avait un problème très sérieux avec le Héraut de la reine. Finalement, il décida de prendre les choses en main.

Le petit Robin avait été amené avec la suite du seigneur Orthallen – à demi par erreur. Il avait erré dans le campement, ébahi et solitaire, jusqu'à ce que quelqu'un s'aperçoive de sa présence et l'envoie chez les Guérisseurs. Depuis, il leur rendait de menus services, s'acquittant pour eux des travaux simples. Il apportait aussi ses repas et ses potions à Dirk. Les Guérisseurs pensaient que celui-ci ne songerait pas à interroger l'enfant.

Ils se trompaient.

Dirk n'ignorait rien de l'adoration de Robin pour Talia. Si quelqu'un savait où elle se trouvait et comment elle se portait, ce serait le petit.

Non seulement il savait où elle se trouvait, mais il put aussi donner des détails à Dirk. Elle était très malade. Il connaissait aussi le nom des Guérisseurs appelés à son chevet. On avait même fait venir le vieux Farnherdt, qui avait pourtant juré que rien ne le forcerait à quitter sa retraite.

— Je dois sortir. Tu vas m'aider, d'accord ?

Robin fit le guet pendant que Dirk s'habillait à la hâte et quittait sa chambre.

Le Guérisseur chargé de Talia était Devan, le mieux versé dans le type de blessures et de traumatismes dont elle souffrait. C'était aussi son meilleur ami au sein du Collegium des Guérisseurs.

Dirk savait où le trouver à cette heure de la journée : dans la salle des alambics, en train de prendre un rapide repas.

Il se glissa discrètement dans la pièce et attendit que Devan remarque sa présence.

— Devan, je veux des réponses.

— Je vous attendais, dit calmement le Guérisseur. Je pensais bien que vous ne vous satisferiez pas de ce qu'on vous a dit sur Talia. Je leur ai donné mon avis, mais Thesa pensait qu'il fallait éviter de vous perturber.

— Comment va Talia ? (Le visage du Guérisseur s'assombrit.) Elle n'est pas… ?

— Non, Héraut, elle n'est pas morte, ni en danger de mourir. Mais elle n'est pas vivante non plus.

— Que voulez-vous dire par *pas vivante* ?

— Venez, je vais vous montrer.

Le Guérisseur l'emmena dans une petite pièce de l'infirmerie, une de celles où on gardait les patients qui devaient être isolés. Il n'y avait qu'une table de chevet et le lit dans lequel gisait Talia, immobile.

Dirk sentit sa gorge se nouer : on aurait dit qu'elle avait été préparée pour ses funérailles.

Son visage était pâle et cireux. Elle respirait, mais à peine.

— Qu'est-ce qui ne va pas chez elle ? grinça-t-il.

— Je voudrais le savoir. Nous avons traité ses blessures, neutralisé les effets de l'argonel, et mis en place des blocages antidouleur pour la soulager au maximum ; malgré tout, elle ne se réveille pas. On dirait qu'elle n'est plus là, que son corps n'est qu'une coquille vide. Comme si son âme s'était cachée quelque part, à cause des tortures, et ne savait pas qu'elle est revenue parmi ses amis. Nous avons tout tenté...

— Et ?

— Le Héraut Kyril a essayé un jour entier. Il lui a tenu la main et l'a appelée par l'esprit. Cela n'a servi à rien. Nous avons fait venir son Compagnon, mais ça n'a rien donné non plus. Il faudrait quelqu'un qui ait avec elle un lien émotionnel puissant. Le Héraut Kris partageait avec elle une relation de ce genre...

Dirk avala sa salive et ferma les yeux.

— Pourrais-je... essayer ?

Devan faillit sourire. *Mords à mon hameçon, petit poisson*, pensa-t-il. *Je sais tout de votre lien pour la vie. Keren m'en a parlé la nuit où tu es tombé malade. Mais si tu n'admets pas ce lien, tu as peu de chances de te faire entendre d'elle.*

Le Guérisseur fit semblant d'hésiter.

— Je ne sais pas, Héraut. Il faudrait que ce soit un lien très fort.

—Je l'aime. Est-ce que ça suffit ? murmura Dirk d'une voix rauque.

Devan faillit hurler de joie.

—Alors, faites de votre mieux. Je serai juste derrière la porte, si vous avez besoin de moi.

Dirk s'assit sur la chaise placée à côté du lit. Il prit dans la sienne la main bandée de Talia. Comment allait-il faire pour l'appeler ? Cela exigerait-il qu'il baisse ses barrières émotionnelles, installées depuis dix ans et qu'il avait crues permanentes ?

Mais il avait déjà admis qu'il l'aimait. Il était temps de s'engager totalement. Pour tenter de la sauver, il voulait bien mourir. Baisser ces fichues barrières serait sûrement un moins grand sacrifice !

Mais… comment atteindre Talia ?

Il se redressa d'un coup ; certes, il ne savait pas comment faire, mais Rolan devait avoir une idée !

Il fit le vide dans son esprit et contacta Ahrodie.

—*Mon Élu ? J'ai besoin de ton aide et de celle de Rolan.*

— *Tu l'as donc vue ? Tu es au courant ? Rolan a essayé de la rappeler, mais il a échoué. Mon frère, j'espérais que tu comprendrais et que tu essaierais !*

—*Dirk… Héraut… Elle est partie ailleurs. La vois-tu ?*

C'était Rolan. Par ses yeux, il la vit, sous l'apparence d'une étincelle qui luisait faiblement dans des ténèbres profondes.

—*Appelle-la, Héraut. Nous te donnerons notre force et un point d'attache dans le monde réel. Mais toi seul peux aller la chercher.*

Il respira à fond, ferma les yeux et entra en transe. Puis il partit en quête de Talia, se servant de son amour comme d'une balise lumineuse pour repousser l'obscurité.

Il ne sut jamais combien de temps il chercha et appela ; soudain, la main de sa bien-aimée bougea faiblement dans la sienne. Il sortit de la transe et la vit ouvrir les yeux. Elle porta une main à sa tempe et gémit doucement.

— Tu… m'as appelée…, murmura-t-elle d'une voix presque inaudible.

Il fit oui de la tête, incapable de parler.

— Je suis… revenue… mais… comment ?

Son regard s'anima, la couleur monta à ses joues ; elle tenta de se redresser et s'écria :

— Orthallen ! Oh ! mon Dieu… Orthallen !

Dirk comprit qu'elle avait quelque chose d'urgent à leur communiquer. Il ne tenta pas de la calmer. C'était de la peur qu'il lisait dans ses yeux, mêlée à de l'agitation. Il la soutint du mieux qu'il put et cria à pleins poumons :

— Devan !

Aveuglé par sa hâte de pénétrer dans la pièce, celui-ci faillit casser la porte.

Talia exigea de connaître le nom du commandant de la délégation.

— Bien… Je veux… Elspeth. Et Kyril, le sénéchal… et Alberich. Tout de suite, Devan.

Elle accepta de se rallonger lorsque les messagers furent partis.

Les quatre personnes qu'elle avait fait mander arrivèrent au pas de course, presque toutes en même temps.

D'après leur expression, il était clair qu'elles avaient cru Talia à l'agonie. Leur joie de la voir vivante et consciente fut bientôt ternie par ce qu'elle avait à dire.

— Ainsi, c'était Orthallen depuis le début…, commenta Alberich, qui n'avait pas l'air surpris. Je me demande comment il a pu nous cacher aussi longtemps ses pensées…

Kyril et le sénéchal, eux, étaient sidérés.

— Le seigneur Orthallen…, marmonnait le sénéchal, je ne comprends pas ! Il est plus ancien que moi au Conseil… Elspeth, pouvez-vous imaginer pareille chose ?

— Je… je n'en suis pas sûre…

— Il y a… une manière très simple… de prouver que je dis vrai…, fit Talia d'une voix haletante. (Elle restait allongée, les yeux fermés pour économiser ses forces, mais elle écoutait tout ce qui se disait autour d'elle.) Orthallen… sait où j'étais emprisonnée.

» Appelez-le… ici, mais ne lui dites rien. Devan… utilisez tous les blocages antidouleur que vous connaissez… et aidez-moi à… m'asseoir. Je dois… avoir l'air en parfaite santé. Sa réaction… en me voyant… nous dira tout ce que… nous voulons savoir.

— Il n'en est pas question ! se récria Devan.

— Mon ami, il le *faut*, dit simplement Talia.

Devan ne protesta plus. Enfin, presque plus.

— Cela pourrait vous tuer, vous le savez, dit-il amèrement. Vous me forcez à violer les vœux que j'ai prononcés !

— Je ne mourrai pas… Je tiens… de source bien informée… que mon heure n'a pas encore sonné.

Les autres protestèrent également quand elle déclara qu'elle devait rester seule avec Elspeth.

— C'est nécessaire, insista-t-elle. S'il voit d'autres personnes, il pourra peut-être masquer ses réactions. Face à nous deux, je suis sûre qu'il se trahira.

Elle les laissa s'installer dans la pièce voisine, la porte entrouverte pour qu'ils puissent voir et entendre ce qui se passerait. Quand tout fut en place, ils envoyèrent chercher Orthallen.

Il prit son temps pour arriver, entrant avec la lenteur majestueuse qui lui était habituelle.

Il congédia son page d'un signe de tête, puis se tourna vers la malade.

Talia avait veillé à la mise en scène. Assise normalement dans son lit, du moins en apparence, elle était mortellement pâle, mais l'éclairage diffus de l'unique chandelle empêchait qu'on s'en aperçoive. L'héritière se tenait debout à sa droite.

Le sang quitta le visage d'Orthallen quand il vit qui se trouvait aux côtés d'Elspeth. Ses yeux firent le tour de la pièce.

— J'ai rencontré Ancar, mon seigneur, ainsi que Hulda..., commença Talia.

Orthallen fit alors la seule chose que personne n'aurait escomptée de la part d'un vieux seigneur majestueux et placide.

Il devint fou furieux.

Tirant sa dague de son fourreau, il se jeta sur les deux jeunes femmes, la bouche tordue par un rictus hideux.

Les hommes cachés derrière la porte eurent l'impression que le temps s'arrêtait. Ils se précipitèrent, sachant déjà qu'ils arriveraient trop tard...

Avant qu'Orthallen ait fait plus de deux pas, la main d'Elspeth bougea si vite que personne ne put décomposer ses gestes.

À mi-chemin de ses victimes, Orthallen poussa un petit cri étranglé et s'écroula devant le lit de Talia avec un bruit mou.

Le temps reprit son cours normal.

Elspeth, livide et tremblante, retourna le cadavre du bout du pied. Une dague était fichée dans la poitrine d'Orthallen, juste au niveau du cœur. Le sang qui coulait de la blessure teintait d'écarlate le bleu de sa tunique de velours.

— Au nom de mon autorité d'héritière, déclara Elspeth d'une voix mal assurée, j'ai jugé cet homme coupable et j'ai exécuté la sentence de mes mains.

Talia lui toucha le bras. Elspeth s'accrocha au montant du lit pour ne pas s'effondrer. Quand Devan ouvrit la porte, elle leva les yeux vers lui et dit, d'une toute petite voix :

— Maintenant, je crois que je vais être malade, si ça ne dérange personne.

Devan lui fourra un bassin sous le nez un instant avant qu'elle restitue le contenu de son estomac. Quand elle n'eut plus rien à vomir, il l'emmena rapidement pour qu'elle puisse se nettoyer et donner libre cours à ses émotions dans le calme et la paix.

Kyril et Alberich emportèrent le corps. Le sénéchal sortit à leur suite, l'air abasourdi. Avec Talia, il ne resta que Dirk.

Devan réapparut un instant avant que le jeune homme ait eu le temps de parler. Il retira les coussins qui soutenaient Talia et lui ordonna de se rallonger. Puis il se tourna vers Dirk.

— Restez, voulez-vous ? Dans son état, j'ignore quel effet ces événements auront sur elle. Si elle semble en état de choc, ou si elle fait une rechute... enfin, si vous voyez quelque signe anormal, appelez-moi. Je reste dans les parages, car je dois m'occuper d'Elspeth.

Dirk acquiesça d'un signe de tête ; il n'avait pas le choix !

Maintenant que l'urgence était passée, il constata que Talia avait l'air un peu désorientée. Elle ferma les yeux un instant, puis les rouvrit.

— Oh ! mon Dieu, Dirk, Kris est mort ! Ils l'ont assassiné ! Je n'ai rien pu faire. Tout est ma faute. J'aurais dû décider de revenir dès que nous avons compris que quelque chose ne tournait pas rond... Si je l'avais fait, il serait encore vivant.

Trop épuisée pour sangloter, elle se mit à pleurer à chaudes larmes, sans bruit.

Soudain Dirk prit conscience de ce qu'elle venait de dire.

— Par la Déesse... Kris... oh, Kris...

Il tomba à genoux près d'elle. Ensemble, ils pleurèrent leur ami disparu.

Quand leurs larmes s'arrêtèrent, leurs yeux et leur gorge étaient à vif.

Dirk se releva, essuya les joues de Talia et s'assit à côté d'elle.

— Je le savais, dit-il. Rolan est venu avec ton message.

— Et moi… comment suis-je arrivée ici ?

— Je t'ai ramenée. Je ne pouvais pas te laisser là-bas ! Elspeth, moi et tous les Compagnons… nous t'avons ramenée.

— Vous… avez fait ça, tous ensemble ? Je n'avais jamais entendu parler d'un tel prodige ! On dirait une légende… Je voyais les Havres, tu sais. Je les voyais, mais on n'a pas voulu me laisser entrer. Quelque chose m'en empêchait…

— Quoi ?

— L'amour et le devoir, murmura-t-elle.

— Comment ? demanda-t-il, ne comprenant plus rien.

— Kris m'a dit… (Maintenant, il en était sûr. C'était Kris qu'elle aimait. Et il l'avait empêchée de le rejoindre. Il baissa la tête.) Dirk… (La voix de Talia était un peu plus forte, plus claire.) C'est *toi* qui m'as ramenée. Puis tu es venu me chercher dans les ténèbres. Pourquoi ?

Elle allait le haïr, mais il lui devait bien cela : la vérité.

— Je n'avais pas le choix. Je t'aime ! Voilà !

Il se leva pour partir, les yeux brûlants de larmes. Mais il ne put s'empêcher de jeter un dernier regard à la jeune femme.

Talia venait d'entendre les mots qu'elle n'espérait plus. Quand elle vit Dirk se lever à la hâte, tout devint clair.

Il avait pensé qu'elle était amoureuse de *Kris* !

Maudit soit l'obstiné! Kris disparu, il refuserait de croire ce qu'elle avait à dire. Cela prendrait des mois, des années, pour le convaincre...

Soudain, elle trouva la solution.

« *C'est comme avec un Parleur en Esprit,* disait Ylsa dans son souvenir. *Ils commencent par entendre, puis ils parlent. En ce moment, tu ressens les émotions des autres, mais un jour tu seras capable de projeter les tiennes de telle façon qu'ils seront capables de les comprendre. Cela peut être très utile, surtout si tu as besoin de convaincre quelqu'un de ta sincérité!* »

Oui, elle l'avait déjà fait. Projeter volontairement son amour et des pensées rassurantes ne devrait pas être bien difficile...

Elle chercha la force de montrer à cet entêté ses sentiments les plus intimes, mais s'aperçut qu'elle était trop faible pour le faire. Elle en aurait pleuré de frustration.

Soudain, Rolan entra dans son esprit, lui prêtant sa force et son énergie.

—Attends! fit-elle.

Quand Dirk se retourna à demi, elle projeta tout ce qu'elle ressentait dans son cœur et son esprit: son amour, le besoin qu'elle avait de lui. Elle le força à voir la vérité que des mots auraient été impuissants à lui communiquer.

Devan entendit un cri étranglé qui semblait provenir d'une gorge masculine. Il se précipita vers la chambre de Talia, s'attendant au pire.

À sa grande stupéfaction, Talia était bien vivante. Elle avait l'air souriante, même si ce sourire était à la frontière du rire et des larmes. Dirk était assis sur son lit, essayant de la prendre dans ses bras sans lui faire mal, couvrant de larmes chaque centimètre vierge de blessures de sa peau.

Devan ressortit avant que les amoureux se soient aperçus de sa présence. Il appela un page, dont le visage lui sembla vaguement familier, et se demanda pourquoi le gamin passait tant de temps dans ce couloir... Quand l'enfant vit qui l'avait hélé, et de quelle chambre il sortait, il pâlit affreusement.

Incroyable, pensa Devan, *y a-t-il quelqu'un ici qui ne se fasse pas du souci pour elle ?*

— Je voudrais envoyer un messager à la reine, un Héraut de préférence, car il pourrait la trouver sans la chercher des heures durant, et c'est une question assez urgente.

La bouche du page trembla.

— La dame Héraut, messire, demanda-t-il d'une toute petite voix, est-elle... est-elle morte ?

— Par le ciel, pas du tout ! fit Devan en riant de bon cœur pour la première fois depuis longtemps. Répands la nouvelle à ta guise : elle est revenue parmi nous, et elle va aller très bien, oui, très bien !

CHAPITRE 11

Malgré son bonheur, Dirk fut bientôt rappelé à la réalité ; il y avait bien d'autres choses en jeu que tout son bonheur. Talia savait ce qui s'était passé dans la capitale d'Ancar. Elle seule pouvait dire à quels dangers ils devraient faire face.

Il se reprit.

—Orthallen n'est pas notre seul ennemi, dit-il lentement.

—Non. Combien de temps, depuis…

—… que nous t'avons ramenée ? Laisse-moi réfléchir un instant… Pas loin de huit jours. (Il se douta de la prochaine question.) Nous sommes dans la demeure fortifiée du seigneur Falthern, près de la frontière.

—Selenay ?

—Devan l'a envoyé chercher. Tu as mal…

—Je n'ai pas le choix, tu le sais. Je…

Elle s'interrompit car Selenay entrait en trombe dans la chambre, suivie par Alberich.

—Vous voyez, Majesté, je ne vous avais pas menti.

La reine et le maître d'armes affichaient une joie sans retenue.

— Talia, Talia…, fit Selenay avant de fondre en larmes.

Elle prit la main libre de Talia (l'autre reposait dans celle de Dirk) et la tint délicatement.

Quant à Alberich, il arborait un sourire éclatant que nul ne lui avait jamais vu auparavant !

— Selenay ?

L'anxiété de Talia les ramena abruptement sur terre.

— Il y a toujours du danger ?

— Oui. Ancar… Il a sa propre armée.

— Il pourrait attaquer ?

— Il le fera. Il a l'intention de vous tuer, et d'enlever Elspeth.

— Par le ciel !

— D'après ce que je sais… il projette de violer la frontière. J'ignore ce qu'il a pensé… de ma disparition, mais… il doit supposer que j'ai eu le temps de parler.

— Nous sommes donc toujours en danger. Mais cela ne se passera pas comme ça !

— Il a… des magiciens. L'ancienne magie. Ils m'ont interdit d'appeler par l'esprit ; ils ont empêché les Hérauts d'apprendre la mort de Kris. Je ne sais pas… comment ils font, mais ils peuvent nous « bloquer ». Et Orthallen… les tenait bien informés.

— Orthallen… J'ai encore du mal à le croire. Par le diable, Kris était son *neveu* !

— Il n'était pas content que vous ayez envoyé ce garçon ; nous savons pourquoi, maintenant ! Et son chagrin, en apprenant la nouvelle, n'était pas feint, je crois.

— Il a tué votre père, murmura Talia, les yeux déjà fermés. Pendant la bataille, il a envoyé un assassin...

— Lui ! (Selenay devint livide.) Je ne m'en serais jamais doutée ! Par les dieux, j'avais confiance en lui !

Talia ne réagit pas. Et pour cause, car elle dormait à poings fermés.

— Dirk ?

Talia ouvrit les yeux et regarda le jeune homme. Il lui caressa la joue, puis partit à la recherche de Devan.

Quand il revint avec ce dernier et trois autres Guérisseurs, la petite pièce était bondée, car Kyril et Elspeth étaient arrivés aussi, ainsi que le sénéchal et le prévôt.

— Devan, déclara la reine, je suis désolée de devoir vous demander ça, ainsi qu'à elle, mais nous n'avons pas le choix. Pouvez-vous faire en sorte qu'elle tienne le coup assez longtemps pour nous dire ce que nous avons besoin de savoir ?

Dirk fut sur le point de protester, mais il se retint. Il savait trop bien ce qu'il aurait fait à la place de Talia : utiliser son dernier souffle pour leur donner toutes les informations possibles.

— Majesté, dit Devan, nous n'avons pas le choix. Nous allons le faire, mais sachez que nous n'approuvons pas ; nous ne la laisserons pas mourir d'épuisement.

Les Guérisseurs entourèrent Talia, la touchèrent et entrèrent en transe de Guérison. La jeune femme soupira. Son expression devint plus sereine et elle ouvrit les yeux, de nouveau vive.

— Posez vos questions. Faites vite.

— Ancar. Quelle est la taille de son armée privée ? Quel genre d'hommes ?

— Du gibier de potence ; environ trois mille. Pas de mercenaires, mais ils sont bien entraînés. Trop bien.

— Et l'armée régulière ? Il la contrôle ?

— Pas encore, je pense. Il a assassiné Alessandar, mais je ne crois pas qu'il ait suborné les officiers. Il lui faudrait les remplacer par des hommes à lui, avant de disposer de l'armée d'Alessandar.

— Des défections possibles ?

— Je crois. Les gardes-frontières, pour commencer. Accueillez-les s'ils demandent asile, mais interrogez-les sous Enchantement de Vérité.

— Où est son armée privée ?

— Sous les murs de la capitale.

— Sait-il que vous êtes au courant pour les trois mille hommes ?

— Non. Il ne m'a d'ailleurs jamais posé la moindre question.

— L'imbécile ! Il a un peu trop confiance en lui, n'est-ce pas, Alberich ? fit le seigneur prévôt. Ils pourraient être ici en douze ou treize jours de marche forcée. De la cavalerie ?

— Je ne pense pas. Ces hommes étaient la lie des prisons avant qu'il les recrute. Mais ils sont bien entraînés ; de plus, il a des magiciens sous ses ordres. Je parle de l'ancienne magie, la vraie, comme dans les vieux récits.

— Que valent ses magiciens ?

— Je ne sais pas. Celui que je connais m'a interdit d'appeler par l'esprit, de sonder Ancar et de me défendre ;

il vous a empêchés d'apprendre la mort de Kris. Mais il n'a pas pu détruire mon lien avec Rolan. Encore une chose : ils peuvent nous bloquer, mais pas lire nos pensées. Ancar a laissé échapper cette information.

— Ils ne peuvent donc pas utiliser leur magie pour connaître nos plans, dit Kyril.

— Je le crois, car ils n'ont pas essayé avec moi. Hulda est magicienne, c'est elle qui a formé Ancar. Ce n'est pas la magie de l'esprit. J'ignore comment elle fonctionne.

— Orthallen ? demanda le sénéchal. Depuis combien de temps travaillait-il contre la reine ?

— Des dizaines d'années. Il a fait tuer le roi pendant la guerre. Il voulait le trône. Quand Hulda l'a contacté, il s'est décidé à comploter avec eux.

— C'était il y a des années...

— C'est vrai. Elle est venue pour préparer Elspeth à épouser Ancar, qui lui avait promis le trône. Ce fut lui qui aida Hulda à s'échapper.

— Les magiciens ? demanda Kyril, anxieux.

— Je ne peux pas dire grand-chose de plus. Hulda a ses propres boucliers. Elle avait l'air d'avoir vingt-cinq ans. Or, pour avoir été la nurse d'Ancar, elle devrait friser la quarantaine. Je l'ai vue invoquer une lumière magique...

Elle tira sur la bretelle de sa chemise de nuit et dénuda en partie son épaule. Chacun poussa un cri d'horreur. Sur la chair, on distinguait nettement la forme d'une main brûlée.

— C'est elle qui m'a fait ça, en posant sa main sur moi. Une torture parmi cent. Les rumeurs prétendent que ces mages peuvent faire pis. Bien pis...

Les quatre Guérisseurs avaient l'air épuisés ; même avec leur aide, il était clair que Talia faiblissait.

— Fatiguée…, fit-elle en fermant les yeux.

— Nous en savons assez pour le moment, dit Selenay. Reposez-vous, petite.

Les Guérisseurs retirèrent leur soutien à Talia, qui sembla se ratatiner dans son lit. Devan attrapa Dirk par le bras avant qu'il ait le temps de paniquer.

— Ne vous inquiétez pas, mon ami. Elle vivra. Elle a seulement besoin de repos et de temps pour guérir. Et je m'assurerai qu'elle aura l'un et l'autre, même si je dois monter la garde moi-même !

Dirk hocha la tête et revint au chevet de Talia.

— Je… t'aime…, murmura-t-elle.

— Amour…, répondit le jeune homme, la gorge serrée. Je te laisse te reposer, Devan l'a ordonné. Je reviendrai dès que possible.

— Bientôt…, chuchota-t-elle avant de céder à l'engourdissement.

Il sortit à reculons, sans la quitter des yeux.

À l'aube, le bivouac de la frontière était en ébullition, ainsi que les notables et les Conseillers présents dans la demeure fortifiée. Les officiers de la Garde connaissaient peu Orthallen ; l'idée de sa trahison leur fut plus facile à accepter, surtout en regard de la menace que représentait l'armée d'Ancar, qui était déjà en route. Alberich et le sénéchal en étaient certains. Les Hérauts possédant la Vision à Distance s'en étaient assurés. Mais, à l'aube suivante, ils n'avaient plus trouvé trace de la troupe.

— Il y a au moins un mage avec ces soldats, commenta Kyril. Il dissimule leurs mouvements, trompant notre Vision à Distance.

Kyril et Alberich avaient été promus, devenant les égaux du prévôt. Leur tâche était d'organiser les Hérauts pour qu'ils combattent par l'épée ou par le Don. Leur travail le plus important serait la communication. Chaque officier aurait avec lui un Héraut capable de Parler par l'Esprit ; Kyril resterait auprès de Selenay et coordonnerait les opérations. C'était grâce à cela qu'ils avaient gagné les guerres de Tedrel. Aucune autre armée ne pouvait leur opposer un tel « argument ».

— Peu importe leur mage, du moins pour l'instant, déclara le seigneur prévôt. Nous savons où ils étaient, et nous connaissons la vitesse de leur marche.

— Seigneur ?

C'était un de ses officiers, juste assez âgé pour avoir de la barbe. Il avait du mal à réprimer un sourire.

— Nous sommes en train de recevoir les recrues...

— Des recrues ? demanda Kyril.

Le seigneur prévôt ricana.

— Vous verrez, Héraut. Amène ces braves ici, mon garçon. Nous allons pouvoir les tester.

— Tous, messire ? Ils sont plus de cent.

— Par la Dame ! Oh ! tant pis, amène-les tous, nous nous débrouillerons.

Les trois chefs quittèrent la tente. À l'extérieur, une foule de soldats arrivaient, portant l'uniforme noir et or de l'armée régulière d'Alessandar.

Les forces affectées à la frontière avaient déserté quand leur était parvenue la nouvelle du meurtre du roi.

Elspeth fut chargée d'annoncer la « bonne nouvelle » au Conseil, qui ne se montra pas aussi unanime que les chefs militaires.

Le seigneur Gartheser en resta bouche bée de stupeur et de colère ; le Barde Hyron n'en crut pas ses oreilles. Dame Kester et dame Cathan éprouvèrent de l'étonnement, sans plus. Le père Aldon et le seigneur Gildas s'étaient retirés dans la petite chapelle de la forteresse. La Guérisseuse Myrim admit qu'elle n'était pas étonnée par la traîtrise d'Orthallen, et convint que sa mort ne lui causait pas un chagrin excessif. On lui pardonna toutefois sa réaction peu charitable : elle comptait au nombre des Guérisseurs qui soignaient les blessures de Talia.

Elspeth refusa de donner de plus amples détails ; les Guérisseurs devraient attendre que la jeune femme soit suffisamment remise pour leur en dire plus.

Bien avant cela, l'armée d'Ancar arriva.

L'armée de Valdemar avait doublé de volume grâce aux transfuges, tous des partisans d'Alessandar qui avaient traversé la frontière. Chacune des nouvelles recrues brûlait de rage et du désir de venger la mort d'un roi bien-aimé.

La nouvelle s'était répandue grâce au clan du colporteur Evan. Près de la capitale, les gens avaient peur ; à la frontière, où le peuple avait servi Alessandar par amour, son assassinat soulevait les passions.

Ancar n'avait sûrement pas prévu cela, et il n'avait aucun moyen de savoir que ces hommes étaient partis.

Un petit groupe de volontaires s'occupait des tours aux miroirs et envoyait des messages et des informations truqués.

—Ils se fondront dans le paysage quand Ancar passera, déclara le capitaine qui avait accueilli Talia et Kris. Ils pourront nous rejoindre plus tard.

—Si nous gagnons, nous mettrons des sentinelles le long du chemin pour les guider, ajouta Alberich. Si nous perdons…

—Cela n'aura plus aucune importance, fit le capitaine d'un air sombre, car nous serons alors sous la coupe d'Ancar.

Le seigneur prévôt, quant à lui, ne doutait pas de l'issue de la bataille.

—Randon, dit Selenay, je sais qu'il vaut mieux que vous ayez confiance dans l'avenir, mais nous affrontons Ancar à deux contre trois…

Ils étaient debout au sommet d'une colline d'où la vue sur les plaines de Hardorn était dégagée. Même si les mages parvenaient à camoufler magiquement l'avance des troupes, ils n'arriveraient pas à dissimuler le nuage de poussière soulevé par trois mille hommes. Ainsi Selenay et le prévôt passaient-ils la majeure partie de leur temps en compagnie des sentinelles affectées là pour les prévenir de l'arrivée de l'armée.

—Ma dame, nous avons plus de forces qu'Ancar ne peut le supposer ! Mille hommes entraînés en renfort, le choix du champ de bataille et les Hérauts pour nous assurer qu'aucun message ne sera transmis de travers. La seule chose qui m'inquiète est l'existence de ces mages.

Nous ne savons pas ce qu'ils peuvent tenter, combien il y en a, ni comment les neutraliser. Ils pourraient faire tourner la chance du mauvais côté.

— Et les Dons héraldiques ne sont pas utiles à l'offensive, pour la plupart. Ah ! s'il nous restait un des Hérauts-Mages d'antan !

— Ma dame la reine, pourrais-je faire l'affaire ?

Selenay sursauta et pivota sur ses talons. Deux Hérauts avaient gravi la petite colline pendant qu'elle conversait avec Randon. Le premier était Dirk, pâle mais l'air presque remis. Le second était Griffon, son uniforme blanc si poussiéreux qu'il semblait gris.

— Je l'ai amené aussitôt qu'il est descendu de selle, Majesté, poursuivit Dirk. Ce garçon est peut-être la réponse au problème des mages. Vous vous souvenez de son Don ? Griffon est un *Boute-feu*.

— Montrez-moi ce que vous voulez voir flamber, ou *qui*, et je vous garantis que ça flambera. Kyril n'a rien trouvé pour m'arrêter.

— Il ne se vante pas, Majesté, j'en suis témoin. J'ai été son entraîneur. Il agit seulement sur ce qui se trouve dans son champ de vision, mais cela devrait suffire.

— Mais... vous étiez en mission dans le Nord ! s'écria Selenay, stupéfaite de leur bonne fortune.

— Un coup de chance, répondit Griffon. J'ai rencontré une messagère Héraut dont le Don est la Précognition. Nous... euh, passions la soirée ensemble, quand elle a eu une vision si puissante qu'elle m'a réveillé et presque jeté tout nu en selle ! Elle a pris mon secteur en charge et je me suis mis en route vers la frontière aussi vite que Harevis peut galoper. Et me voilà. J'espère que je vous serai utile.

Le soleil se couchait quand une des sentinelles rapporta le premier signe de l'approche de l'armée d'Ancar.

Le seigneur prévôt avait choisi comme champ de bataille une colline située du côté valdemaran de la frontière. Elle était entourée de bois à l'arrière et à gauche, et de champs à droite. Au début du printemps, les bois avaient été inondés par la rupture d'un barrage ; le sol spongieux était devenu un lac de boue.

Le millier de combattants qui avaient traversé la frontière étaient embusqués dans ces mêmes bois par groupes de cent. Chacun d'eux avait avec lui un Héraut capable de Parler par l'Esprit.

Teren écrasa un moustique de plus et se contraignit au calme. La boue ne montait pas trop haut là où ils s'étaient dissimulés, mais les insectes s'en donnaient à cœur joie. Il faisait sombre et humide. Wythra, son Compagnon, n'appréciait pas plus que lui les conditions atmosphériques. Il l'entendit renâcler dans l'obscurité, sur sa droite.

— *Ma jumelle ?* demanda-t-il par la pensée. *Nous sommes en position. Et vous ?*

— *Nous aussi. Et nous sommes envahis par les moucherons !*

— *Ici, nous avons des moustiques !*

— *C'est mieux que les moucherons ! Ces saletés rampent dans nos cuirasses !*

— *Il y en a partout...*

C'était Dantris, l'étalon de Keren. À l'inverse de la plupart des Hérauts, les jumeaux pouvaient Parler par l'Esprit avec le Compagnon de l'autre.

— *On dirait que nous aurons plus de blessés à cause des insectes qu'à cause de la bataille*, répondit Teren.

— *J'espère que tu auras raison*, émit Keren.

— Sois mes yeux et mes oreilles, mon amour, avait supplié Talia. Entre en contact avec Rolan ; ainsi, quand ils auront besoin de moi…

— « Quand » ? Pas « si » ? (Dirk avait soupiré.). Ne fais pas attention. Donc, je me lie à Rolan, et lui à toi. Par le ciel, ne peux-tu te reposer un moment ?

— Comment faire ?

Il n'avait pas eu de réponse. À présent, il attendait derrière Selenay, priant pour que Talia ne se tue pas à la tâche. Parce que, s'il la perdait alors qu'il venait de la trouver…

Quand l'aube pointa, les forces de Selenay étaient massées près du sommet de la colline, le dos au bois. En tête se trouvait Jeri, vêtue de l'uniforme gris des étudiants. On espérait qu'Ancar la prendrait pour Elspeth et se précipiterait sur cette partie de la formation. L'héritière était à la citadelle, prête à fuir si le sort se montrait défavorable. Elle s'était assurée que Talia ne serait pas oubliée derrière eux en cas de retraite. Il n'était pas question de la laisser retomber entre les mains d'Ancar – ni de lui donner le coup de grâce, comme elle l'avait implicitement demandé.

À la pâle lueur de l'aube, les mille hommes de Selenay faisaient bien piètre figure, face aux trois mille d'Ancar.

Ces soudards semblaient mieux cuirassés que les gardes, et apparemment aussi bien entraînés. Cinq cents environ étaient à cheval. Seule bonne nouvelle, leurs armes étaient des arbalètes, pratiquement inutiles pour le combat de près, et de portée moindre qu'un arc.

— C'est un bon officier, je le reconnais, dit le seigneur prévôt, après une heure d'attente. Il évalue ses chances. J'espère qu'il nous prendra pour des imbéciles ! Attendez, quelque chose se passe...

Un cavalier se détacha des rangs ennemis, sous la protection d'un drapeau blanc.

Il s'arrêta au milieu du champ de bataille.

— Reine Selenay, commença-t-il, vos envoyés ont assassiné Alessandar sur vos ordres. Le roi Ancar a déclaré la guerre à Valdemar pour vous punir de cet acte inqualifiable. Vous êtes en état d'infériorité numérique. Voulez-vous vous rendre ?

— Je me demandais ce qu'il allait inventer, murmura Selenay.

Puis, à haute voix :

— Et que nous propose Ancar, si j'accepte ?

— Vous devrez abdiquer et lui donner votre fille en mariage. Les Hérauts seront déclarés hors la loi. Ancar régnera sur Valdemar avec Elspeth. Vous serez emprisonnée pour le reste de votre vie dans un lieu qu'il aura choisi.

— Le « reste de ma vie » signifiera environ dix minutes, quand je serai entre les mains d'Ancar, dit-elle à haute voix. (Puis elle se tourna vers ses troupes.) Qu'en dites-vous, mes hommes ? Dois-je me rendre ?

Le « non » qui monta de la force fit peur au cheval de l'envoyé, qui se cabra et hennit.

— Maintenant, écoutez-moi ! Ancar a assassiné son père et un de mes émissaires. Il s'allie à des magiciens noirs et ses mains sont rouges du sang des innocents... La seule chance qu'il ait de régner sur Valdemar est de massacrer mes sujets jusqu'au dernier. Qu'il essaie donc !

L'envoyé tourna les talons et repartit vers son camp.

— Nous y voici, dit Selenay. Nous allons voir si notre plan marche.

— Oui, répondit Kyril, et nous saurons si un Boute-feu est l'équivalent des mages d'Ancar.

— Pourquoi n'attaquent-ils pas ? demanda Griffon.

Il était loin derrière les première et seconde lignes, avec les archers. Son Don était trop précieux pour qu'on l'expose, mais il lui déplaisait beaucoup d'être relégué à l'arrière.

Ils eurent bientôt la réponse. Un brouillard sulfureux monta d'un point situé à mi-chemin entre les deux armées. Il s'épaissit, puis disparut avec un chuintement écœurant. À sa place apparut une troupe de monstres démoniaques.

Chaque être difforme à la peau comme du cuir tanné portait une hache à double tranchant et un couteau aussi long qu'une épée. Il y en avait près d'une centaine.

Les démons avancèrent. Soudain, l'un d'eux s'arrêta et poussa un hurlement à glacer les sangs.

Les flammes le dévorèrent. Trois autres prirent feu, mais leurs Compagnons continuèrent à marcher. Le massacre qu'ils causèrent fut affreux. Peu à peu, malgré la résistance acharnée des troupes, les monstres se rapprochaient de Selenay et de son état-major.

Griffon, à l'arrière, se concentrait désespérément pour embraser le plus de monstres possible. Mais il y en avait tant...

— Héraut !

C'était le Barde Hyron.

— Héraut, selon les légendes, ces créatures dépendent du sorcier qui les a invoquées. Si vous le tuez, elles disparaîtront.

— Nous pouvons essayer. Nous n'avons rien à perdre, dit Griffon. Amenez-moi un Héraut capable de Vision à Distance !

L'homme partit plus vite que Griffon ne l'aurait cru possible. Il revint un instant plus tard avec Davan, un des camarades de classe du Boute-feu.

— Je regarde, Griffon... Je... Par l'enfer ! Je sais qu'il est là, au milieu de ce groupe, mais ma vision est neutralisée. Soyez maudits !

Davan tomba à genoux, le visage tordu par l'effort.

Pendant ce temps, les démons continuaient à tailler des coupes claires dans les rangs de la Garde.

Hyron repartit. Il revint un instant plus tard, tandis que Griffon carbonisait un autre monstre.

Il était accompagné de Dirk et de Rolan !

Dirk sauta du dos du Compagnon.

— Laisse tomber, petit frère, ça ne sert à rien... Vous deux, ne discutez pas, liez-vous avec nous.

Ils obéirent instantanément. Griffon s'unit à Dirk comme il l'avait si souvent fait quand il était étudiant.

Il se retrouva membre d'une union non à quatre, comme il s'y était attendu, mais à *cinq*.

Dirk était lié à Rolan, qui était lié à... Talia!

—Davan, suis-la. Le mage utilise la mort pour gagner le pouvoir... Chagrin, désespoir. Elle peut remonter la piste jusqu'à lui. Grif, suis Davan. Je sers d'ancrage ici.

Davan obéit. Tous se souvenaient de la façon dont Talia avait utilisé les souvenirs de la mort d'Ylsa pour conduire Kris sur le lieu de son assassinat. Le fil conducteur était ténu mais réel. Davan le suivit, Griffon sur ses « talons ».

—Oui, je le vois! Il est vêtu d'une robe bleu ciel en velours. Grif, frappe maintenant, à travers moi!

Avec toute la haine et toute la colère nées des horreurs dont il venait d'être témoin, Griffon tendit une « main » vers le sorcier...

Et fut arrêté par un bouclier d'une puissance inconnue.

Il se débattit, trouva finalement une petite faille dans l'armure...

Il y eut une explosion dans les rangs de l'armée d'Ancar. Une colonne de feu s'éleva dans le ciel.

L'armée démoniaque s'évapora comme brume au matin.

Évanoui, Griffon tomba en même temps que Davan.

Hyron et Dirk les rattrapèrent avant qu'ils touchent le sol.

Voyant qu'aucune autre armée magique ne se manifestait, Selenay eut envie de crier de joie. Un seul mage avait dû accompagner l'armée d'Ancar ; visiblement, il avait été réduit à l'impuissance.

— Griffon et Davan ont trouvé le mage et l'ont tué, dit Kyril. Griffon est toujours évanoui, mais il ne semble pas qu'on ait besoin de lui de sitôt.

Sous un tir nourri de flèches dont nombre touchaient leur but, les troupes régulières d'Ancar donnaient l'assaut aux forces de Selenay.

Les arbalétriers ennemis avaient abandonné leurs armes inutiles et chargeaient avec leurs camarades, l'épée haute. Les gardes de Selenay se préparèrent, car la première partie du plan de bataille allait être réalisée.

Ce ne serait pas le seigneur prévôt, mais *Selenay* qui donnerait le signal, et ce en raison de son Don de Précognition. Il n'était pas très puissant, mais très précieux, car il atteignait le maximum de ses possibilités sur un champ de bataille. Cela lui permettrait de savoir à quel moment chaque étape du plan devrait être lancée.

— Dites au flanc gauche de se replier un peu, souffla-t-elle soudain à Kyril.

Il envoya mentalement le message, un pli de concentration lui barrant le front.

Comme Selenay l'avait espéré, Ancar déploya sa cavalerie sur la gauche, suivie par les fantassins, car il supposait pouvoir encercler l'ennemi à partir de ce point ; ou même capturer l'héritière.

— Manœuvre tournante, ordonna-t-elle à Kyril.

La troupe entière pivota ; le flanc gauche se retrouva au bord du marais. Quelques-uns des hommes d'Ancar étaient en train de goûter le mètre d'eau et la boue qui recouvraient le sol.

Selenay attendit, jusqu'à ce que les troupes d'Ancar soient positionnées entre ses lignes et les bois.

— Maintenant, Kyril ! Faites-les sortir !

Des bois se déversèrent les troupes qui avaient attendu toute la nuit, les transfuges de l'armée d'Alessandar et les Hérauts qui servaient de liaison avec l'état-major. Les transfuges avaient un accoutrement un peu bizarre, chacun ayant coupé les manches de sa tunique d'uniforme pour que sa chemise blanche matelassée soit visible. Ainsi, on ne risquait pas de les confondre avec les soldats d'Ancar.

Pris entre deux forces, un marais en face d'eux, les vétérans pourtant aguerris d'Ancar se mirent à paniquer.

Alors ce fut la déroute.

À demi aveuglé par une migraine, Griffon fut le premier à rallier la citadelle. Il était resté le temps de s'assurer que la victoire était bien de leur côté. Puis il s'était hissé sur le dos de son Compagnon, pressé de venir retrouver les Guérisseurs.

— Nous avons réussi, annonça-t-il à Elspeth. Les transfuges de Hardorn ont fait la différence.

— Et Ancar ?

— Il s'est enfui ; jamais il n'est entré dans la zone des combats. Et Hulda ne devait pas être avec lui. Elle a dû rester tranquillement dans la capitale.

— Et au sujet de…

— Elspeth, j'ai l'impression que ma tête va éclater ! Je dois aller me reposer. Remerciez Talia pour moi ; sans elle nous n'aurions rien pu faire. Mais restez sur la brèche : les blessés ne vont pas tarder à arriver ; les Guérisseurs auront besoin de toute l'aide possible.

Il en fut ainsi, Elspeth apprenant de première main ce qu'étaient les suites d'une bataille. Jamais plus elle ne qualifierait une guerre de « glorieuse », se jura-t-elle.

Selenay resta à la frontière, mais Elspeth, les Conseillers, les blessés et la plupart des Hérauts, y compris Dirk et Talia, retournèrent à la capitale.

— Je suis obligée de rester ici, dit la reine à ses Conseillers, mais je délègue mes pouvoirs à Elspeth. En mon absence, elle dirigera le Conseil, avec le droit de vote.

Gartheser sembla sur le point de protester, mais il se ravisa. Les Conseillers jadis partisans d'Orthallen, à l'exception de Hyron, étaient mécontents. Ils seraient le premier obstacle à la régence temporaire d'Elspeth.

— Vous n'avez pas le choix, mes Conseillers, leur dit Selenay. En temps de guerre, le monarque a le droit de décret, comme vous le savez. Et, s'il y avait le moindre problème… (elle les dévisagea) je le saurais et j'agirais en conséquence.

Elspeth convoqua une réunion du Conseil dès son arrivée, mais prévint tous ses membres qu'elle aurait lieu dans les quartiers de Talia.

La jeune femme était loin d'être guérie. Elle se sentait assez remise pour tenir une heure ou deux sans médicaments, mais pas plus. Assise sur son divan, sous la fenêtre, elle était couverte de bandages, excepté à la tête et au cou. Ses pieds détruits étaient enfermés dans un dispositif bizarre ressemblant à une paire de bottes. Elle semblait aussi blanche que son uniforme.

Elspeth s'assit auprès d'elle pour la surveiller du coin de l'œil.

Gartheser parla le premier.

— Que signifient ces âneries au sujet d'Orthallen qui aurait été un traître ? demanda-t-il d'un ton furieux.

— Ce ne sont pas des âneries, mon seigneur, mais la pure vérité, l'interrompit Talia. Ses actions l'ont confondu. Quand il a entendu le nom de ses complices...

Elle leur raconta tout ce qui s'était passé dans la capitale d'Ancar, simplement et sans fioritures.

Quand elle s'arrêta, à bout de forces, Elspeth prit le relais en racontant ce qui s'était produit après que Dirk l'eut ramenée.

— Vous voyez pourquoi, Conseillers, mon premier acte de régente doit être de m'assurer de votre loyauté sous Enchantement de Vérité. Kyril, voulez-vous vous en charger ? Je n'ai qu'une question à poser : à qui va votre fidélité ?

— Mais... je...

C'était le seigneur Gartheser, qui transpirait abondamment.

— Vous avez une objection, Gartheser ? demanda dame Cathan d'une voix mielleuse.

— Si l'un de vous préfère ne pas subir le test, il peut renoncer à son poste. Voulez-vous démissionner ?

— Dame Elspeth, bafouilla le seigneur, je... je crains que les exigences de ma charge soient trop grandes pour moi. Avec votre accord, oui, je préférerais... démissionner.

— Très bien, Garthéser. Vous pouvez nous quitter. Je vous suggère de vous retirer à la campagne, dans votre domaine, pour y goûter un repos bien mérité. Si j'étais vous, je n'y recevrais pas trop de visiteurs…

— Très bien. Kyril, commencez par moi…, déclara Elspeth quand Gartheser, titubant, eut quitté la pièce.

L'épreuve fut rondement menée ; tout le monde la réussit.

— Bien. Nous avons deux sièges vacants au Conseil, conclut Elspeth. Qui suggérez-vous ?

Il apparut que le seigneur Jelthan, pour le secteur du Centre, et sire Loschal, le maire de Trevendale, pour le Nord, faisaient l'unanimité.

— L'autre sujet est la guerre avec Hardorn. Il faudra renforcer l'armée ; cela implique une augmentation des impôts…

— Pourquoi ? Nous les avons battus ! se récria un Conseiller.

— Ça n'est pas nécessaire ! renchérit un autre.

— Je sais que votre mère ne vous a pas donné d'ordres à ce sujet…, ajouta un troisième.

— Silence ! cria Kyril pour mettre fin au vacarme. Le Héraut Talia voudrait parler. On ne l'entend pas, avec le raffut que vous faites.

— Elspeth a raison, murmura Talia. Je connais Ancar pour l'avoir fréquenté de très près… de trop près. Il attaquera sans relâche, jusqu'à ce qu'un de nos deux royaumes n'ait plus de monarque. Nous sommes plus en danger que jamais. Il sait ce que nous pouvons faire, de quel genre de forces nous disposons à brève échéance.

Quand il reviendra, ce sera avec une armée qu'il estimera capable de nous écraser. Nous devons y être préparés.

— Cela veut dire une troupe plus nombreuse, des impôts supplémentaires pour entretenir les hommes...

— Et votre aide à vous tous, Conseillers. Surtout la vôtre, ainsi que celle de votre Cercle, Barde Hyron.

— Mon Cercle ? Pourquoi ?

— Comme vous l'avez démontré avec Griffon, le Cercle des Bardes est notre seule source d'information sur l'ancienne magie.

— Vous surestimez certainement ces mages, commença dame Wyrist.

— Regardez cela et dites-moi si je les surestime ! (Talia dénuda son épaule.) Je porterai la marque de cette main jusqu'au jour de ma mort ; pour Hulda, ce n'était là qu'un jeu d'enfant !

Wyrist pâlit et détourna le regard.

— Demandez aux parents de ceux qui ont été assassinés par les guerriers-démons si je surestime le danger ! Je vous le dis, le mage d'Ancar devait être un thaumaturge mineur ; il n'aurait pas risqué un sorcier plus puissant dans une bataille. Hyron, votre Cercle seul préserve les traditions. Grâce à vous, nous saurons à quoi nous attendre et comment nous défendre, si nous le pouvons.

— Oui, je le crois, dit Hyron, pensif. Il est possible que les Hérauts et leurs Compagnons soient la seule instance capable de nous défendre contre les magiciens noirs d'Ancar.

— C'est une bonne raison pour les avoir de notre côté ! déclara dame Kester avec un humour glacial.

Elspeth jeta un coup d'œil à Talia et vit que son visage était livide.

— Il ne nous reste plus rien à dire, je présume? demanda-t-elle.

— Rien qui ne puisse attendre, répondit le seigneur Gildas.

— Dans ce cas, la réunion est terminée. Que les Guérisseurs s'occupent de Talia.

Les Conseillers sortirent. Skif entra, suivi des Guérisseurs Devan et Rynee.

— Petite sœur, Dirk attend en bas de l'escalier…

Le visage de Talia s'allongea; elle se mit à pleurer.

— Je t'en prie… Pas maintenant. Je suis si fatiguée…

— Écoute-moi un instant, Talia, la pressa Skif. Je sais ce qui t'arrive, j'ai vu que tu essayais de ne pas te recroqueviller quand il te touchait. Je l'ai persuadé d'aller rendre visite à ses parents et de leur parler de toi. Je l'accompagne. Quand nous serons de retour, tu iras bien. Rassemble ton courage pour lui en donner, à lui! Rynee t'aidera avec un blocage antidouleur. Laisse-la faire pendant que je vais chercher Dirk.

Talia fit ce que Skif lui avait demandé. Dès qu'ils furent sortis, elle s'effondra de nouveau.

— Rynee, que vais-je faire? Je l'aime, j'ai besoin de lui, mais dès qu'il me touche… je vois Ancar et ses gardes… Au début ça allait, mais ça s'est gâté après la bataille… La réaction est encore pire quand c'est lui qui me caresse! Rynee, je ne peux pas le supporter, je ne peux pas!

— Du calme. Vous guérirez, comme Skif l'a dit. Il faudra juste un peu de temps. Reposez-vous, maintenant.

— Guérira-t-elle vraiment ? demanda Devan tandis que Talia s'enfonçait dans la transe de Guérison.

— Oui, répondit Rynee, j'en suis sûre. Et le mérite lui en reviendra…

— Je prie pour que vous ayez raison.

— Je sais que j'ai raison, corrigea tranquillement la Guérisseuse.

Chapitre 12

Silencieux comme une ombre, Skif gravit en courant l'escalier de la tour. Il était revenu du Nord depuis plusieurs heures. On lui avait dit qu'il ne pouvait pas voir Talia car elle était avec les Guérisseurs, comme tous les matins, et elle avait donné ordre qu'on ne les dérange pas.

Arrivé un peu trop tôt, il entendit plusieurs voix qui provenaient du salon de la jeune femme. Il jeta un coup d'œil par la porte entrouverte. Deux Guérisseurs étaient assis près du divan où reposait Talia.

—Cela suffit, dit le Guérisseur de droite. (C'était Devan, reconnut Skif.) C'est tout pour aujourd'hui.

Le visage de la jeune femme, crispé de douleur, se détendit un peu.

—Vous n'auriez pas besoin d'endurer ça si vous nous laissiez vous guérir au rythme normal, assura Devan. Ce ne serait pas douloureux du tout.

—Mon cher Devan, je n'ai pas le temps, et vous le savez bien, répondit Talia.

—J'ignore pourquoi vous dites que vous n'avez pas le temps! s'écria Devan. Si vous nous laissiez utiliser un blocage antidouleur...

— Dans ce cas, je ne pourrais pas vous aider, et Rolan non plus. Vous devriez vous mettre à six pour faire ce que vous réussissez à deux...

— Elle vous tient, Devan, fit remarquer Myrim, la représentante des Guérisseurs au Conseil.

— Ah, ces Hérauts ! Je ne sais pas pourquoi nous nous laissons toujours avoir ! Vous nous demandez de vous guérir rapidement pour pouvoir retourner plus vite vous faire amocher !

— Rappelez-vous, mon ami : la première fois que vous m'avez vue, j'étais votre patiente. On venait de tenter de m'assassiner, et j'étais encore étudiante. Vous connaissez le dicton affirmant qu'on n'apprend pas à un vieux singe à faire la grimace, n'est-ce pas ?

Le Guérisseur lui caressa la joue : un geste spontané d'affection.

— J'enrage de devoir vous faire subir de telles souffrances, ma petite chérie, c'est tout.

— Courage, mon ami. Il n'y en a plus que pour quelques jours, répondit Talia en souriant.

Ce sourire transformait son visage, plaisant mais ordinaire, et lui donnait une expression radieuse.

— Quant à vous dire pourquoi, je n'ai pas le temps, je n'en sais rien moi-même, ajouta-t-elle en riant. Je le *sais*, c'est tout. De plus, je vous connais : à l'inverse de Keren et de Dirk, je suis une patiente coopérative, je fais tout ce qu'on me dit. Comme vous ne pouvez pas vous plaindre de moi à ce sujet, il faut que vous trouviez autre chose !

Myrim gloussa.

— Oh, vous le connaissez *trop bien*, ma dame ! s'écria-t-elle, se levant et s'étirant. Bien, nous vous verrons demain.

Ils quittèrent la pièce et passèrent devant Skif sans remarquer sa présence.

Mais Talia l'avait sentie.

— Qui que vous soyez, entrez, dit-elle. Vous ne devez pas être bien, sur ce palier froid et humide.

Skif gloussa et poussa la porte.

— Impossible de te tromper, n'est-ce pas ? s'exclama-t-il en entrant.

— Skif ! fit-elle, ravie. Je ne t'attendais pas si tôt !

— Oh, tu me connais, une boîte de savon et un uniforme de rechange, et je suis prêt à prendre la route !

Il la serra délicatement dans ses bras et lui embrassa le front. Puis il s'assit sur le sol, à côté du divan.

— Et là où est Skif, sachant que nous sommes partis dans la même direction, Dirk peut-il être bien loin ?

— Tu vas me le dire, fit Talia.

Il fut heureux de voir la joie éclairer un instant son regard.

— Il n'est pas loin derrière moi, non ! Je ne serais pas surpris qu'il arrive dans l'après-midi. Il avait promis qu'il resterait un jour de plus, mais… Mon cher cœur, je suis ravi de voir que tu as de nouveau envie de le voir.

Elle sourit.

— Je ne t'avais pas donné le change, n'est-ce pas ?

— Pas un instant. C'est pour ça que j'ai eu l'idée de l'emmener dans le Nord, dans sa famille. J'avais bien vu ce qui t'arrivait, la peur des hommes qui montait en toi.

Tu essayais de ne pas le lui montrer, mais tu te raidissais chaque fois qu'il te touchait.

— Oh ! Skif, qu'ai-je fait de si formidable pour mériter un ami tel que toi ? Tu as raison, c'était horrible ; j'avais l'impression d'être en guerre contre moi-même.

— Ma chérie, j'ai servi dans le secteur de la frontière, souviens-toi. Et là où je suis né, la vie était plutôt rude. Tu n'es pas la première femme que j'aie vue lutter contre les séquelles d'un viol. Je sais ce que c'est. Tu es remise ?

— Parfaitement, et je meurs d'envie de le revoir.

— C'est la meilleure nouvelle que j'aie entendue depuis longtemps ! Eh bien, es-tu curieuse de savoir comment tout cela s'est passé ?

— Je meurs de curiosité, car, si je connais bien Dirk, il a envoyé une note laconique annonçant : « Je vais me marier. J'arrive dans une semaine. » Sans autre explication.

Skif éclata de rire et avoua que c'était, mot pour mot, ce que Dirk avait écrit.

— Cela a fait un de ces raffuts ! Surtout après tout le reste... Mais laisse-moi commencer par le commencement.

Il s'installa plus confortablement.

— Nous sommes arrivés à la ferme en une semaine, au terme d'un voyage difficile, parce que Dirk ne voulait pas passer sur la route plus de temps que nécessaire. Mais je ne l'en blâme pas. Tout le clan nous attendait, car les enfants servaient de sentinelles depuis qu'ils avaient reçu le message de Dirk. Par les Saintes Étoiles, quelle tribu ! Tu vas les adorer, petite sœur, ils sont tous aussi cinglés que lui ! Le père et la mère l'ont immédiatement convoqué à une conférence familiale. Vu la façon dont ça s'est passé la dernière fois, avec cette maudite Naril, qui s'est tellement jouée de lui, ils étaient plutôt inquiets...

—Je sais tout de cette affaire. Je ne les critique pas d'avoir été soupçonneux.

—Et qu'il soit encore un peu pâle et maigre n'arrangeait rien, j'en suis sûr. Ils ont dû être difficiles à convaincre, car ils l'ont pratiquement séquestré pendant plusieurs heures! Les jeunes étaient chargés de me distraire; ils commençaient à être à court d'idées! Les trois négociateurs émergèrent enfin. Le père semblait satisfait, mais la mère avait toujours l'air de douter un peu. Ils nous ont nourris, puis ce fut mon tour d'être mis à la question. Je te le dis, Talia, la mère de Dirk est une femme adorable, mais nous devrions l'embaucher pour interroger les témoins. Avec elle, l'Enchantement de Vérité deviendrait inutile! Quand elle en a eu terminé avec moi, elle savait tout ce que je sais à ton sujet, y compris un tas de choses que j'avais oubliées. Nous sommes restés à parler jusqu'à l'aube. C'est une des conversations les plus intéressantes que j'aie jamais eues. Elle valait bien une nuit blanche. Et j'étais si heureux de voir les doutes quitter ses yeux à mesure que je lui parlais de toi.

Talia soupira. Skif sentit son soulagement et sa gratitude tandis qu'elle lui serrait la main.

—Je ne peux te dire à quel point je suis heureuse que tu aies décidé d'aller avec lui. Tu es le meilleur des amis, pour Dirk comme pour moi...

—Dernière chose, aucun d'eux ne pourra se déplacer pour le mariage. C'est ce que je voulais dire en parlant de « après tout le reste ».

— Que s'est-il passé ?

— Sa troisième sœur a une grossesse difficile. Elle ne peut pas voyager. Ses sœurs aînées refusent de la quitter. Inutile de préciser que la mère ne veut pas partir non plus. Et le problème articulaire du père de Dirk est si grave qu'il ne peut plus faire de longs voyages en diligence, sans parler de venir à cheval. J'ai fait de mon mieux pour leur assurer que tu ne te sentirais pas rejetée ou insultée par leur absence…

— Je ne me serais jamais pardonné qu'ils viennent et que quelque chose aille de travers pendant les noces.

— Ma foi, c'est ce que je leur ai dit. Le lendemain, nous étions les meilleurs amis du monde. On m'a traité comme si je faisais partie de la famille. Puis m'est échue la mission la plus dure qu'il m'ait été donné d'accomplir. Ils m'ont demandé de leur parler de Kris.

Il regarda ses mains croisées. Sa voix s'enroua un peu.

— Pour eux, il était comme un deuxième fils. Pour la première fois, j'ai dû expliquer à des gens comment leur enfant était mort.

La main de Talia se posa sur son épaule. Il leva les yeux. Une larme glissa sur la joue de la jeune femme. Elle ne se soucia pas de l'essuyer.

— Il me manque, dit-elle simplement. Jour après jour, il me manque. Sans ce que j'ai vécu quand il est… parti… cela serait insupportable. Au moins, je sais qu'il est heureux. Eux, ils n'ont même pas ça !

— Je suis content d'avoir amené Dirk chez lui pour cette raison aussi, dit Skif. Quand il s'est enfin autorisé à pleurer la mort de son ami, il devait avoir sa famille autour de lui.

Ils restèrent silencieux un moment, communiant dans le souvenir du disparu.

— J'aimerais que tu sois complètement guérie avant de retourner au travail, dit enfin Skif.

— Oui, moi aussi. Mais je n'ai pas le choix : dès que je pourrai marcher, je devrai y aller. Hier Selenay m'a écrit qu'elle m'aurait déjà demandé de reprendre du service si je n'avais pas tant de mal à bouger.

— Il n'y a plus qu'à attendre... Mais il faut que je te raconte comment ils sont, dans cette incroyable tribu...

Skif se lança dans une description pittoresque des membres de la famille de Dirk. Il eut le plaisir de voir l'expression de Talia s'éclairer un peu. Puis il remarqua un nécessaire à couture, à côté du divan. Aucun des vêtements n'était à elle.

— Qu'est-ce donc ? fit-il en exhibant une chemise de grande taille dont les manches pendouillaient.

Talia rougit.

— Je ne peux aller nulle part, sinon du lit à ce divan, et je suis fatiguée de lire. J'ai demandé à Elspeth de me trouver les vêtements de Dirk et je suis en train de les réparer. Je ne peux pas l'empêcher d'avoir l'air perpétuellement froissé, mais je peux faire en sorte qu'il ne soit pas vêtu de haillons, comme un épouvantail !

Avant que Skif ait pu répondre, un bruit familier se fit entendre dans l'escalier. Talia focalisa son attention sur la porte, oubliant momentanément son visiteur.

Il ne pouvait s'agir que de Dirk. Skif se leva et recula, ne voulant pas troubler leurs retrouvailles. Chaque fois que Dirk avait parlé d'elle pendant le séjour dans sa famille, il rayonnait. C'était cela qui avait convaincu Skif que tout se passerait au mieux.

En voyant Talia, les bras tendus vers lui, Dirk fit plus que rayonner, il sembla s'enflammer!

Il traversa la pièce en quelques pas et, s'agenouillant devant elle, lui prit les deux mains et les embrassa doucement. Avec ces deux-là, ce qui aurait pu être une scène mélodramatique semblait naturel. Skif retint son souffle et se fit tout petit pour ne pas gâcher la fête.

—Ç'a été très dur, mon amour? demanda Dirk.

—Je ne sais pas. Pendant que tu étais loin, je ne rêvais qu'à ton retour; maintenant que tu es là, je suis trop heureuse pour penser à autre chose! répondit-elle, taquine.

—Alors, je dois trouver un moyen de te rapetisser pour t'emporter partout avec moi, dans ma poche!

Talia lui caressa la joue.

—Tu ne te fatiguerais pas vite de ma compagnie, si j'étais toujours dans ta poche?

—Non, pas si cela t'épargnait de la souffrance. Oh, prends bien soin de toi, ma petite alouette, car tu es la gardienne de mon âme. Sans toi, je ne serais qu'une coquille vide!

Son ton se voulait badin, mais l'éclat de son regard indiquait qu'il disait la pure vérité.

—Oh, mon bien-aimé, nous sommes perdus tous deux, car je peux en dire autant de mon âme. J'ai échangé la mienne contre la tienne.

—Mon très cher amour, déclara Talia au bout d'une éternité de mots doux, notre frère Skif est en train de se demander s'il va s'évanouir à force de retenir sa respiration ou s'il osera parler et nous interrompre.

Dirk rit et tourna la tête vers Skif.

— Sors de là, vieux frère, ne fais pas semblant d'être venu pour vider quelque poche innocente !

Skif tira une chaise près du divan et s'assit, soulagé de voir que leur bonne humeur n'en était pas affectée. Dirk retira les oreillers qui soutenaient Talia et les remplaça par sa poitrine et son épaule. L'ombre d'anxiété avait quitté son visage. Skif trouva qu'ils avaient l'air si bien ensemble que cela défiait toute analyse.

Dès qu'ils furent installés confortablement, des pas résonnèrent de nouveau dans l'escalier. Elspeth entra en trombe, hors d'haleine, les bras chargés d'un splendide vêtement de soie rouge.

— Talia, ça y est, les robes sont finies...

Elle s'arrêta à la vue de Dirk. Puis elle poussa un cri de joie et jeta la robe dans les bras de Skif. Ensuite, elle dansa la gigue autour de Dirk et lui planta un gros baiser sur la bouche.

— Ma foi, s'écria-t-il quand il put parler, si je dois m'attendre à ce genre d'accueil chaque fois que je reviens, je partirai plus souvent !

— Balivernes, gloussa Elspeth.

Elle récupéra la robe et planta un baiser sur les lèvres de Skif pour faire bonne mesure.

— Je suis contente de vous revoir, tous les deux. La pauvre Talia s'étiolait en votre absence comme une salade qu'on aurait oublié d'arroser !

— Elspeth ! protesta Talia.

— Je suis heureuse de revoir Skif, surtout. Il est censé m'aider à organiser ce mariage. Talia ne peut pas, et Dirk...

— ...ne sait pas par où commencer, avoua celui-ci d'un ton contrit. Si vous me disiez que je dois me suspendre la tête en bas à une branche, je serais fichu de vous croire !

— Oh, la belle occasion de vous faire marcher ! Mais non, il vaut mieux pas, Talia vous ordonnerait peut-être de me battre.

— Oh, je ferais mieux que ça, insinua Talia en souriant. Je dirais à *Alberich* que tu as négligé l'exercice...

— Oh, tu es un monstre ! s'écria Elspeth. Puis-je te serrer dans mes bas ? Je ne risque pas de te faire mal ?

— Vas-y ; depuis ce matin, je suis en pleine forme.

Rassurée, Elspeth l'embrassa avec enthousiasme. Puis elle prit un coussin et s'assit au pied du divan.

— Il y avait longtemps que j'avais envie de faire ça, dit-elle. Mais il était impossible de la toucher ! Pauvre Dirk, à part lui baiser le bout des doigts, il n'a pas pu faire grand-chose avant son départ !

— Oh, j'ai trouvé un ou deux autres endroits, dit le jeune homme.

Talia rougit.

— Dites-moi, reprit Dirk, quelle nouvelle idée géniale avez-vous eue, ces derniers temps ?

— Vous allez adorer ça. Le seigneur prévôt a pensé que ce serait une bonne idée de transporter Talia sur une plate-forme décorée de fleurs et de l'amener aux prêtres sur les épaules de la moitié des Hérauts du royaume. Vous savez, comme la Déesse au festival d'Été...

— Oh, non ! s'écria Talia, partagée entre le rire et l'embarras.

— Oh, *oui* ! Puis le seigneur patriarche est arrivé, exigeant de savoir pourquoi la cérémonie n'aurait pas lieu dans le Grand Temple !

— Par le ciel !

— Quand je lui ai expliqué que les Compagnons étaient invités à la fête, il a admis que le Grand Temple n'était pas l'endroit idéal.

— Je vois d'ici Rolan et Ahrodie, installés dans la galerie du chœur pour tout observer, et laissant des traces de sabots sur le parquet poli !

— Sans compter que Dantris se ferait un plaisir de manger les lis de la Déesse, rien que pour nous taquiner ! marmonna Dirk.

— Bien, puisque j'ai Skif sous la main, je vais m'isoler avec lui et lui raconter ce que j'ai déjà mis au point. Ainsi, personne ne viendra nous interrompre.

Elle l'entraîna dans la chambre et ferma la porte.

— Je n'ai pas vraiment besoin d'aide, dit Elspeth à mi-voix, mais faisons comme si. Et prenons tout notre temps. Il y a des avantages à être l'héritière. Tant que je suis là, personne n'osera les déranger. Sinon, il y a toujours quelqu'un qui veut la voir. On pourrait croire que les gens comprendraient et lui ficheraient un peu la paix, mais non !

— Pourquoi cela ?

— Pourquoi il y a toujours du monde ici ? Pour un tas de raisons. Le seigneur prévôt aimerait connaître je ne sais quel détail sur Ancar. Kyril et Hyron demandent une information sur Hulda ; même ses amis, que la Dame les bénisse, viennent voir sans cesse « si tout va bien ». Et moi, je ne vaux pas mieux que les autres ! Tenez, tant que vous êtes là, aidez-moi à lacer cette robe, je voudrais la lui montrer.

Elle disparut un instant derrière la porte de l'armoire pour enfiler la robe.

— Dieux ! Le monde entier défile-t-il donc ici ?

— Parfois, on le dirait. Nul n'a imaginé combien de cœurs elle avait touchés jusqu'à ce que nous croyions l'avoir perdue. Cette robe, par exemple. Avez-vous déjà vu un tel tissu ?

— Jamais, admit Skif.

Le vêtement était fait d'une riche soie rouge tramée de fils d'or. C'était un tissu d'une beauté exceptionnelle.

— Moi non plus. Et j'en ai vu, des robes de Cour ! Celui-là est venu par l'intermédiaire d'un messager spécial. Le colporteur qui a donné les flèches et l'argonel à Talia a pu sortir de Hardorn avant qu'Ancar ferme la frontière. Dirk avait envoyé un messager pour remercier Evan de son aide. Le bougre a renvoyé l'homme avec le cadeau. La lettre qui l'accompagnait assurait que, chez son peuple, la mariée portait toujours du rouge. Même si ce n'était pas le cas chez nous, il espérait que son « modeste présent » pourrait être de quelque utilité. Un « modeste présent » ! La dernière fois que mère a vu un tel tissu, il coûtait le prix d'une petite ville. Talia a pensé qu'on pouvait l'utiliser pour les robes des demoiselles d'honneur. Je n'allais pas protester ! (Elle se tortilla sensuellement dans la soie.) Puis il y a eu un autre cadeau étrange, de la part d'une femme de Berrybay qu'on appelle la Sorcière du Temps. Vous en a-t-elle parlé ?

— Un peu, oui.

— Un beau jour, est arrivé un Héraut vraiment très âgé… Il portait un message de la Sorcière du Temps, qui indiquait le jour idéal pour la célébration du mariage. Comme nous avons décidé que la cérémonie se passerait à l'extérieur, et que nous sommes en automne, nous étions un peu inquiets. Talia affirme que Maeven ne se trompe jamais ; elle a donc fixé le mariage à la date proposée.

Elspeth appuya brièvement son oreille contre la porte.

— Je crois que nous pouvons sortir, maintenant, dit-elle.

Ni Dirk ni Talia ne semblaient avoir bougé, mais la jeune femme avait les cheveux en désordre et tous deux avaient l'air extrêmement rêveur.

— Eh bien, qu'en pensez-vous ? demanda Elspeth en prenant la pose.

— C'est magnifique ! Personne ne me regardera, avec toi et Jeri dans les parages, lança Talia, admirative.

— Oh, tu crois ça ? Attends un peu de voir ta robe !

— Elspeth et moi sommes d'accord pour nous occuper des préparatifs du mariage, déclara Skif, prenant l'air important. Ça vous laissera un peu plus de temps libre. Enfin, Dirk, si tu n'y vois pas d'inconvénient.

— Aucun, c'est très gentil à vous deux, au contraire ! répondit Dirk, surpris. Tu sais bien que mon plus cher désir est de passer le plus de temps possible avec Talia ?

— C'était le but de l'opération, souligna Elspeth, gentiment ironique.

— D'accord, d'accord ! Et merci à vous deux.

— Souvenez-vous de ça, la prochaine fois que je ferai une bêtise, gloussa Elspeth.

Le visage de l'héritière s'assombrit quand elle s'aperçut que Talia venait de s'endormir. Cela lui arrivait très souvent, ces derniers temps, parfois au milieu d'une conversation. Son amie craignait que ce soit mauvais signe...

Skif et Dirk échangèrent un regard amusé.

Dirk positionna la jeune femme plus confortablement sur son épaule.

Le regard anxieux d'Elspeth ne lui avait pas échappé.

— Ne vous inquiétez pas, c'est normal, dit-il à voix basse pour ne pas réveiller Talia.

— Il a raison ! assura Skif. La mère de Dirk m'a expliqué que c'était logique, dans un cas comme le sien. C'est l'effet d'une Guérison accélérée. Ça a quelque chose à voir avec l'énergie utilisée. Un peu comme si vous faisiez un marathon puis passiez trois nuits sans dormir.

— D'après ma mère, cette réaction est due aux... poisons de la fatigue, comme elle les appelle. Quand on guérit si rapidement, ils s'accumulent plus vite qu'on ne peut les éliminer, et le patient a tendance à s'endormir souvent. Quand la Guérison accélérée sera finie, elle cessera de tomber endormie à tout bout de champ.

— Pédant, dit Skif en souriant.

Dirk répondit à son sourire et haussa les épaules.

— Tu vois tout ce qu'on apprend d'inutile quand on est le fils d'une Guérisseuse.

Elspeth protesta :

— Inutile, mon œil ! Au moins, vous m'avez rassurée, c'est déjà ça ! Personne ne me dit *jamais* rien !

— Petit lutin, c'est le prix de votre extraordinaire capacité à fourrer tout le temps votre nez dans les affaires des autres. On suppose que vous savez déjà tout !

La frontière était officiellement fermée, mais des réfugiés la traversaient toutes les nuits, chacun avec un récit pire que les précédents. Selenay avait eu la prémonition qu'Ancar n'en avait pas fini avec Valdemar. Elle était restée à la frontière avec une armée surtout composée des transfuges de Hardorn, maintenant dévoués à leur reine. Elle avait eu raison.

L'attaque survint de nuit, précédée par un orage que Selenay soupçonna être d'origine magique. L'assaut semblait dirigé contre le poste de garde de la frontière. Mais Selenay avait à ses côtés Davan, capable de Vision à Distance, et Alberich, un Précognitif. Ils virent clair dans les plans d'Ancar.

Celui-ci avait prévu d'infiltrer dans les rangs ennemis un certain nombre de soldats qui lui étaient fidèles. Les intrus, vêtus de noir, se glissèrent jusqu'au village entouré d'une palissade qui abritait les transfuges et leurs familles.

Mais ils eurent une surprise.

Ils atteignirent sans encombre le pied de la palissade ; lorsqu'ils furent arrivés, la nuit s'éclaira de mille feux. Ils reculèrent. Quatre silhouettes vêtues de blanc apparurent en haut de l'enclos, suivies par des hommes et des femmes en colère qui n'avaient pas envie de retomber sous la coupe de celui qui se prétendait leur roi. Suspendues aux branches par de minces fils de fer, des boules ignées faites d'une substance inconnue éclairaient les alentours comme en plein jour.

— Vous auriez dû taper à la porte, déclara Griffon, nous vous aurions ouvert avec plaisir…

— Je ne crois pas qu'ils viennent avec des intentions amicales, souffla Alberich en esquivant le couteau lancé par un des assaillants.

— Par le ciel, Alberich, je crains que vous ayez raison ! s'écria Davan en évitant un second projectile. Majesté ?

— Emparez-vous d'eux, dit sèchement Selenay.

Quelques-uns des soldats furent pris vivants. Ce qu'ils avaient à dire était intéressant. L'assortiment de drogues et de potions qu'ils transportaient, et qu'ils avaient l'intention de jeter dans le puits, aurait ouvert l'esprit des villageois à l'influence des mages d'Ancar.

Cela en disait long sur ce que le prince était capable de réaliser. Ce qui arriva ensuite les emplit de perplexité.

L'imposteur fortifia son côté de la frontière, créant une bande de terre vide de deux kilomètres de large où ne restaient ni fermes ni habitations. Puis il laissa la zone telle quelle. Aucun Précognitif ni voyant ne put en savoir plus sur ses intentions.

Pour le moment, le couteau d'Ancar n'était plus sous la gorge de Valdemar. Selenay se sentit libre de reprendre son trône et de rentrer à temps pour le mariage de Talia.

Le Champ des Compagnons était le seul endroit du Collegium susceptible d'accueillir tous les invités. En outre le lieu de la cérémonie devait être facile à atteindre, car les pieds de Talia n'étaient pas encore guéris. Les Guérisseurs trouvaient satisfaisante la façon dont les os s'étaient remis en place, mais tout commençait à peine à se ressouder, et il n'était pas possible d'accélérer ce processus-là.

Talia n'avait pas encore le droit de se tenir debout. Où qu'elle aille, il faudrait qu'on la porte.

Soucieux qu'elle recouvre au plus vite sa mobilité, les Guérisseurs avaient décidé de ne pas lui mettre de plâtre. En lieu et place, ils lui avaient fabriqué des sortes de bottes faites de bois et de cuir et fourrées de peau d'agneau retournée. Les « bottes » étaient composées de deux parties qui se laçaient ensemble, et qu'on pouvait mettre et retirer à volonté. Talia avait grandement apprécié le procédé.

— Imagine-toi que j'essaie de me baigner avec des plâtres aux pieds, dit-elle un jour avec une expression tragicomique. Ou encore que je doive les cacher pendant le mariage.

— Sans compter le déplaisir de Dirk, obligé de s'en occuper après la cérémonie, l'avait taquinée Elspeth, la faisant rougir.

L'héritière attendait dans la chambre de Talia tandis que Keren et Jeri mettaient la dernière touche à sa coiffure et à son maquillage. Elspeth trouvait la mariée mignonne à croquer. Elle était toujours très mince et très pâle, mais cela la rendait plus attirante encore, comme si la maladie et les souffrances avaient mis en valeur l'essence même de son être. Sa robe blanc et argent avait été soigneusement étudiée pour garder belle apparence alors que Talia ne pourrait pas marcher mais serait au contraire la plupart du temps assise, ou à demi allongée. Elle était assez longue pour dissimuler les bottes de cuir disgracieuses, sans l'être trop, afin que nul de ceux qui la porteraient ne risque de trébucher dans ses plis.

Jeri avait coiffé la promise très simplement, pour que cela ne jure pas avec le style dépouillé de la robe. Ses seuls ornements étaient des fleurs fraîches.

— Après tout ce temps et ces préparatifs, j'espère que les femmes sont enfin prêtes ! déclara Dirk en entrant.

Il était vêtu d'un habit de velours blanc, pour une fois immaculé.

— Dirk ! s'écria Jeri en riant. Tu n'es pas censé voir la mariée avant de la rencontrer devant le prêtre !

— Au diable la tradition ! Si je laisse Skif se charger de Talia, c'est que porter la belle *et* la bague me fatiguerait trop ! Sinon, si tu savais ce que je fais de la tradition…

— Oh, d'accord ! Je vois que tu es trop obstiné…

Elle se poussa de côté. Au premier regard, les deux amoureux rayonnèrent.

Dirk, soulevant sa belle, la tint dans ses bras comme si elle ne pesait rien.

— Prête, mon amour ?

— Je suis prête depuis une éternité, répondit-elle sans le quitter des yeux.

Le Champ regorgeait de couleurs : le vert des Guérisseurs, l'écarlate des Bardes, le bleu des gardes, les gris, vert pâle et marron des étudiants, les tons chatoyants des vêtements des courtisans où scintillaient des bijoux, et, dominant la symphonie, le blanc éclatant des Hérauts et des atours de leurs Compagnons, ornés de guirlandes par les mains aimantes de leurs Élus. Le poulain de Cymry lui-même portait une couronne de fleurs – qu'il essayait obstinément de manger !

La cérémonie fut simple. Elle n'était pas souvent célébrée, car le mariage d'un couple partageant un lien pour la vie restait rare chez les Hérauts. Malgré les efforts déployés par des notables bien intentionnés, Skif et Elspeth étaient parvenus à réduire au minimum la pompe et les formalités.

Dirk porta son aimée jusqu'au prêtre, et la tendit alors à Skif, qui en fut si fier et ému que son cœur lui donna l'impression d'éclater. Elspeth remit à Dirk une bague qu'il glissa au doigt de Talia. À ce moment, Skif et Elspeth eurent du mal à retenir leurs larmes : la pauvre petite avait tant maigri que l'anneau était trop grand pour elle ; au doigt d'à côté, elle portait le bijou jadis offert par Kris.

En cet instant, tristesse et joie se mêlaient si inextricablement…

Dirk répéta les vœux d'une voix à la fois douce et puissante. Puis Talia prit sa bague des mains de Keren et la passa à l'annulaire de son aimé. Elle prononça ses propres vœux d'une voix limpide et claire.

Dirk enleva Talia des bras de Skif. À cet instant, une ovation spontanée monta de l'assemblée.

Les jeunes époux étaient assis sur une montagne de coussins apportés par les membres du Collegium. Talia était installée de façon à pouvoir tout voir sans se fatiguer. Avant d'approcher, Elcarth attendit que la foule d'amis venus les féliciter se soit un peu éclaircie.

— J'espère, dit-il avec une sévérité feinte, que vous connaissez la mauvaise nouvelle : la vue de votre couple enflamme l'imagination d'une génération de Bardes ! J'ai peur par avance des horribles poèmes qui nous seront infligés pendant les années à venir. Chaque Barde voudra être celui qui écrira le sonnet définitif sur les nouveaux *Ombre et Soleil.*

— Par les dieux, gémit Dirk, je n'y avais pas pensé. Croyez-vous qu'il soit encore temps de rendre la mariée à Skif ?

— Nous pourrions peut-être nous quereller d'atroce façon, tout de suite… (Talia prit une bouteille de vin et la soupesa.) Je crois que cet objet ferait un joli trou dans sa tête. Sans compter l'effet du vin répandu sur le velours blanc… (Elle fit mine d'étudier un moment la question.) Non, ça ne marcherait pas, je risquerais de me tacher aussi. Et si je l'assomme, comment reviendrai-je dans ma chambre ?

— Si je la rends, avec qui dormirai-je ce soir ? ajouta Dirk tandis que Talia gloussait. Désolé, Elcarth, nous devrons tous endurer les inventions des Bardes. Y a-t-il autre chose que… ?

— Effectivement. Je venais vous informer que le Cercle a décidé de l'affectation de Dirk.

Talia se raidit, mais ne laissa pas échapper d'autres signes d'appréhension.

— Primo, je prends ma retraite. Je reste l'historien du Collegium, mais je ne me sens plus l'énergie d'être doyen. Je suis plus âgé qu'il n'y paraît, et je commence à sentir le poids des ans. Teren me remplacera. Dirk, vous assumerez ses fonctions et conserverez l'essentiel des vôtres…

Talia fut stupéfaite. Elle s'attendait à ce qu'on donne un nouveau partenaire à Dirk, promis à repartir en mission sur le terrain. La jeune femme s'était en partie résignée à cette idée, se disant que l'avoir un peu valait mieux que de ne pas l'avoir du tout.

— Elcarth, vous n'êtes pas sérieux ! protesta Dirk. Je ne suis pas un érudit, vous le savez ! Si le Cercle essaie de nous faire une faveur…

— … nous aimons mieux la décliner, termina Talia.

— Mes chers enfants ! Personne ne tente de vous favoriser. Dirk, on attendra que vous acceptiez certains des « travaux spéciaux » que vous aviez l'habitude d'effectuer, ne vous y trompez pas. La seule chose dont nous vous dispensions sera de parcourir les secteurs à problèmes. Nous vous avons choisi pour remplacer Teren parce que, comme lui, vous savez vous y prendre avec les enfants. Vous saurez expliquer à un gamin effrayé et solitaire qu'il est arrivé dans un lieu où il a des amis et où il est le bienvenu. Dirk, vous avez fait montre de ce talent d'innombrables fois quand vous formiez les étudiants à utiliser leurs Dons. La façon dont vous avez instruit Griffon, sans lui donner à penser que son Don était une chose dangereuse ou effrayante, était un vrai modèle du genre ! Et regardez le résultat ! Il vous a fait confiance, suffisamment pour se lier à vous sans poser de questions ; il a suivi vos instructions, et le voici devenu un des héros de la Bataille des Démons. Ce genre de capacités, chez un professeur, est plus rare que l'érudition. C'est une qualité dont nous avons besoin. Ne me parlez donc plus de « traitement préférentiel », voulez-vous ?

Dirk soupira de soulagement. Son bras serra plus fort la taille de Talia.

— Ce n'est pas tout. Vous allez tous les deux travailler avec Kyril, Dirk de façon régulière, Talia selon les impératifs de son emploi du temps. À part dans des chroniques si anciennes qu'il nous est difficile de distinguer la vérité de la légende, c'est la première fois que nous entendons parler de Compagnons amplifiant volontairement les pouvoirs de quelqu'un. Nous voudrions savoir si c'est un processus dont tous les Hérauts pourraient tirer parti, ou s'il est réservé à vous deux et à Elspeth – ou à vos Compagnons. Avant que Kyril en ait fini avec vous, vous souhaiterez avoir repris du service sur le terrain !

Les deux jeunes gens s'autorisèrent un rire un peu mélancolique. Kyril explorait sans relâche le domaine des Dons héraldiques ; il attendrait d'eux qu'ils se consacrent farouchement à la tâche.

— Enfin, je vous apporte un cadeau de mariage de la part du Cercle : les deux semaines à venir sont à vous ; faites-en ce que bon vous semble. Nous pourrons nous en tirer seuls pendant ce temps. Talia devra toujours subir ses séances avec les Guérisseurs, bien sûr. En dehors de ça, vous êtes libres. Si vous décidez de découcher une nuit ou deux, personne ne partira à votre recherche. Après tout, Talia, vous ne pouvez pas marcher, mais rien ne vous empêche de chevaucher ! Mais prévenez vos Guérisseurs ! Je n'ai pas envie d'avoir Devan à mes trousses, exigeant de savoir où vous êtes. Cet homme peut être affreux quand il s'agit de ses patients !

Talia rit et promit. Elle voyait, à l'œil brillant de Dirk, qu'il avait une idée ou deux en tête. Ils échangèrent quelques autres civilités avec Elcarth, puis l'historien (et non le doyen, il faudrait quelque temps pour que cela entre dans toutes les têtes) se retira.

Dirk secoua la tête.

—Jamais je ne me suis imaginé sous les traits d'un professeur, dit-il. C'était toujours Kr…

Il ne put prononcer ce nom.

—C'était ce que Kris souhaitait, termina Talia. Tu as évité de parler de lui, mon amour. Pourquoi?

—La peur, répondit-il franchement. La peur de te blesser, de me faire du mal. Je… je ne sais toujours pas exactement ce que vous ressentiez l'un pour l'autre.

—Il te suffit de me le demander, dit-elle doucement.

Avec des doigts immatériels débordant de tendresse, elle l'attira dans un rapport mental.

Un long moment après, il leva les yeux vers elle et sourit.

—Et tu disais que les émotions ne s'expriment pas clairement! Ainsi, voilà comment c'était?

—Oui. Ni plus ni moins. Il a essayé de te le confier, mais tu n'as pas voulu écouter.

—Par les dieux! Il me manque. Il me manque tellement…

—Nous avons perdu plus qu'un ami… Je crois… que nous avons vu mourir une partie de nous-mêmes.

Il resta silencieux un long moment.

—Talia, qu'est-il arrivé après sa mort? Tu m'as dit des choses très bizarres quand tu as répondu à mon appel pour revenir dans le monde des vivants.

—Mon amour, je n'en suis pas sûre. Ce n'est pas très clair, et tout est mêlé à la douleur, à la fièvre et aux hallucinations. Ce que je sais, c'est que je voulais mourir – et j'aurais dû mourir –, mais quelque chose m'en a empêchée…

— Ou quelqu'un.

— Ou quelqu'un, oui. Peut-être était-ce Kris. Dans mon souvenir, c'est bien lui !

— Je lui dois beaucoup, pas seulement pour ça…

— Oui ?

— Il t'a appris l'amour avant que ces brutes te fassent du mal.

— Cela m'a un peu aidée, reconnut-elle.

— Mon amour, es-tu prête à… en es-tu sûre ?

En réponse, elle l'embrassa, le lien mental toujours établi. Quand ils s'interrompirent pour respirer, il gloussa, beaucoup plus détendu :

— Petite chatte hédoniste…

— À ton service, dit-elle, plissant le nez. (Puis elle redevint sérieuse.) Oui, j'ai des cicatrices, mais tu en as aussi. Les blessures sont refermées. Je ne suis pas l'unique Guérisseuse par l'Esprit, simplement la seule qui soit aussi un Héraut. Rynee est très compétente, au moins autant que moi. De plus, je refuse de laisser ces horreurs se dresser entre nous. Ce que ces monstres ont fait a blessé mon corps, pas mon esprit. Ce qui t'est arrivé était pire : Naril a violé ton âme.

— Mais ce mal aussi est guéri…

— Alors, laisses-en le souvenir derrière toi. Personne ne traverse la vie sans récolter quelques cicatrices.

Elle se blottit contre lui, puis se redressa en un sursaut.

— Par le ciel !

— Qu'y a-t-il ?

— Lors de ma mission de probation, la Sorcière du Temps a fait une prédiction me concernant… Elle m'a dit que je verrais les Havres, mais que l'amour et le devoir m'empêcheraient d'y accéder… et que ma plus grande joie serait précédée de mon plus grand chagrin. Oh, par le ciel !… Si j'avais su… Si j'avais seulement *compris* !

— C'était impossible, dit Dirk. *Personne* n'aurait pu prévoir ce qui allait se passer. Ne te reproche rien. Avec tant de Précognitifs parmi les Hérauts, si quelqu'un avait pu deviner, tu crois qu'il ne nous l'aurait pas fait savoir ?

Elle soupira et se détendit.

— Tu as raison, souffla-t-elle. Oui, tu as raison.

Les festivités durèrent une bonne partie de la nuit. Puis les invités commencèrent à quitter la fête, certains pour en rejoindre une autre, par exemple celle qu'organisaient les Hérauts. À la fin, Talia et Dirk restèrent seuls, ce qui n'était pas pour leur déplaire.

La jeune femme s'appuya sur l'épaule de son époux, des bras puissants noués autour d'elle. Ensemble, ils regardèrent se lever les étoiles.

— Il commence à faire frais, dit-elle enfin.

— Tu as froid ?

— Un peu.

— Ma foi, nos invités nous ont facilité la tâche. Nous pouvons désormais nous éclipser discrètement !

— Je suis sûre qu'ils l'ont fait exprès pour ne pas nous embarrasser.

— Tu es prête ?

— Oui, répondit-elle, passant un bras autour du cou de son mari pour qu'il puisse la soulever.

Il la porta jusqu'à ses appartements, en haut de la tour, *leurs* appartements à partir de ce soir, marchant lentement pour ne pas la secouer.

À leur grande surprise, ils trouvèrent Elspeth dans le salon.

—Que faites-vous là ? demanda Dirk.

—Je garde le nid d'amour, Votre Hauteur. Toute la journée, nous l'avons surveillé à tour de rôle. Nous ne voulions pas que quelqu'un ait l'idée de vous jouer un tour... Certains ont une conception bizarre de ce qui est amusant... Bref, c'est *notre* cadeau de mariage.

Ce disant, elle s'engouffra dans l'escalier sans attendre de remerciements.

—La chère petite, dit Talia. Elle fera une bonne reine...

Dirk ouvrit d'un coup de pied, déposa Talia sur son divan puis retourna fermer la porte et la verrouiller.

—Non que je me méfie, dit-il, les yeux brillants, mais j'aime mieux m'assurer que personne ne nous dérangera...

—Attends un peu, fit Talia en rougissant. D'abord, j'ai un *présent d'épouse* pour toi.

—Un quoi ?

—Un *présent d'épouse.* Une des rares bonnes coutumes de mon peuple. L'épouse a toujours un cadeau pour son mari, le soir du mariage. Il est là, près de la cheminée.

Dirk se retourna.

—Mais..., fit-il au bout d'un moment, c'est la harpe de Jadus ! Je... je ne peux pas, elle est à toi !

—Regarde mieux.

Il obéit. Une seconde harpe était cachée dans l'ombre. Il les prit toutes deux et les examina.

—Je suis incapable de les distinguer.

— Je le peux, moi, mais il y a des années que j'ai la mienne. Elles sont jumelles, fabriquées par la même main. Ne me demande pas où je l'ai trouvée, c'est mon secret ! En remerciement, je te prie seulement de m'apprendre à jouer comme la harpe de Jadus le mérite.

— Oh ! oui, avec joie ! Ainsi nous pourrons jouer en duo, comme…

— … comme Kris et toi le faisiez, poursuivit-elle à sa place quand sa voix se brisa. Mon amour, je crois qu'il est temps de te faire un dernier cadeau…

Elle toucha son esprit et partagea avec lui l'allégresse qu'avait ressentie Kris au moment de sa mort.

— Oh dieux ! Oui, cela me sera d'un grand secours. La seule chose dont j'aimerais être sûr, c'est qu'il sait… qu'il partage notre bonheur…

— S'il est un souhait dont je voudrais voir la réalisation, ce serait celui-ci. Un jour, il m'a dit que son plus cher désir était de réunir les deux personnes qu'il aimait le plus au monde…

Talia allait continuer quand un parfum familier vint chatouiller ses narines. Elle poussa un petit cri.

— Qu'y a-t-il ? Tu as mal quelque part ?

— Là… sur le lit…

Sur le couvre-lit se trouvait un bouquet des petites fleurs au parfum subtil connues sous le nom de « rêves de jeune fille ». Dirk posa sa bien-aimée sur la couche et elle ramassa le présent, les mains tremblantes.

— Tu les as mises là ?

— Non.

— Et personne d'autre n'est entré depuis notre départ… (Elle continua, à voix basse, montrant le gage d'amitié offert par Kris lors de leur périple.) Quand il m'a donné cet anneau, il était caché dans un petit bouquet comme celui-là. Je n'avais jamais rien senti de si bon. Il m'a promis d'avoir des fleurs comme celles-là pour mon bouquet de mariée, même s'il devait les cultiver lui-même. Mais je n'en ai pas vu dans le secteur…

— C'est encore plus étrange que ça, petite alouette, dit Dirk, prenant le bouquet et le regardant avec des yeux émerveillés. Les « rêves de jeune fille » fleurissent la semaine qui suit le festival d'Été. Nous sommes en automne. On ne peut pas les faire pousser en serre ; des jardiniers ont essayé en vain. Pour trouver une de ces fleurs, sans parler même d'un bouquet, il faudrait un miracle. Un miracle qu'aucun être vivant ne peut réaliser.

Ils contemplèrent les fleurs, puis se regardèrent et se sourirent. Pour la première fois depuis des semaines, leurs cœurs étaient exempts de tristesse.

Dirk la prit dans ses bras.

— Notre souhait a été exaucé. Veux-tu que nous réalisions le sien ?

— Oui, soupira-t-elle en se tournant vers lui. (Elle le toucha mentalement, puis posa ses lèvres sur les siennes.) Oui, je crois qu'il est grand temps.

BRAGELONNE – MILADY,
C'EST AUSSI LE CLUB :

Pour recevoir le magazine *Neverland* annonçant les parutions de Bragelonne & Milady et participer à des concours et des rencontres exclusives avec les auteurs et les illustrateurs, rien de plus facile !

Faites-nous parvenir votre nom et vos coordonnées complètes (adresse postale indispensable), ainsi que votre date de naissance, à l'adresse suivante :

Bragelonne
60-62, rue d'Hauteville
75010 Paris

club@bragelonne.fr

Venez aussi visiter nos sites Internet :
www.bragelonne.fr
www.milady.fr
graphics.milady.fr

Vous y trouverez toutes les nouveautés, les couvertures, les biographies des auteurs et des illustrateurs, et même des textes inédits, des interviews, un forum, des blogs et bien d'autres surprises !

Cet ouvrage a été imprimé
en mai 2012 par

CPI
FIRMIN-DIDOT

27650 Mesnil-sur-l'Estrée
N° d'impression : 111547
Dépôt légal : mai 2012
81120053-2

Imprimé en France